JUAN CARLOS CASTILLÓN

LA MUERTE DEL HÉROE Y OTROS SUEÑOS FASCISTAS

EDITORIAL

DEBATE

Primera edición: abril 2001

© Juan Carlos Castillón Martín, 2001
© De la presente edición, Editorial Debate, S. A., 2001
   O'Donnell, 19, 28009 Madrid

I.S.B.N.: 84-8306-424-3
Depósito legal: B. 10.650-2001
Diseño de la cubierta, J. M. García Costoso
Compuesto en Versal A. G., S. L., Juan de Arolas, 3, Madrid
Impreso en A & M Gràfic, Santa Perpètua de Mogoda (Barcelona)
Impreso en España *(Printed in Spain)*

Sumario

Prólogo

Die morder gehen in der Welt herum.
Los asesinos están ahí afuera, en el mundo.
KAFKA

Oyó un tiro, a lo lejos, en la noche.

A veces podía oír una ráfaga.

Era el ruido inevitable, inimitable, de la guerra civil.

El sonido glorioso o terrible que caracterizaba al país.

La guerra civil era el suceso que atraía a los extranjeros y había sacado a la República de su feliz anonimato para transformar su nombre en un sinónimo de violencia.

Un tiro suena tan peligroso.

No hay que exagerar los riesgos.

Un tiro solitario rara vez mata a un hombre, a menos que el arma esté directamente apoyada sobre el blanco, la nuca es un buen lugar; a menos que el tirador sea excepcionalmente bueno.

Los buenos tiradores no abundan.

Las estadísticas, hay estadísticas para todo, indican que un soldado del ejército regular necesita de doscientos a trescientos tiros para matar a un guerrillero.

No hay estadísticas equivalentes para la guerrilla.

Con los años, la guerrilla de este país llegará a ser una de las más sofisticadas de Centroamérica, pero en 1980 es más que dudoso que los guerrilleros fueran mucho mejores que la tropa que combatían. Con el tiempo, la gente sustituyó el temor por la curiosidad: *ése sonó cerca, vamos a ver qué pasó.* Al final dejaron de oírlos.

—¿Eso fue un tiro? —preguntó J. R., y con ello probaba su condición de extranjero.

Los tiros eran parte del decorado del país, una especie de banda sonora a la que ya sólo los extranjeros prestaban atención. Los tiros eran, como el granizo, la guerra, los terremotos, el escuadrón de la muerte, la lluvia o la puta Embajada, una fuerza que escapaba al control de los hombres: *Ayer llovió, mataron a, dicen que la Embajada, el sismógrafo registró un terremoto del uno punto siete, mataron a, dicen que la Embajada.* Desde luego, casi nadie se molesta en comentar que *ayer tembló* o que *mataron a...* en un país en el que todos los días tiembla y todos los días matan a alguien.

Pero no hay que exagerar los peligros.

Un tiro solitario rara vez mata y los temblores diarios sólo son registrados en aparatos extremadamente sensibles.

A veces un tiro, incluso solitario, sí mata a alguien. Incluso un soldado subentrenado puede acertar uno de cada trescientos tiros. Y no sólo los soldados subentrenados disparan en esta guerra.

Y a veces, una vez cada año, no es necesario el sismógrafo para sentir cómo se mueve la tierra. Y, a veces, una vez cada década, un gran terremoto arrasa Ciudad Nueva, revienta las piscinas y los depósitos de agua, abre las calles de lado a lado, hunde las casas más viejas y enriquece a los constructores del país.

No hay que despreciar los peligros.

Los grandes tiroteos sí matan gente, cada día más, y hay gente, también cada día más, que disfruta matando. Las guerras crean ese tipo de gente, a veces se limitan a descubrirla.

Un buen día el Licenciado es un pacífico abogado de pueblo y de golpe, cinco minutos más tarde, se transforma en un matador de hombres, descubre un nuevo poder, toma —o le dan— un nombre de guerra.

Un buen día un aspirante a soldado de fortuna que ha leído demasiadas novelas de Jean Larteguy y se las ha tomado en serio, cruza la frontera, deja atrás su país, y cree que eso le da derecho a dejar atrás las buenas costumbres y la moral, y se cree con derecho a matar en una guerra que no comprende y que, en el fondo, no le importa.

Una terrible noche un muchacho se decide a hacer algo por su país y, antes de que se dé cuenta de lo que ha hecho, tiene las manos manchadas de sangre humana, de sangre ajena.

Una mañana en la primavera de 1979, en su despacho, el licenciado Andrés Tomás López Herrera vio entrar, como en sueños, a tres guerrilleros en su despacho. ¿Puedo ayudarlos en algo?

Una tarde de verano de 1980, en uno de los patios de la Cárcel Modelo de Barcelona, J. R. vio por primera vez desde que estudiaba geografía en el bachillerato, el nombre del país.

Una noche de otoño, Juan Patricio Eduardo Stack y González de la Mata, al que todo el mundo llamaba Hans, se subió al mismo auto que otros cuatro compatriotas, de nombres y apellidos menos patricios que el suyo, y miró frente a frente al hombre que iba a matar.

A los tres meses de dejar la cárcel, J. R. rompió las condiciones de su libertad condicional y se fue de España. Sabía que era culpable y que no había un abogado suficientemente hábil, o un juez suficientemente torpe, como para dejarlo libre en caso de juicio. Sabía que iba a ir a la cárcel y sabía también, acababa de descubrirlo en ella, mientras esperaba fianza, que era claustrófobo.

El Licenciado vio con horror lo que su pistola, con la que había agujereado tantas latas vacías, podía hacer con un cuerpo humano, y rezó. Estaba a punto de irse del país, a Miami. Su esposa y su hija se habían ido ya. Aquella vida de sobresaltos y amenazas no era para él. ¿Qué había hecho? El Licenciado, que siempre había evitado la violencia hasta en las palabras, descubrió, con horror, que lo que había hecho no le disgustaba, descubrió que los cadáveres, sobre todo los ajenos, no le asustaban.

Juan «Hans» Patricio —*ése es un nombre muy largo… creo que le llamaremos Juanito*— se vio en la cuneta de una carretera junto al hombre que iba a matar. Los dos estaban temblando desde que salieron de Ciudad Nueva y, además, él todavía tenía que volver. Trató de hacerlo lo más rápido posible y sacó su pistola. No le dejaron usarla. Lo hizo con miedo de vomitar, de vaciarse, y se sorprendió al ver no sólo que no lo hacía sino también lo fácil que fue olvidarlo todo después.

A las tres semanas de dejar España, J. R. se vio cruzando la frontera del país. Viajando en un autobús en la carretera hacia Ciudad Nueva, pudo ver un adhesivo de grandes letras rojas en la parte de atrás de un camión cargado de tropas: LA VIDA NO VALE NADA.

Los grandes tiroteos sí matan gente. Debería de haber visto Nuevo Hamburgo después de la batalla: no quedaba ni una fachada sin agujero de bala, los muertos olían tanto que envenenaban el aire, los supervivientes se paseaban como noctámbulos, palpándose el cuerpo para ver si estaban o no heridos, preguntándose qué hacían allí y por qué estaban todavía con vida. Hombres mayores lloraban como niños en las esquinas. Lloraban de pena por lo que habían hecho, por los amigos perdidos y por estar todavía vivos. Y J. R. oía la historia con pasión.

Pero aparentemente también atraen el turismo. *Así que vino a ver de cerca cómo los inditos nos matamos... debe de ser muy aburrido o muy malo su país para creer que éste es un país al que merece la pena venir a vivir...* Y J. R. trataba de no darse por aludido.

En 1978 nadie parecía saber dónde estaba el país. En 1979 había decenas de expertos dispuestos a explicar el porqué de la guerra, decenas de periodistas que llenaban sus periódicos con crónicas en las que aparecían selvas impenetrables como no habían existido en la República desde la introducción del cultivo del café, datos equivocados, batallas inexistentes, nombres mal escritos y lugares comunes.

A veces, aparecía en aquellas crónicas algún dato correcto que a fuerza de repetirse se transformaba en un lugar común. *Violencia, escuadrón de la muerte, guerrilla, guerra popular prolongada, imperialismo yanqui, expansionismo soviético, intervencionismo castrista, oligarquía, mano blanca, corrupción, crisis institucional, Vietnam centroamericano.*

Todos los tópicos del Sur mítico, tal como es reinventado desde la ignorancia del Norte histórico, se repetían en los artículos de los periodistas llegados de Europa que miraban horrorizados la situación del país; aquello era, desde luego, impensable en Europa, en donde las guerras se habían acabado ya para siempre, así como de los periodistas llegados desde Estados Unidos, donde por descontado la violencia no existía y jamás se había maltratado a un indio.

Era la guerra del pueblo armado contra la oligarquía; a menos que fuera la guerra de un país agredido por el expansionismo castrosoviético; a menos que fuera un experimento social de los liberales estadounidenses a expensas de las clases medias de un país en vías de desarrollo; a menos que fuera una guerra social entre las masas oprimidas y la minoría de los propietarios; a menos que fuera una guerra entre indios y criollos —y si era así, ¿quién decidía quién era indio y quién criollo en un país sin blancos ni indios puros?—; una lucha por el poder entre grupos de interés; a menos que fuera una conjura de la CIA, de la Internacional Demócratacristiana, de los masones, de los judíos de Nueva York, de los chinos de Taiwan; a menos que la culpa la tuvieran Carter, Castro, las catorce familias, los sandinistas, los cafetaleros, el ministro de defensa, el monocultivo, Cortés y sus capitanes que conquistaron el país, los jesuitas que trajeron la teología de la liberación, la prensa liberal estadounidense o los senadores conservadores gringos, o incluso el mismo carácter nacional del país.

—Cómo no vamos a matarnos si el peor insulto en otros países de Hispanoamérica es aquí un saludo de amigos —le contó Hans a J. R.

—¿Qué?

—*Hijueputa*. Si llama usté hijueputa a cualquier otro latino, y además en público, está usté muerto... Aquí es un estribillo en las conversaciones. *Vení acá hijueputa, andaba yo con mi herma-no y otros dos hijueputas, es listo el hijueputa...*

No hay que negar los riesgos.

Incluso si sólo una de doscientas balas mata, siguen dispa-rándose demasiadas balas.

Y, sin embargo, sería un error creer que este país se parece a su imagen televisiva.

La TV, todas las tevés del mundo, enseñan siempre una y otra vez, hasta el aburrimiento, los campos de refugiados, los ti-roteos, el funeral de los soldados con la bandera nacional blan-quiazul sobre el ataúd, el funeral de los guerrilleros con la ban-dera roja y negra, y ninguna sonrisa, ninguna casa en pie.

Los periodistas estadounidenses se pasean por el país vesti-dos como para un safari, con toda clase de ropas caquis compra-das en Banana Republic; se pasean disfrazados de cazadores afri-canos por los campamentos de refugiados para entrevistar a los auténticos guerrilleros que, a su vez, se disfrazan para parecer lo menos guerrilleros posible en un país en el que los guerrilleros que parecen guerrilleros son malos guerrilleros y, a veces, inclu-so guerrilleros prematuramente muertos. Los periodistas se de-jan crecer la barba en un intento de parecer arriesgados aven-tureros en la terraza de sus hoteles, que gracias al cambio favorable de la moneda suelen ser hoteles de lujo, y a menos de dos minutos de su ducha caliente y sus hojas de afeitar que no usa-rán, mientras intentan resumir la historia de un país que no co-nocen, en cinco mil palabras o menos, a un público todavía peor informado que ellos.

Los periodistas no acaban de comprender por qué, en plena

guerra civil, la gente se obstina en seguir viviendo, y los cines se llenan a pesar de las amenazas de bomba y los cortes de electricidad.

El toque de queda cierra los bares a las seis de la tarde, pero muchos de ellos cierran con los clientes y la banda de mariachis dentro.

El agua estancada ha multiplicado las enfermedades hepáticas, y las bombas las enfermedades nerviosas, pero todavía se hacen chistes.

Nadie se sienta dándole la espalda a las puertas, y todo el que puede se ha comprado un arma, un coche blindado o un guardaespaldas no pagando en moneda del país sino en dólares.

Las divisas se han restringido en un país que vive del monocultivo y que no manufactura prácticamente nada, multiplicando el contrabando y el mercado negro.

El país entero sobrevivía mientras sus hijos se despedazaban y los periodistas no entendían nada de nada; aunque se sintieron felices cuando por fin tuvieron una referencia para explicar un país inexplicable.

Tuvieron un Vietnam centroamericano.

Los periodistas de izquierdas pronosticaban otra victoria de la izquierda y pedían la retirada de los ejércitos estadounidenses de un país que, en 1979, no conocía más tropas estadounidenses que los marines destacados en la Embajada.

Un Vietnám centroamericano.

Y los periodistas conservadores recordaban las matanzas de Camboya, las purgas en Vietnam del Sur y que la República estaba cerca de los campos petrolíferos de Venezuela y México y del canal de Panamá, que Carter acababa de ceder a Torrijos, el amigo de los sandinistas y de Castro.

¡Bang!

Se oye un tiro en la noche.

Los periodistas se estremecen pensando en su columna y en el libro que algún día escribirán. Mientras tanto, ¿cómo diablos se deletrea Tecastescuintle? ¿O es Tepescuintle?

Un tiro en la noche, y a veces incluso una ráfaga, y J. R. se estremece de placer al oírlo porque también él ha venido en busca de la guerra.

J. R. había venido desde España, desde la extrema derecha española, donde había crecido oyendo hablar de la guerra de África y de la civil y creyendo que la guerra era la forma natural de hacer política. Había llegado desde su casa barcelonesa en la que soñaba con batallas, rodeado de sus soldaditos de plomo y de abanderados en miniatura de las milicias nacionales de cuando la guerra civil, a participar en una guerra civil de verdad.

J. R. ha venido a este país a matar a un hombre, a cualquier hombre.

Hans, J. R., el Licenciado
y su Escuadrón de la Muerte

1. EL TERREMOTO.

J. R. había ido a Centroamérica a matar a un hombre, a cualquier hombre. O, al menos, eso pensaba declarar si algún día alguien se decidía a preguntárselo, y la respuesta sería la verdad y nada más que la verdad, pero no toda la verdad, porque en última instancia J. R. no sentía gran aprecio por la verdad. Hans y el Licenciado iban a ayudarle a conseguirlo. ¿Por qué no? A fin de cuentas, había cruzado medio mundo para unirse a su lucha.

J. R. tenía veintiún años y, para muchas cosas, la irresponsabilidad de un muchacho de quince, que ya sabe que es imposible en el mundo moderno ser un cowboy, un *viking*, un gaucho o un soldado de la segunda guerra mundial, pero que sigue soñando con serlo.

Cuando se asume el deber de matar, se asume también la posibilidad de morir, pero J. R. no era consciente de ello, en realidad no era consciente de casi nada.

Estaba tirado en el suelo en el cruce de dos calles. Vio los carteles indicadores: *Calle Concepción* y *avenida de las Embajadas*.

Cuando la bala le derribó al suelo y lo dejó allí, en medio de la calle, sucio, barbado, sangrando, uno más entre los otros caí-

17

dos en el tiroteo, tardó un tiempo en darse cuenta de que aquello era real y no parte de uno de sus sueños. Por primera vez en su vida había perpetrado un acto realmente histórico. En uno de los coches completamente acribillados que estaban cruzados en la calle se encontraba muerto un ministro.

Uno de sus grandes problemas a lo largo de toda su corta vida había sido su incapacidad para distinguir sus recuerdos de sus historias, sus planes de sus sueños, y de aceptar que algunos de los momentos que mejor recordaba eran producto de su imaginación; pero allí, mientras veía incrédulo cómo la sangre, su sangre, regaba la calle, recordó su llegada al país, su visita al depósito de cadáveres de Ciudad Nueva, la muerte del soplón, el atentado, el terremoto... ¿Cómo podría olvidar el terremoto? ¿Cómo olvidar su primer muerto? Jamás olvidaría aquellos dos últimos meses, los mejores, de su vida. Probablemente ya no tendría tiempo de hacerlo.

—¡Gachupín, vámonos! —Hans le arrastraba por un brazo.

—Me mataron —quería ser una pregunta pero era una afirmación. —Esos hijos de puta me dieron. Me han matado —gimió J. R. En realidad, la bala que le había dado había salido del arma de uno de sus compañeros. *No se crucen cuando disparen,* les había advertido su jefe cuando les dio las instrucciones.

—En eso están —respondió Hans y casi en el acto sintió haberlo dicho.

—¡Sáquenlo de aquí! ¡Rápido! ¡Rápido! —era la voz del Licenciado dando órdenes.

Tiraron su cuerpo sobre la cubierta de plástico que cubría el asiento trasero de un taxi.

—Cuidado. Envuélvanlo bien, que no lo llene todo de sangre... ¿qué pasó con...? —el taxista señaló a otro de los caídos sin recordar su nombre.

—Está muerto. Todos los demás están muertos.

—Vamonos, viejito. Esto ha sido una gran mierda.

*   ☠   *

J. R. perdía sangre sobre las fundas plásticas del auto. También el sofá en el que dormía cuando le despertó el terremoto tenía una funda plástica. Aquel terremoto era algo que nunca olvidaría durante el resto de su vida, también es verdad que el resto de su vida podía durar menos de un cuarto de hora.

Estaba en casa de Hans cuando el terremoto llegó de madrugada. Habían estado bebiendo y su amigo tenía a una mujer en su cuarto. Cuando acabe con ella se la paso. Vae, pues. J. R. se despertó al oír el rugido de la tierra. Al principio pensó que se trataba de los motores de la Segunda Brigada. Había rumores de golpe y se decía que la Segunda Brigada, Caballería Motorizada, había puesto a calentar los motores de sus tanques; e incluso en plena guerra civil, la función de una brigada de tanques en un país latinoamericano no es tanto cazar guerrilleros como dar golpes de Estado.

En pocos instantes, se dio cuenta de que no había suficientes tanques en Centroamérica como para hacer temblar la tierra de aquella manera.

La tierra tembló durante cuarenta y cinco segundos. Se dice rápido, pero en ese tiempo puede desaparecer Managua, ya una vez lo hizo, y en ese tiempo Ciudad Nueva puede quedarse sin agua ni luz, cientos de edificios se pueden hundir y mucha gente morir y quedar enterrada, no necesariamente en ese mismo orden.

Primero la tierra tembló de arriba abajo y después de izquierda a derecha, y J. R. reaccionó como en el cine, y al ver que las paredes no se abrían, el techo no caía sobre él, el suelo no se lo tragaba y no estallaba un incendio (siempre hay incendios en los terremotos de Hollywood, que eran los únicos que conocía), optó por callarse y quedarse sentado en el sofá, tratando de aparentar calma.

Vio saltar los libros de las estanterías, caer los cuadros y las fotos de las paredes y oyó crujir los vidrios rotos. Salvó, justo antes de que se cayera al suelo, una botella de whisky escocés, la última de la casa.

Su primera reacción fue el miedo, la segunda la sorpresa, pero cuando Hans salió del cuarto, con una bata cubriendo apresuradamente su cuerpo lechoso, y le preguntó cómo estaba, si se sentía bien, si pasaban cosas así en su país, tanto el miedo como la sorpresa habían sido sustituidas por el orgullo. Al fin y al cabo, era blanco, europeo, español. *Sobre todo, que no se den cuenta de que he tenido miedo.* A fin de cuentas, había nacido en la antigua metrópoli, y no estaba dispuesto a que se rieran de él los indios de las antiguas colonias, incluso si el único indio a la vista era un nieto de alemanes y vascos más rubio que él.

Sí, se sentía bien. No, eso no pasaba en Europa. En Europa incluso la naturaleza era más civilizada. Además, no era para tanto.

—¿Seguro que no ha recibido un golpe en la cabeza?

—Seguro.

—El gachupín dice que esto no ha sido nada.

La amiga de Hans se había asomado, y J. R. tomó sus gafas

de miope para poderla ver mejor, pero incluso con gafas era a duras penas una sombra.

—¿Esto no ha sido nada? Este ha sido como el que arrasó Managua.

Todas las mujeres eran unas exageradas.

—Esto no ha sido nada —insistió.

Afuera, en la noche, sólo la luna alumbraba a Ciudad Nueva. No había luces eléctricas, sólo aquí y allá comenzaban a verse algunas ventanas en casas que tenían grupos electrógenos propios. En algunas horas, el hielo de las neveras comenzaría a fundirse y la comida a estropearse.

—Gachupín, tómese un trago ahora que todavía queda hielo.

—Vae, pues —agradeció la mujer la invitación no ofrecida.

—Gachupín, ¡gachupín! —insistió Hans.

J. R. miraba a través de la ventana y no había oído a Hans.

—¿Qué?

—Si sigue así de despistado me lo van a matar.

—.../...

—¿Un trago?

—Sí, gracias.

—¿Quiere ir con ella? —le señaló a la mujer.

Habían encendido ya velas y J. R. la pudo ver y era bonita en su vulgaridad. Tenía unas piernas largas y delgadas y era alta para el país.

—No, no esta noche —se excusó.

—Yo no soy ninguna puta para que vaya ofreciéndome como quien ofrece un cigarro —protestó ella sin que nadie le hiciera caso, entre otras cosas porque sí era una puta.

Al amanecer, J. R. vio por fin la ciudad, y no se parecía a la que recordaba del día anterior. Estaba en silencio, no se oía el ruido de los televisores y las radios, faltaba el ruido del tráfico. Las cañerías arrojaron un delgado chorrito de agua antes de morir. Hans puso unas pilas nuevas en una vieja radio y trató de oír las noticias.

La poca Ciudad Nueva que los ojos de J. R. alcanzaban a ver era una aldea que se estiraba perezosa bajo el sol tropical, poblada por hombres en pijama y mujeres en camisón que intercambiaban en la calle comentarios sobre otros terremotos (y aquéllos sí habían sido terribles) e informaciones sobre éste.

A lo lejos, los edificios del Centro de Gobierno alzaban todavía sus siluetas copiadas de Nueva York y Brasilia, mientras volaban alrededor de ellos las siluetas verdeoscuras de los helicópteros de la Fuerza Armada.

—Hoy no hay guerra —dijo Hans.

—¿No?

—Créame... he visto otros terremotos.

Al mediodía ya no llegaba agua, pero el teléfono sonaba casi normalmente, algunas emisoras de radio volvían a emitir y daban comunicados de la Junta de Gobierno y noticias en las que barrios enteros se daban por desaparecidos. Eran noticias que J. R., ignorante de la geografía y la historia de la capital, no sabía comprender.

—¿Me va a dar algo o no? Tengo que irme —pidió la mujer.

—Creí que no era usté una puta. Aquí está lo prometido... ¿Por qué no se queda un rato más?¿Qué va a hacer en la calle ahora?

—Tengo que ver cómo está mi mamá.

—Su madre no le ha hablado en años.

—Esto es distinto... tengo que ir.

—Vístase, yo la llevo.

—¿No me va a dar nada más?

—Lo prometido era por dos.

—Yo no tengo la culpa de que su amigo no quisiera.

—¡Gachupín, venite! Voy a llevar ésta a su casa —y añadió para ella—. Un consumidor un pago, y el aventón va de propina.

Usaron el pickup. En la calle, las casas del barrio habían aguantado bien. Era un barrio construido cuando la bonanza cafetalera de los años cincuenta, de los que no aparecían en los reportajes de las televisiones europeas, y allí las casas estaban construidas sobre placas que les permitían bailar sin romperse al compás de los terremotos.

J. R. iba sentado en la cabina del pickup e incluso eso era una aventura para J. R. Hans conducía con una pistola ametralladora en las piernas. J. R. tenía una pistola entre las suyas y fuera de su funda porque es difícil desenfundar dentro de un carro, y entre los dos tenían a una mujer que J. R. evitaba mirar aunque sabía, porque sabía, que no llevaba casi nada o nada debajo de su trajecito de calle. Desde que había llegado al país todo le parecía una aventura, hasta el llevar a una putita a su casa se acompañaba de todos los rituales de una expedición bélica.

—Este ha sido peor que el de Managua —dijo Hans cuando salió de su barrio y comenzaron a ver casas más baratas en ruinas.

Esta vez J.R no le contradijo.

—¿Qué intensidad habrá tenido?

—Ni modo de saberlo. Los subversivos volaron el único sismógrafo del país. Tendremos que esperar a que nos lo diga la radio de México.

Gachupín, subversivo, voladura, terremoto, y él sentado en una camioneta llena de armas. Acarició la pistola que Hans le había prestado. Tanto las palabras como los actos le empujaban a soñar, y J. R. comenzó a inventar una historia que contar algún día, cuando volviera a España, si volvía a España.

La camioneta sorteaba los obstáculos a golpe de claxon, se abría paso entre el nulo tráfico de la capital a través de calles semiabandonadas. Hans tenía una licencia de conducir falsa, y J. R. una Cédula de Identidad Personal fabricada en una dependencia policial. Hans no había leído nunca a Larteguy y J. R. había dejado de hacerlo al darse cuenta de lo fácil que era tratar de ser como uno de sus personajes. A medio camino había inventado ya una increíble trama en la que él era un soldado perdido de la OAS.

A fin de cuentas, como los soldados perdidos de la OAS, como los conquistadores de antaño, él también había llegado allí con un pasado que olvidar, huyendo de la cárcel y tal vez, incluso, de la vergüenza, dispuesto a cambiar su forma de vivir y forjarse un futuro en la violencia. A J. R. la sangre, sobre todo la ajena, no le asustaba.

—¡Cuidado con ese bache! —le señaló J. R. a Hans. Las calles de Ciudad Nueva habían estado en mal estado incluso antes del terremoto.

*   ☠   *

—¡Cuidado con ese bache! —le dijo Hans al conductor del taxi.

J. R. gimió en el asiento trasero del vehículo. Hans presionaba sobre la herida, tratando de evitar que saliera más sangre. A Hans sí le asustaba la sangre ajena más que la propia.

Ni los conquistadores ni los veteranos renegados de la OAS habían llegado al escenario de sus combates usando carreteras tan malas como las que había seguido J. R.

—¿Estoy ya muerto? —insistió desde la parte de atrás del taxi.

—Dígale que se calle —gritó el taxista desde el asiento delantero.

—Ya paren ustedes dos. Usté todavía no está muerto... y usté conduzca.

El taxi saltó en un bache y J. R. chilló.

—¿No puede conducir con más cuidado?

—No soy yo... son las carreteras.

Es verdad que nadie las ha arreglado en años. Hasta J. R. sabía eso.

2. LA FRONTERA.

—Aquí nadie ha vuelto a arreglar las carreteras desde la época de Martínez —protestó el conductor del autobús.

J. R. no sabía quién era Martínez ni cuándo había sido su era, ni tenía la más mínima intención de preguntárselo ni de contradecir al chófer. J. R. llevaba seis horas doblado en cuatro, en un asiento demasiado pequeño para él, en la parte de atrás de un autobús —un microbús, en realidad— de techo demasiado bajo. Hasta que se había subido al autobús ignoraba que la tela metálica tuviera tantas aplicaciones, o que pudieran caber tantas personas en un vehículo pensado originalmente para no más de doce japoneses, en una época en que los japoneses eran más bajos.

El viaje en autobús le había costado el equivalente a seiscientas pesetas y era la última fase de su huida. Quince días antes había firmado en los juzgados de Barcelona, como todos los primeros de mes desde su puesta en libertad condicional, e inmediatamente después había tomado el tren hacia París, donde había tomado otro tren hacia Luxemburgo, desde donde había volado hasta Ciudad de Guatemala. En otros quince días, nadie le echaría de menos en Barcelona, e, incluso después, las ruedas de la justicia girarían muy lentamente.

Poco después de salir de la Cárcel Modelo de Barcelona había conocido a Gustavo en el local de CEDADE de Barcelona. Gustavo venía de Centroamérica, donde todavía era posible ser hombre y matar comunistas era, si no legal, al menos algo permitido por las buenas costumbres y la moral. Gustavo no tenía un céntimo, estaba esperando un giro de su abuelo, y J. R. lo llevó a su casa a vivir, porque le hacía gracia tener allí a alguien de aquel país que daba tanto que hablar.

Y Gustavo hablaba. Le encantaba contar historias, y esas historias eran sobre la Mano Blanca, donde estaba uno de sus tíos guatemaltecos, y sobre el Escuadrón de la Muerte de su país, y le habían acusado falsamente de ser miembro del mismo, y eran historias de ejércitos privados, de batallas campales que contrastaban con la penosa realidad de ser ultra en la España posfranquista.

—Hay un tipo en Guatemala, lo llaman el Mico Sandoval, que tiene un ejército de tres mil hombres —explicó J. R. en su despedida a dos amigos.

—Vos te presentas de mi parte y no hay problema, el viejo es amigo de mi abuelo —le había dicho el centroamericano.

—Voy con una carta de presentación para la gente dura de allí —explicó J. R. a sus dos amigos. De entre todos los que conocía eran los únicos que a lo mejor podrían comprenderle, los únicos aficionados a las novelas. Uno de ellos, Clos, colaboraba en fanzines de ciencia ficción, mientras que el otro, un tal Castellón, escribía sin llegar a acabarlos cuentos, malos, inspirados en Lovecraft y Howard.

—Yo le doy una carta de presentación y ya está... allá me conocen bien —le decía el centroamericano. Y era verdad que lo conocían. *¿Gustavo? Seguro que sí lo conozco... ese estuvo en lo de la catedral de Nuestra Señora de los Ángeles del Sur... Allí tuvieron que llamar a los bomberos para limpiar con mangas la sangre que quedó en las escaleras.*

—Llego allí y ya está. Están en plena guerra civil... tienen que aceptarme —insistió J. R., molesto ante la expresión de incredulidad de sus amigos.

—¿Por qué? No sabes usar un arma, nunca has salido de tu país, careces de experiencia laboral… —alcanzó a preguntar y a fastidiar Castellón.

—Allí nadie ha ido nunca a la cárcel por matar a un bolche —dijo el centroamericano.

—Porque me ahogo en Barcelona. Hay otros países, otros lugares, otras guerras...

—Sí, hay franceses en el Líbano y alemanes entrenándose en Libia, hay belgas e italianos con Bob Denard en las Comores —concedió Clos.

—Y ninguno de ellos hace nada por Europa. No estás cambiando de frente, estás desertando del único en el que puedes hacer algo —dijo Castellón.

—Allí no ha ido nadie nunca a la cárcel por matar a un bolche —repitió el centroamericano—. En realidad, es nuestro deporte nacional —añadió con la risa pícara del que ha hecho un chiste gracioso.

—No quiero ir a la cárcel —confesó J. R.

—¿Y? —dijo Clos.

—Allí nadie va a la cárcel por eso.

—¡Coño! Haz lo que quieras que ya eres mayorcito —dijo Clos.

—Las novelas son novelas y tu Mono...

—...Mico.

—...tu Mico puede matar a muchos rojos y tener miles de hombres pero no es uno de los nuestros —dijo Castellón.

—Te apuesto a que no se afeitan todos los días y escupen en el suelo —dijo Clos, como si eso importara.

—No lo entendéis. Allí hay gente que ha levantado ejércitos privados como los señores de la guerra manchúes o los Freikorps de los años veinte y treinta.

—¿Los señores de la guerra manchúes? ¿Has estado leyendo otra vez los cómics de Corto Maltés? Corto Maltés y Larteguy, lo tuyo es la literatura barata —bromeó Castellón, que se creía un intelectual porque leía a Drieu La Rochelle, Julius Evola y Robert Brasillach en sus idiomas originales, y si no los leía al menos sabía que existían y que debía de leerlos, lo que era el primer desgraciado paso en el penoso camino para transformarse de jovencito con gafas en intelectual pedante.

J. R. calló porque había crecido entre demasiados libros y sentía un respeto ridículo y excesivo hacia la gente capaz de leerlos sin dejarse vencer por el aburrimiento. Un respeto que se doblaba cuando sospechaba que la otra persona no sólo había leído los libros sino que incluso los había entendido.

Al final, J. R. se fue y nunca pudo escribirle a Clos que sus nuevos amigos centroamericanos no escupían en el suelo, ni a Castellón lo que opinaba de sus horribles pastiches seudolovecraftianos.

Pero en Guatemala, aunque no encontró ejércitos privados ni manos blancas pintadas en las paredes, conoció a Hans.

—¿Vos sos amigo de Gustavo? ¿Gustavo? Seguro que lo conozco... ése estuvo en lo de la catedral... —le dijo Hans cuando le conoció, antes de lanzarse a una larga descripción de lo que había pasado en la catedral de Nuestra Señora de los Ángeles del Sur, *esa horrible copia de un edificio seudogótico construida por un bonche de cafetaleros recién enriquecidos que no sabían nada de nada de arquitectura,* y cómo, al final, los bomberos habían tenido que traer mangas de bombeo para limpiar las escaleras.

A J. R. no le quedaba casi dinero y Hans le invitó a unirse a él en su país.

J. R. llegó al país de Hans en autobús, doblado en cuatro, arrugado, cubierto de polvo y sudado.

El puesto fronterizo tenía el nombre equívoco, casi pornográfico, de Paloalto y estaba en medio del sol, en medio de la carretera, apenas un cobertizo rodeado de sacos terreros, de paredes enjalbegadas y marcadas por las balas.

Hay dos formas de llegar a un país centroamericano. El avión es la menos peligrosa de ellas. No sólo el avión es más rápido, sino que, además, permite que el viajero llegue rodeado de un aura de respetabilidad y limpieza que garantizan su honradez política.

El aire acondicionado del avión permite estar fresco y oler bien, le da al viajero el aire descansado de los escogidos por la fortuna. Con un buen afeitado y una corbata al cuello, incluso de las baratas de poliéster, puede que ni tan siquiera le abran las maletas. Nadie puede confundir al viajero con un comunista, porque todos los aduaneros de Centroamérica parecen estar convencidos de que los comunistas no vuelan.

Llegando por carretera, todo es distinto.

J. R. había pasado miedo en la carretera, y su equipaje estaba desordenado por los registros de las patrullas volantes de la Guardia Nacional, apestaba a sudor (siempre había sudado demasiado), y llevaba puesta su ropa más barata, que estaba completamente arrugada como él mismo estaba arrugado, nervioso, irritable e intranquilo. Allí, cubierto de polvo y esperando bajo el sol del mediodía su turno de ser interrogado, nadie podía confundirle con un caballero.

La policía es, sin embargo, la misma en ambas fronteras. Un uniforme gris claro que mantiene mejor la raya, almidonado y limpio, en el aeropuerto; un uniforme manchado de sudor debajo de los brazos en el puesto fronterizo de la carretera. Una sonrisa que sabe de ministros y diputados, de turistas de lujo, de periodistas a los que hay que tratar bien aunque sean unos cabroncitos, de gente con tarjetas de crédito y cuentas de gastos y en consecuencia respetable, en el aeropuerto; la cara hosca de alguien que tiene que esconder su miedo, que sabe de pequeños contrabandistas y de guerrilleros peligrosos, que tiene que vivir en medio del peligro sin poder esconderse, en el puesto de la carretera.

Era un aduanero infrapagado y obligado a vivir en la primera línea de fuego el que recibió a J. R. con un machete, antirreglamentario, colgando al cinto sobre la barriga excesiva, con una pistola medio fuera de una funda ya desabrochada, con un revólver, de nuevo no reglamentario, en el bolsillo de la guerrera sudada.

En el aeropuerto hay aire acondicionado y los equipajes pasan por los rayos X. En la carretera se extiende la ropa sobre un mostrador mugriento, delante de un oficial aindiado que vuelve del revés los bolsillos de los pantalones, abre la bolsa de la ropa sucia acumulada en el viaje, ojea con interes los *Playboy* comprados en Guatemala —confiscarlos es una de las raras ventajas que le da su oficio y lo hará sin escrúpulos— antes de revisar los papeles con precisión de máquina.

E, incluso sin papeles, las eses y las zetas de J. R. hablan claro de su origen en un país en donde sólo hay dos clases de españoles: los ferreteros gordos de marcado acento catalán que no viajan en autobús, y los jesuitas delgados de marcado acento marxista —en el país se sigue usando el anticuado término de *bolchevique*— y apellido vasco. El acento de J. R. es catalán pero su aspecto está más cerca del de un jesuita. Ha llegado en autobús y no en carro, está delgado y lleva gafas, y esto último es grave. Para acabar de arreglarlo, en su pasaporte J. R. tiene una barba rala, de esas de quiero y no puedo.

—¿*Vososcura?* —le preguntó el aduanero.

—¿Perdone? —le tuvo que decir J. R. pensando que el hombre había usado algún dialecto local. Náhuatl tal vez... ciertamente no español.

—¿Vos sos cura? —articuló el aduanero—. ¿Jesuita? —añadió inquisidor.

—Por Dios, hijo mío, ¿cómo se te ocurre eso?, ¿tengo aspecto de sacerdote? —respondieron por J. R. las cervezas tomadas en el desayuno.

—¿Cómo le dejaron pasar? —preguntaría horas más tarde Hans en su casa de Ciudad Nueva. Y J. R. contestaría con un encogimiento de hombros y no le hablaría de las tres horas que el autobús estuvo detenido mientras revisaban su equipaje de arriba abajo, ni del miedo de una de sus compañeras de viaje, *así le mataron a mi hermana un novio que tenía,* porque para él la idea de pasar una noche en un puesto de la Policía de Aduanas es sólo una anecdota más, algo gracioso que contaría a su vuelta a España *deberíais de haber visto a aquel guardia,* como contaría su llegada a Guatemala que, a pesar de ser en avión, no estuvo libre de temores ni sorpresas.

3. HANS.

Hans le había ido a recoger a la terminal de buses de Occidente.

Para J.R., aquél era un cobertizo grande, dividido por altas columnas, lleno de indios bajitos, compradores de dólares, vendedores de refrescos, policías de aspecto poco tranquilizador vestidos con uniformes mal ajustados, por el que corrían demasiado rápido, y sin ningún orden aparente, autobuses demasiado viejos que parecían perpetuamente a punto de desvencijarse.

Para alguien, años atrás, aquel lugar había sido una muestra del progreso de un país entero. Un viejo cartel descolorido indicaba que la Terminal de Buses de Occidente había sido inaugurada en el Segundo Período Presidencial del General Maximiliano Martínez, e incluía cuatro casas de comida, tres puestos de limpieza de zapatos, dos puestos de venta de periódicos, una pensión de viajeros y un palenque de gallos finos.

Debajo del cartel estaba esperándole Hans.

Hans era alto, blanco y rubio. Suficientemente blanco como para poderse permitir el lujo de vestir mal en un país en el que la raza y la ropa podían determinar quién podía, o no, ser reclutado a la fuerza por el Ejército, o quien podía, o no, ser abatido sin más en una redada.

Aquel día, Hans llevaba una camisa vieja y blanca y unos

bluejeans deslavados. La camisa estaba tan gastada que revelaba con bastante claridad que Hans llevaba al cinto, no verdaderamente escondida, una pistola.

J. R. admiraba a Hans, al que apenas conocía, de forma incondicional, porque era parte de la leyenda que venía buscando. Había tres generaciones de violencia detrás suyo. Hans era descendiente de alemanes, irlandeses y vascos, nieto por parte de madre de un oficial católico irlandés que a principios de siglo había desertado del ejército inglés para unirse al Sinn Feinn y a la Irish Broterhood antes de tener que huir de su isla; era también hijo de uno de los asesores militares de aquel Martínez que aplastó la primera revuelta comunista de Centroamérica, y que fue conocido como *el ametrallador loco* por su famosa orden del día, al principio de la revuelta, cuando, olvidando que los soldados que le oían no eran teósofos como él, gritó *mátenlos a todos que los buenos ya reencarnarán*, orden de la que sus tropas sólo retuvieron la parte del *mátenlos a todos*. Sobre sus antecedentes alemanes no era tan amplio a la hora de hablar.

Se habían conocido en Ciudad de Guatemala. J. R. estaba con un amigo de Gustavo. Hans estaba allí comprando munición para la casi extinta banda de Mesa-Ríos, cuyo jefe acababa de irse —algunos preferían decir que había huido— a Estados Unidos y ya estaba planeando unirse a la banda del Licenciado aunque no sabía cómo ponerse en contacto con la misma.

—Vengo a comprar proyectiles de mortero —le dijo Hans a J. R. cuando le preguntó qué venía a hacer en Guatemala, y lo dijo con un aire suficientemente serio como para poder ser creído, al menos por el español.

—¿Tienen morteros?

—No, pero pueden ser utilizados por los bazucas israelíes

que les compramos a los nicas de la Guardia Nacional de Somoza que se retiraron a nuestro país.

—Guau.

Días más tarde, J. R. le vería la misma cara de absoluta seriedad mientras predicaba su propia versión del cristianismo a una desprevenida camarera que lo había confundido con un misionero estadounidense.

—¿Es usté mormón, sir? —le dijo ella, y Hans, que aquel día llevaba una camisa nueva, barata, blanca y de manga corta, unos pantalones y una corbata de poliéster, y que llevaba también un arma dentro de una funda de cuero negra y cuadrada, idéntica a las que empleaban los pastores y los devotos de las iglesias protestantes para cargar sus Biblias, y que era la réplica malvada de un aútentico predicador, comenzó a hablarle de su Iglesia: era un *Pentecostal Cuadrangular del Quinto Evangelio*; y de su teología: los *cuadrangulares* no creían en la Santísima Trinidad, *esa horrible abominación romana* (Roma la gran ramera, la Babilonia aludida en el viejo Testamento), sino en el *Santísimo Cuadrángulo* cuyos vértices eran el Padre, el Hijo, el Espíritu Santo y la Madre María, que era también una presencia terrena de la que carecían los herejes romanos. *Déjeme su dirección, hermana, y le haré llegar un ejemplar, gratuito, de nuestro Quinto Evangelio, el de San Pedro, a su casa... o mejor, deje que se lo lleve yo mismo.*

—¿Por qué le tomaste el pelo a esa pobre niña?

—Porque tiene buenas piernas, y, si puedo, pienso convencerla de que para salvarse mucho, primero hay que pecar mucho... y que quien no ha pecado carece de los atributos necesarios para poderse salvar... lo que por lo demás era una idea comúnmente aceptada por numerosas sectas místicas rusas. Si yo le contara lo que vi en Siberia.

—¿Has estado en la Unión Soviética?

—No, pero viví en Rusia antes de la Revolución... No me mire así, le estoy hablando de una anterior reencarnación.

J. R. había sido criado como católico romano, de la fracción no practicante pero vagamente creyente, y cambió de conversación. Los que creían en todos aquellos asuntos de reencarnaciones y vidas anteriores y levitaciones, cartas de Tarot y demás, siempre le habían parecido gente rara. No que faltara la gente rara en su vida y en su ambiente.

—¿Y qué clase de munición vienes a comprar esta vez? ¿Más munición de mortero?

—No, no tenemos bazucas... Lo de la otra vez era sólo una broma. He venido a comprar munición de pistola —rió con una risa nerviosa al confesar su mentira. Era el tipo de mentirosos que improvisan por vicio y se confiesan sin pena. No verdaderamente un mitómano, porque sabía siempre cuándo estaba diciendo la verdad y cuándo no, pero no el tipo de persona del que uno acepta informaciones para jugar a la Bolsa de valores.

—¿Pistolas sí tenéis?

—No muchas, pero sí más que morteros o bazucas.

—Estás loco.

—Sí. Todos lo estamos un poco en mi familia. ¿Es hereditario, sabe?

—Estás muy loco.

Hans asintió riéndose.

Hans era un digno representante de su familia. Creía en la reencarnación, en las armas, en la violencia y la muerte ajena, era vegetariano pero bebedor, había estado a punto de morir a manos de la guerrilla, pero como él mismo explicaba, no lo habían conocido sino que había sido un accidente mientras le robaban su carro, y vivía en el viejo caserón de su familia, rodeado de cuadros y retratos de la misma. J. R. viviría en aquella casa y aprendería a conocer sus secretos.

—Ese es mi abuelo materno con Patrick Henry Pearse —pronunció el nombre con unción religiosa mientras señalaba un viejo retrato en la pared del comedor.

—¿Quién era *Pirs?* —preguntó J. R.

—Pearse fue uno de los líderes de la Irish Broterhood.

—¿El IRA?

—Algo así, pero anterior en el tiempo.

—¿Y ése no es...?

—Sí. Ése es mi padre con Goering. En aquella época el Reichmarshall estaba más delgado. En esa foto está condecorando a mi padre... los dos eran pilotos y soldados. Además, papá había estado con el Freikorps después de la gran guerra.

—Tu padre se te parece.

—Soy idéntico a él en aquellos tiempos. A veces —bajó la voz para hablar— me pongo su viejo uniforme, con las medallas alemanas, y recuerdo mis conversaciones con Hitler.

—¿*Sus* conversaciones con Hitler? ¿Tu padre conoció a Hitler?

—No. Mi padre conoció a Goering pero nunca le presentaron a Hitler. Yo conocí a Hitler en una vida anterior, cuando Goering todavía no había entrado en el partido. Le traté bastante antes del putsch de Múnich del año veintitrés.

—Ajá...

—Sí. Me mataron cuando el *pustch,* pero ya he logrado recordar quién era. No creas que es fácil recordar las reencarnaciones, y eso es algo que tengo que agradecer a mi padre, el de esta reencarnación, que era teósofo, de la misma logia que el general Martínez, y me enseñó...

—Eso está bien. Es importante recordar pasadas reencarnaciones —dijo J. R., tratando de descubrir una chispa de ironía en los ojos de su nuevo amigo. Era en vano. Hans, esta vez, hablaba en serio.

—Mira, ése soy yo —le señaló una foto en las primeras páginas de una vieja edición, la tercera, de un *Mein Kampf* en alemán.

—¿Maximilian Erwin von Scheubner-Richter, doktor en Ingeniería?

—A sus órdenes —dijo Hans con un taconazo prusiano y una inclinación de cabeza bastante convincente; parecía un personaje de una película vieja de Von Stroheim.

Entre las páginas del libro, J. R. encontró otro retrato de Hans cuando niño, en brazos de su padre, un señor que era suficientemente mayor como para ser su abuelo pero no suficientemente mayor como para ser un combatiente del catorce, y junto a su madre, mucho más joven que él.

Ahora Hans vivía solo.

—Vivía con mi madre, pero me deshice de ella. Yo quería que se fuera a Costa Rica, con su familia, pero la muy maldita no quería irse y se obstinaba en quedarse en el país conmigo y en no dejarme trabajar, así que al final hice lo necesario...

Una buena mañana Hans sirvió el desayuno en la cama a su madre. Todo estaba en la bandeja: un libro sobre la revuelta del año treinta y dos, el desayuno —vegetariano— y una pistola cargada. La madre trató de ignorar el arma —si el hijo era teósofo, ella era budista— pero él insistió en conducir la conversación. *Vos sabés, mamá, cuando la revuelta del treinta y dos los bolches molestaron a algunas mujeres de nuestra clase, pero vos, mamá, no tenés que preocuparte... si los subversivos entran en Ciudad Nueva tengo una bala para vos y seis más para los primeros guerrilleros que aparezcan aquí, y la última para mí.*

Al día siguiente salió temprano y dejó a su madre por el resto del día. A las dos horas ella se fue con sus maletas. La vio huir apresuradamente desde el coche prestado por uno de sus amigos. .

—¿Le has puesto a tu madre una pistola en la cabeza?
—J. R. hizo un gesto con los dedos y los apoyó en su sien.
—No. No realmente. Creo en la santidad de la familia y no llegué a encañonarla. Además, no se hace así. No se pone el arma en la sien sino en la boca... o en la nuca —mientras hablaba hizo una demostración con sus dedos apoyándolos en la cabeza de J. R.
J. R. nunca se lo habría hecho a su propia madre. Su padre, viejo liberal en cuestiones de política, pero poco aficionado a las formas modernas de educación, le habría dado dos bofetadas si alguna vez se hubiera atrevido a faltarle el respeto a su madre.

J. R., y sólo en eso se parecía a Hans, había nacido en una casa llena de libros, salvo que J. R., al contrario que Hans, nunca enseñaba los suyos consciente de que su biblioteca familiar era el resultado de varias generaciones de liberales. La biblioteca de J. R. contenía más libros en francés que en español, y más teatro, novela y poesía que ensayos o libros de política. La biblioteca de Hans era germano-española, el resultado del odio de tres generaciones de su familia hacia el Imperio británico y estaba presidida por una foto de Goering estrechándole la mano al padre de Hans, y, por otra, ésta dedicada, *affetto cameratesco*, de Mussolini vestido de motorista y sentado sobre una poderosa moto de carreras.
—¿Tu padre conoció a Mussolini?
—Lo vio sólo una vez, cuando fue a Italia a comprar aviones para organizar la Fuerza Aérea.

En la biblioteca de J. R. no cabían más novelas, en la de Hans no eran necesarias.

—Creo que nunca he acabado ninguna novela.

J. R. nunca podría competir con la familia de Hans. Ni en plena guerra civil habían sido dados los suyos al plomo y la muerte. Las dos únicas excepciones, los dos únicos héroes, a uno por bando, de aquel período, eran un tío y un primo de su madre.

El tío de su madre, un hombre sin más filiación política que su republicanismo, se había unido a la Guardia de Asalto en 1934 para ayudar mejor a su familia. Un par de años más tarde, un buen día de julio, un oficial de su unidad, un tal Castillo, fue muerto por las Escuadras de la Sangre de Falange en represalia por otra represalia, y varios de los policías de su unidad habían ido a matar a un diputado de derechas, Calvo Sotelo. Después de aquello, el resto de su unidad fue acuartelado para evitar más problemas. La mañana del 18 de julio el tío de su madre era un guardia de asalto más, acuartelado en el Ministerio de Gobernación al día siguiente era un héroe de la República, o, tal vez, incluso del proletariado. Lo que a corto plazo fue bueno para él, pero, a la larga, le costó dos sentencias de muerte que felizmente no le fueron nunca aplicadas, porque se dictaron en España cuando él ya estaba en México.

El primo de su madre se escapó a los diecisiete años de su casa para huir de un castigo, probablemente merecido, para encontrarse perdido en medio de una ciudad que no conocía y en la puerta de un banderín de enganche de la División Azul, posiblemente el único que no había cumplido con su cuota de voluntarios, en donde firmó y fue aceptado pese a que todavía no tenía la edad mínima. Marchó, pues, con el primer relevo de la División, se entrenó en Grafenworth, sirvió en la Wehrmacht cuando ésta todavía estaba a la ofensiva y volvió a España justo a tiempo de ser llamado para su servicio militar regular. Como había mentido para poder ir a Rusia, había sido llamado a filas junto a su quinta en España, y cuando volvió a España se encontró con que estaba considerado como desertor del servicio militar, no la mejor de las situaciones en la España de los cuarenta. Asustado ante la posibilidad de ser encarcelado, apenas supo lo sucedido se presentó en el Gobierno Militar de Madrid, sin cambiarse siquiera el uniforme de Feldgrau con las condecoraciones que llevaba todavía puestas, para arreglar la situación. *Si usté no tiene todavía edad para estar en la División Azul,* le dijo el primer chusquero al que le contó su caso. *Mentí sobre la edad, señor.* Todavía estaba discutiendo con el suboficial cuando un oficial, regresado como él del frente ruso, lo oyó y lo tomó bajo su protección. *Más españoles como tú hacen falta,* le dijo el comandante. Acabado su servicio militar, que pasó en las cocinas de la Capitanía General de Madrid, en uno de los peores años de la posguerra, el primo de su madre entró en la Compañía de Tranvías de Madrid, donde necesitaban gente de confianza para sustituir a todos los rojos represaliados después de la guerra.

J. R. amaba a su familia, pero envidiaba a la de Hans.

Tenía también un motivo extra de envidia hacia Hans. Hans sí había matado.

4. UN MUERTO: EL PRIMERO.

—¿Maté el mío? —preguntó J. R.

Que J. R., tirado en la parte trasera del taxi, le hiciera esa pregunta, le pareció a Hans de mal gusto.

—Todos matamos el nuestro.

J. R. perdió el conocimiento.

*   ☠   *

—¿Has matado a alguien? —le había preguntado J. R. en una de sus primeras conversaciones.

—¿Y vos sos virgen? —le había contestado Hans.

—Esa es una pregunta muy personal.

—También la suya. Además, no quería ser indiscreto. Si lo hubiera querido ser, le hubiera preguntado si pagaba sus impuestos.

Hans sí había matado.

Los diálogos entre J. R. y Hans eran, las más de las veces, una secuencia de preguntas ansiosas respondidas de mala manera, de deseos no compartidos, de pudores mal comprendidos.

—¿Cómo te sentiste? —dijo J. R.

—¿Qué?

—¿Qué sentiste al matarlos?

—.../...

—¿Sufrieron?¿Fue una muerte rápida?

—No siempre.

No siempre fue una muerte rápida. Había matado a un hombre sin rostro, cuyo nombre nunca supo, con el que había tenido una discusión en la puerta de una cantina de pueblo en la parte oriental de la República, donde la vida era todavía más barata que en Ciudad Nueva. Disparó dos veces, cuando el otro tenía todavía su machete a medio sacar, y después huyó.

—Dispare siempre dos veces por blanco — aconsejó Hans.

Había matado a un hombre de cara morena, cuyo nombre

olvidó apenas leído en el periódico, contra el que disparó desde un carro en marcha. Hans disparó, junto a otros dos tiradores, y el hombre cayó contra una pared y quedó pegado a ella como si las balas fueran clavos. Nunca supo si sus balas eran las que le habían partido, pero cada vez que un hombre intenta matar a otro hombre, no importa si lo consigue o no, ya es un asesino ante los ojos de Dios, o eso al menos creía Hans.

Había disparado contra un hombre sentado en una mesa de bar, con la espalda (desafiando ostentosamente a toda lógica) contra una puerta abierta. Nunca hay que sentarse de espaldas a las puertas. Las dos balas derribaron el hombre al suelo y Hans lo vio animarse y patear como un juguete mecánico al que se le hubiera roto un resorte, como un epiléptico en pleno ataque, antes de ser rematado por un tercer tiro.

Había matado a un hombre cuyo rostro y cuyo nombre deseaba olvidar, en una cuneta. Había apoyado su pistola en un rostro ya golpeado y la había montado.

—No tan rápido —le había parado uno de sus acompañantes.

—¿Cómo se llama usté, jovencito? —preguntó otro de ellos.

—Juan Patricio Eduardo... Me llaman Hans.

—Ese es un nombre muy largo. Creo que le llamaremos sólo Hans —dijo el jefe del grupo.

—Hans... a cuchillo.

—¿A cuchillo?

—A cuchillo, como los machos...

—¿Sólo mató a cuatro hombres? —preguntó medio indignado, medio bromista, J. R.

—¿Sólo? Bueno, eso es en esta reencarnación... en la anterior, y como oficial del zar, ayudé a reprimir la revuelta roja de 1905... recuerdo una vez que en Moscú —seguía hablando Hans, ignorante de que a J. R. su anterior reencarnación no le interesaba.

El hombre al que había matado a cuchillo había matado al gringo Valdés. Hans había estado en el funeral y, antes, de guardia en el hospital, durante tres días, viéndole morir, esperando que muriera. No sabía si el que había matado era el que iba al volante o si era uno de los que había disparado, y no le importaba su grado de culpabilidad, sólo que era culpable.

—¿Quiere matarlo o no? —preguntó el jefe en la cuneta extendiéndole un cuchillo.

—¿Le disparaste a la cabeza? —preguntó J. R.

—Sí —dijo Hans recogiendo el cuchillo.

—Sí —mintió Hans a J. R.

—Fue limpio y rápido —le mintió Hans a J. R.

Fue sucio, lento y torpe.

El asesinado se revolvió cuando sintió el cuchillo en su cuello, saltó a pesar de las cuerdas que le ataban, trató de huir con el cuello ya sangrando y llegó a dar dos o tres pasos.

Hans le alcanzó, le tiró del pelo y le acuchilló en la espalda. Una cuchillada a la altura de los riñones que puso a la víctima de rodillas, una cuchillada en la espalda que resbaló en los omóplatos, una cuchillada en la cabeza que le abrió el cuero cabelludo, y después Hans soltó el cuchillo y trató de vomitar sin conseguirlo; se metió incluso los dedos en la garganta, manchados por la sangre del asesinado, sin lograrlo. Uno de sus acompañantes se sentó sobre la espalda de la víctima, tiró la cabeza hacia atrás agarrando del pelo y la remató cortándole el cuello de un tajo rápido.

Mierda, mierda y mierda. ¿Por qué tenían que hacerse matar así?, ¿por qué no se iban a Rusia, o a Cuba, o a Nicaragua si tanto les gustaba el comunismo? Hans chilló, lloró y pateó antes de volver al carro.

—Cálmese, jovencito. Lo hizo bien... yo lo hice peor cuando maté a mi primer cabrón —le dijo el chófer.

Aquel tipo de ejecuciones era malísimo para el karma, y Hans lloró por última vez en su vida. Por culpa de aquel pendejo, a saber cómo iba a reencarnar la próxima vez.

—Me pregunto qué se siente en un momento así —insistió J. R.

«Idiota», pensó y calló Hans.

—No se preocupe, que ya se enterará. Uno de estos días le voy a llevar de caza.

Muy a menudo J. R. soñaba despierto y sus sueños nunca se cumplían, pero las promesas de Hans, al contrario que los sueños de J. R., siempre llegaban, y J. R. había ido a cazar a Centroamérica.

* ☠ *

—No se mueva, gachupín. ¡Puta! Éste se nos muere,

—Estamos cerca de la casa de seguridad —dijo el conductor del taxi.

—No creo que llegue vivo.

—Tranquilos. ¡Hey! ¡Cuidado con los baches! —gritó Hans.

5. LA BANDA DEL LICENCIADO.

La caza comenzó con la llegada del montero mayor de la República.

Hans, como el resto de los ultraderechistas de la ciudad, estaba en perpetuo estado de guerra, pero eso no significaba que estuviera todo el tiempo movilizado. Entre escaramuza y escaramuza seguía estudiando. Además, ya casi no había tiroteos en la ciudad a pesar de que la situación empeoraba de día en día en el campo. Por si fuera poco, el jefe de su grupo se había ido con gran parte de los efectivos de su tropa.

Hans se había unido meses atrás al grupo creado por un joven cafetalero que se creía nacionalista, o tal vez, incluso, un terrible fascista. El joven cafetalero, formado en Madrid y California, lugares que conocía y apreciaba mucho mejor que su país, a la hora de organizar su grupo había copiado al pie de la letra el Manifiesto Nazista del libro *Derrota mundial,* de Salvador Borrego, con cambios mínimos. Así, donde Borrego citaba a los judíos de forma bastante clara, el joven cafetalero prefirió referirse a *grupos étnicos minoritarios que explotan el comercio del país, usurpan las actividades usurarias y esclavizan el interés nacional*. Frases que provocaron una inmediata reacción en medio de dos comunidades de banqueros y comerciantes, bastante más numerosas en la República que los judíos, los libaneses y los chinos. Gente que una vez supo que no iba con ellos el asunto estuvo dispuesta a dar dinero a escondidas mientras negaba públicamente que hubiera aflojado ni un solo centavo.

Derrota mundial era un libro de Salvador Borrego, con prólogo de José Vasconcelos, que era el best seller clandestino, más de cien mil ejemplares vendidos, del antisemitismo mexicano. Escrito en una época en que el sinarquismo y el movimiento cristero estaban todavía próximos en el tiempo, y por un autor que deseaba alinear a las masas católicas agrarias a su muy peculiar versión del anticomunismo, el libro ofrecía la muy endulzada imagen de un Hitler nada nietzscheano, devoto católico al que le faltaba muy poco para ser, incluso, mariano, enfrentándose en una guerra a muerte con protestantes hipócritas, masones traidores, gringos cobardes y judíos deicidas; amigo y defensor de Pío XI o Pío XII —o, a lo mejor, de los dos— y del cristiano general Franco. En suma, alguien que no podía sino gustar a los conservadores mexicanos pero que ponía nervioso a Hans.

—Yo conocí a Hitler en una vida anterior y les digo que ese Borrego no sabe de qué habla —repetía cada vez que salía en la conversación el tema.

Fascista, pero menos; antisemita, pero a escondidas; decidido a enfrentarse al mundo entero, pero siempre que eso no le costara la visa americana en su pasaporte, el joven cafetalero diseñó un uniforme vagamente parecido al de la Falange que nadie usó nunca, publicó un manifiesto en los periódicos, reunió un grupo de muchachos demasiado jóvenes como para ir a la guerra, se pavoneó con un grupo de guardaespaldas, reclutados entre los guardias nacionales huidos de Nicaragua, en las reuniones de sus amigos cafetaleros, pidió la guerra contra la guerrilla e, incluso, la declaración de guerra contra Nicaragua, y después voló a Miami dejando atrás y solos a su grupo de muchachos demasiado jóvenes y demasiado armados, sus amigos cafetaleros en estado de confusión, sus guardaespaldas perdidos y sin dinero y una camioneta Cherokee blindada pintada de negro y con sus iniciales en letras góticas doradas pintadas en las puertas.

—Yo conocí a Hitler en mi anterior reencarnación y les

digo que ese chico no le llega ni a los tobillos —les advirtió Hans sin que le hicieran ningún caso.

—Éste no será Hitler... éste será Perón —añadía a veces con aire de desprecio.

—¿Y qué tiene de malo Perón? —le preguntaban a veces.

—Perón tiene de malo que no fue capaz de morirse cuando lo sacaron del poder. Yo les advierto que éste va a correr.

Y el joven cafetalero corrió. Cuando J. R. llegó al país, sólo media docena de los antiguos partidarios del aspirante a fascista seguían reuniéndose en un lugar tan poco fascista como un restaurante de McDonald's.

J. R. odiaba los McDonald's, y que aquel McDonald's en concreto estuviera frente a frente a un restaurante macrobiótico de nombre hindú, propiedad de un ex hippie estadounidense, y a dos cuadras de la sucursal local del Banco de Santander, le hacía aún más infeliz. ¿Dónde estaba el color folclórico? Pero después del terremoto, aquél era uno de los primeros lugares que habían vuelto a abrirse, porque era uno de los únicos que tenía un equipo electrógeno.

A pesar de ello, aquel día estaban casi solos. Poco a poco, los muchachos de clase media y media alta que habían formado el grupo del joven cafetalero se habían ido yendo al norte, a estudiar lejos de la guerra, y el resto de la gente había aprendido a evitarles. Sólo Julio y Tom estaban allí aquel día, junto a J. R. y Hans. Tom y Hans hablaban en inglés. Tom apenas hablaba español, a pesar de haber nacido en el país; se había educado con la familia de su padre en Estados Unidos. Julito, por el contrario, hablaba demasiado y había agarrado por banda a J. R., que aún no lo conocía y, en consecuencia, no había aprendido a esconderse a tiempo,

Julito era hijo de un oficial de información de las Fuerzas Armadas, don Julio, y una fuente inagotable de malas noticias, rumores sin confirmar y malos presagios. Su padre, un oficial de la vieja escuela que jamás había ganado un solo centavo a costa de su uniforme —era un caso raro—, estaba convencido, como muchos de sus colegas, de que el Gobierno estaba vendiéndolos, pactando con la guerrilla, y de que la Embajada de Estados Unidos, aquella cueva de demócratas carterianos, conspiraba para traer el comunismo a Centroamérica antes de que el viejito de las películas de cowboys entrara en la Casa Blanca en lugar de Carter.

Julio era la caja de resonancia de su padre en aquel grupo, y comenzaba todas sus informaciones con frases del tipo de: *mi tatá me dijo... Mi tatá me dijo que* (aquí venía el nombre de uno de los ministros civiles de la Junta Cívico-Militar) *fue a México a hablar con los líderes guerrilleros... Mi tatá me dijo que acaban de traer a un oficial de información de la parte oriental de la República en sustitución de Del Valle... un tal López Contreras que se hizo famoso liquidando guerrilleros en San Manuel de Oriente... un auténtico cabrón de los que no les importa mancharse las manos. Mi tatá me dijo...*

La última noticia, cuya importancia J. R. no pudo comprender, confirmaba un rumor que había corrido por la capital días atrás en voz baja, muy baja: el mayor Del Valle había desertado.

Del Valle se fue por la tarde en una camioneta llena de papeles y rodeado por media docena de amigos fieles que preferían perder su carrera en las Fuerzas Armadas a perder a su jefe.

López Contreras llegó dos días después con su guardaespaldas personal, el primero de los muchos que llegaría a tener a lo largo de su larga y siniestra carrera de asesino estatal, y un par de sus hombres de confianza. Su esposa había llegado dos días antes que él y, aunque casi no podría verla durante las siguientes dos semanas, se sentía feliz de haberla sacado de la zona de fuego.

—¿Quién es ese Del Valle, del que tanto habla todo el mundo?

—Era el jefe de seguridad de la Casa Presidencial con el anterior presidente. Sabía del golpe contra el pendejo y trató de detenerlo, pero el pendejo...

—¿El *pendejo?* —preguntó J. R.

—El anterior presidente —explicó Julio con el aire de fastidio de quien le explica a un niño por enésima vez la más fácil de las cosas.

—El tipo era jefe de seguridad y trató de quedarse en la Fuerza Armada porque era oficial de carrera, pero entonces se enteró de los tratos entre la Junta y los subversivos y se voló con sus archivos. Dicen que se llevó todos los archivos, los informes de los confidentes, los dossiers de los políticos, las libretas negras de los jefes de puesto de la Guardia Nacional. El tipo se lo llevó todo y mandó una nota de dimisión al ministro de Defensa, y al cabrón del presidente de la Junta una nota insultante, y se largó.

Julio no se molestó en decirle a J. R., ni a Hans, ni a ningún otro miembro de la banda, que el mayor Del Valle había comenzado a mandar vídeos a los oficiales y los cuarteles. Sus amigos eran sus amigos, y buenos patriotas para ser civiles, pero eran, en última instancia, civiles, y, en consecuencia, gente incapaz de comprender el alma de un oficial y sus prioridades.

Aquel día, sin embargo, las noticias importantes las traía el

Gallo, que llegó en su Toyota nuevo, uno de los últimos que había entrado en el país antes de que las divisas vieran su uso recortado, con una botella envuelta en papel marrón en la mano.

—¿Qué trae ahí?

—Ron de cinco años y buenas noticias.

La botella pasó de mano en mano a través de la terraza del McDonald's sin que el gerente del establecimiento se atreviera a decirles nada. J. R. mezcló el ron con su Coca-Cola, Tom lo rechazó, Hans lo mezcló con un batido de chocolate.

—¡Puah! Ustedes beben cualquier cosa —dijo el Gallo, que lo bebió puro, sin más mezcla que el hielo.

—Al menos está frío.

—No hay nada más triste que un trago caliente o una puta fría —dijo el Gallo.

—¿Qué noticias nos trae? —dijo Julio.

—Sufran y esperen, cabrones.

—Ya se está haciendo el importante.

—¿Qué noticias nos trae?

—El Licenciado está viniendo a trabajar a Ciudad Nueva.

—*No way, man! He doesn't like cities and cities doesn't like him... Everybody knows that* —dijo Tom, seguro de que todos le entenderían.

—¡Sí, *way man!* Ha perdido mucha gente en Nuevo Hamburgo y la Asociación Cafetalera le ha ofrecido plata para que venga aquí.

—Las Fuerzas Armadas nunca tolerarán otra fuerza armada ilegal en Ciudad Nueva... ésta no es una aldea de Oriente. Los jodidos observadores gringos —*no offense intended here, Tom*— están en todas partes... periodistas, gente de la CIA, diplomáticos... La Junta tiene que conservar las apariencias.

—La Junta le odia.

—Da igual. Lleva una semana en Ciudad Nueva, en una de

las casas de María Eugenia Báez Peña. Se ha entrevistado con Huertas Guerrero, de la Alianza Productiva Empresarial, y con el viejo Reyes.

—¿Y?

—Se va a quedar aquí para... ¿cómo lo dijeron en la Alianza? ¡Ah, sí! *Para darle más peso específico a las demandas de los sectores productivos del país.*

—Es una forma de decirlo. ¿Vino solo?

—No. Trajo una docena de supervivientes de su ejército privado. Los tiene repartidos en un par de casas seguras... y no es sólo eso.

—¿Y?

—Quiere vernos.

—¿A nosotros? ¿Para qué?

—A nosotros en concreto no, a la gente de los grupos nacionalistas. El tipo sólo tiene gente acostumbrada a trabajar en el campo y necesita alguien que sepa de la ciudad para moverse aquí. Va a montar una fiestecita de tipo campesino, ustedes ya saben cómo es eso, un chivito asado, guaro y cerveza, para conocer a la gente de por aquí...

Hans se había desentendido de la conversación. Él ya sabía, lo había soñado antes incluso de que el Licenciado lo decidiera, que el jefe del escuadrón iba a venir a su ciudad. Sabía también que iba a unirse a él porque era un fascista sin jefe, y hay pocas cosas más patéticas que un fascista sin un jefe al que obedecer, y a Hans ya no le quedaban jefes; los pocos que había llegado a tener en el grupo del joven cafetalero habían desertado.

—Yo no me voy a dejar dar órdenes como un cholo —murmuró Julio.

—Yo, de todas formas, me tengo que ir del país, con mis padres —dijo el Gallo.

51

—¿Dónde? —preguntó Tom.

—*Brasssil* —respondió el Gallo, acariciando el nombre del país a la manera brasileña—. Mi tío acaba de comprar allí un cafetal más grande que este país...

—Yo sí voy a la fiesta —dijo Hans.

—¿Yo también estoy invitado? —preguntó J. R.

—Seguro, gachupín... Ya verá cómo es eso: carne picante, cervezas heladas y, si hay suerte, alguna hembrita caliente.

6. MARIACHI.

La carne estaba picante, la cerveza estaba helada, y J. R. no se atrevió a comprobar si alguna mujer estaba o no caliente, porque había pocas mujeres en la fiesta, todas estaban acompañadas, y todos sus acompañantes estaban armados.

Los mariachis cantaban y todo el mundo hablaba de todo y contra todo en medio del ruido de los platos y cubiertos (aparentemente, la cubertería plástica y los platos de cartón todavía no habían llegado al país) y la música no escuchada.

> *Carabina treinta-treinta que los rebeldes portaban,*
> *gritaban los maderistas que con ella no mataban.*
> *Gritaba Francisco Villa que con ella no mataban...*

El corrido había llegado del Norte, como los mariachis, y no tenía nada que ver con la fiesta. Si había algún ejemplo mexicano en esta fiesta, no eran los maderistas sino los cristeros.

Te apuesto que no se afeitan todos los días y escupen en el suelo, le había advertido Clos menos de dos meses atrás, y J. R. pensó que tal vez tenía razón. Miró alrededor suyo, se dio cuenta de que no tenía nada en común con aquella gente y por un momento sintió miedo. Hans tomó una cerveza helada directamente de un barril de hielo y se la pasó a J. R., soltó un jipido largo y profundo en un momento de la canción, se mezcló con la gente de la reunión, palmeó un par de espaldas, empujó, muy amablemente, a un par de personas y consiguió una mesa en una esquina del patio. J. R. se sentó junto a él y miró a los reunidos. Eran campesinos de manos duras, gente de piel oscura y sangres mezcladas, que no tenían nada que ver con el grupo de jóvenes derechistas de origen europeo y clase media alta que Hans le había presentado días atrás.

—Y al volver al pueblo me encontré que la gente de la guerrilla se había enterado que yo estaba con la Información de la Guardia.. —decía un hombre de rasgos aindiados.

—Nunca supe muy bien por qué vinieron por mí, pero el caso es que me intentaron matar... —contaba un ex barbero de pueblo.

—Llegué a tener tres autobuses y cinco taxis. La gente me llamaba el Rey de los Busitos... No les voy a decir que fuera rico pero vivía bien... —repetía con aire cansino un hombre casi anciano que, sin embargo, no podía tener más allá de cincuenta años.

—Yo estudié anticomunismo en la Guardia... —afirmaba un tipo de boca dorada.

—... y como no me podían matar, fueron por mis padres en el pueblo...

—... me balearon en la puerta de mi barbería. Me dejé caer al suelo y rodé, saqué la nueve y les solté los nueve vergazos del cargador... bam, bam, bam, bam...

—... me quemaron dos buses y, cuando me quemaron el segundo bus, busqué al baboso que era responsable de la Unión Nacional Opositora en el cantón y le recordé que yo también era un trabajador, y cómo había hecho mi compañía...

—... miren qué nenita, bien blanquita, acaba de entrar...

—Mire quién acaba de entrar —dijo Hans mirando hacia la misma mujer que le señalaba el de la boca dorada. Hans parecía alegremente sorprendido.

—... cuando enterré a mis padres pregunté quiénes eran los activistas de la UNO en el pueblo...

—... vacié el cargador entero y estoy seguro de que por lo menos a uno maté...

—... y qué buen culo tiene... ¿Usté la conoce? Todos los blancos tienen suerte. Y ahora mira en esta dirección...

J. R. había logrado conectar con la fiesta al cabo de tres o cuatro cervezas. Seguía sin saber qué era el UNO o sin conocer la mitad de los nombres de la gente que le rodeaba. Había bebido demasiadas cervezas y, además, alguien había abierto un par de botellas de ron Herrerano. El cabrito estaba asado y servido con frijoles refritos, una masa amorfa de color marrón oscuro, y arroz. Aquella tarde hasta las tortillas de maíz le gustaban.

—Qué bonita se ha puesto la María Eugenia —dijo Hans.

—¿Esa es la dueña de la casa? —preguntó J. R.

—No, su sobrina —respondió Hans a un J. R. que ya no le escuchaba, ocupado como estaba en oír a sus nuevos amigos.

> *Con mi treinta-treinta me voy a marchar*
> *a engrosar las filas de la rebelión.*
> *Si mi sangre piden, mi sangre les doy*
> *por los habitantes de nuestra Nación.*

El mariachi cantaba y J. R. se volvía a ver en la filmoteca de Barcelona, viendo películas de los años cincuenta. Tal vez fuera el alcohol, pero hasta la gente parecía moverse como si la filmara la cámara de Figueroa. Si hubiera habido un nopal en aquel patio, aquello hubiera sido una película del Indio Fernández, pero también es verdad que si hubiera habido un nopal en el patio, no hubiera sabido reconocerlo.

—... les advertí que si me quemaban un autobús más los mataría. No fue una amenaza, sino sólo una advertencia dicha de la forma más amable posible. Yo no soy mala gente y me gusta avisar cuando veo que alguien está en peligro...

—... me dijeron que los activistas allí eran dos hermanos, los Saavedra, que eran ahijados de Julio Marín, que es otro al que algún día me gustará arrancarle las partes, y que ésos eran los que más andaban reclutando gente para la guerrilla...

—... cuando se fueron me fui a levantar y me di cuenta de que me habían dado justo en la cadera y que estaba en el suelo y ya... que no podía levantarme...

J. R. adoraba aquellas historias. Eran justo lo que había buscado toda su vida. Hans silbó de lado a lado del patio y la mujer miró hacia ellos sonriendo. Tenía una sonrisa provocadora. J. R. no estaba acostumbrado a que las mujeres le sonrieran y, mucho menos, a que le sonrieran provocadoramente.

—Hansito, qué gusto de verlo... ¿A su amigo que no me lo presenta?

Hans les presentó. J. R. la miró con aire despistado.

—Hans, ¿de dónde sale esta gente? No parecen el grupo de amigos habituales de mi tía.

—No, no lo son. Vienen de aquí y de allá. Este es J. R.

—¿Cómo el malo de Dallas? Qué divertido. Y qué acento más curioso... déjeme adivinar... ¿Colombiano?

—Exacto, colocho de allá por el Estado de Santander ¿qué otra cosa se puede ser con ese acento? Y J. R... como el tipo divertido en Dallas...

—¿Español? ¿Vino desde tan lejos? ¿Para un *surprise party?*

—Esta otra gente que tanto te sorprende es la terrible *mano blanca*...

Ella se lanzó entonces a un monólogo interrumpido por las explicaciones de Hans, que apenas se molestaba en oírla y, sin embargo, se las arreglaba para introducir sus comentarios en medio del parloteo.

—Así que ésta es la terrible banda del Licenciado. Demasiado pueblo como para ser la nueva banda de su amigo el cafetalero... porque siento decírselo, pero su amigo el cafetalero es un esnob... como todos los nuevos ricos... Mi pobre tía no se lo va a creer cuando le diga qué clase de gente tenía en su patio... La pobre, toda una vida tan aristócrata, montando fiestas de sólo por invitación, comprobando desde dos o tres semanas atrás que quién iba yo a invitar diciendo después que no que ni modo, que si ése es nieto de un cholo y que si aquel otro tiene de hondureño, y cuando por fin hace un *open house* se le llena la casa de pistoleros... y además, pistoleros pobres.

Para J. R. era ya otra voz más en medio de la confusión. Mezcló un poco de un *vodka* de fabricación local en su botella de cerveza y se dio un largo trago. No era *vodka* a pesar de lo que decía la etiqueta, sino alcohol de caña, pero no sabía del todo mal una vez mezclado.

—... cuando me quemaron el tercer autobús y me arruiné fui a la casa del hijueputa y le pedí que saliera a la calle, donde su hijo no pudiera vernos, y allí le pedí explicaciones. Me dijo que la Unión Opositora no era lo mismo que la guerrilla, me habló mil babosadas, estaba asustado, porque sabía lo que iba a hacerle, y, cuando acabó de hablar, lo maté en la puerta de su casa... Un comunista menos a matar mañana...

—... no me fue fácil matar a los Saavedra, porque sabían que los buscaba... pero el mayor había preñado a una muchachita y de noche iba a visitarla y los hermanos, o al menos uno de ellos, me avisaron...

—... así que vino de Europa a unirse a la fiesta del Licenciado... ¿cómo puede alguien venir de tan lejos a mancharse las manos? No se engañe, de aquí salimos todos manchados —le dijo ella inclinándose—. Necesito un trago —añadió tomando la botella de J. R. de la forma más natural. Bebió un trago, tosió cuando la mezcla de seudovodka y cerveza le arañó la garganta y sonrió.

—Le gustan las cosas fuertes —dijo J. R. Parecía, pero no lo era, una pregunta. Ella no contestó de inmediato sino que se tomó un segundo trago antes de seguir monologando.

Hablaba muy inclinada hacia adelante, dejando ver un escote profundo y una carne blanca. Era un día demasiado caluroso; para J. R. todos lo eran desde que había llegado a aquel país, y la tela se pegaba a la piel de la mujer dejando adivinar unos pechos no demasiado grandes pero atractivos. J. R. la miró con atención por primera vez. Era delgada, no muy alta, de pelo negro, teñido de caoba, y rizado, vestida muy a la americana. Tenía una sonrisa demasiado amplia y descarada, sobre todo cuando vio la forma en que J. R. miraba su escote. J. R. no estaba acostumbrado a que las mujeres le sonrieran, y decidió que aquélla no era su tipo. J. R. soñaba con altas y evanescentes valquirias.

—Ahí está el mero mero —dijo Hans, tocándole el hombro.

J. R. levantó la mirada más allá del escote y la sonrisa y lo vio. Estaba solo, aunque le rodearan sus guardaespaldas, en silencio en medio de la fiesta. Bajito, sonriente y duro, con la mirada escondida detrás de unas gafas de sol gruesas y graduadas, con un vaso de ron puro en su mano derecha.

—... cuando salí del hospital me uní al Licenciado.

—... tuve que huir a la capital y el Licenciado me encontró.

—... decidí que al otro lo mataría más fácil si me unía al Licenciado, así que pedí la baja en la Guardia, no me la dieron y deserté, y me uní al grupo del Licenciado.

—¿Ese es el Licenciado? Yo me lo imaginaba como de dos metros de alto —dijo ella.

—Llámeme —ordenó ella antes de irse—. Hans tiene mi teléfono —añadió.

La vieron irse. J. R. trató de olvidarla apenas ella se dio la vuelta.

—Apuesto a que no lleva ropa interior —apostó el de la boca dorada que había estado callado por largo rato.

—¿Ah, la conoce? —fue el único comentario de Hans.

—¿Le va a entrar? —añadió dirigiéndose a J. R.

—¿Yo? —dijo J. R.

—Mire que parece interesada... y le han crecido dos buenas... —Hans hizo un gesto con las manos.

—¿De veras?

—Cuando chiquita parecía un muchacho... tardaron años en crecerle —explicó Hans sin que J. R. se lo pidiera.

—¿No es demasiado fácil?

—Ahí está la gracia. ¿Qué le preocupa? No hay nada que no pueda curar la penicilina —dijo el de boca dorada, y tenía razón. Era el principio de los años ochenta, no se daban cuenta y vivían todavía en el mejor de los paraísos.

—Gachupín, no tiene que tirársela aquí, en medio de la fiesta... pero con esa vocecita de cura que tiene creo que le ha gustado —dijo Hans.

—Tiene usté voz de jesuita —dijo el de boca dorada.

—Y tiene usté mucha suerte porque la María Eugenia viene de familia católica y devota... yo creo que los curas tienen que gustarle —remató Hans dándole un codazo en el costado.

*　　☠　　*

—Quiero un cura —pidió J. R.

—¿Qué dice el gachupín? —preguntó el conductor del taxi.

—Quiere un sacerdote —repitió Hans.

—En la casa de seguridad tenemos un médico, pero no creo que el Licenciado tenga un cura.

*　　☠　　*

—Vengan, les voy a presentar al Licenciado —dijo el conductor de los autobuses quemados.

El jefe se movía entre la gente, su gente, con una sonrisa tímida, y de cuando en cuando estrechaba una mano. Había soltado ya el vaso y tenía siempre, incluso en medio de aquella gente que lo adoraba, una mano libre.

—Óigale hablar, Licenciado, puritito jesuita español... ya tenemos a quien infiltrar en el enemigo —le dijo a su jefe el chófer.

—¿Español? Yo estuve en su país en época de Franco... el suyo era un país muy ordenado, muy seguro...

J. R. asintió. España era ciertamente un país muy ordenado en época de Franco.

—Aquí, el gachupín es un fugitivo de la justicia de su país —explicó Hans.

—¿Y qué hizo allí? —preguntó el Licenciado.

J. R. murmuró algo sobre tenencia ilícita de armas de guerra y banda armada, tratando de no concretar nada.

—Está bien que los jóvenes tomen parte en la política de su país —dijo el Licenciado antes de irse.

El Licenciado miró y tomó nota de J. R., de su cara delgada, blanca y barbada, y lo incluyó en sus listas. ¿Podía alguna vez necesitar a alguien que pareciera un jesuita español? Sonrió a J. R. y a Hans. Oyó el apellido de éste, hizo la pregunta prevista: *¿Nieto del militar? ¡Hijo! ¿De veras? Su padre se debió casar ya mayor* —y siguió saludando a la gente.

De cerca era difícil imaginar que se trataba de un peligroso, muy peligroso, matador, de un líder terrorista. La piel del hombre era casi traslúcida y su pelo estaba repeinado hacia atrás meticulosamente, su sonrisa era tímida, más la de un funcionario menor en un ministerio que la de un peligroso matador de hombres, temido allá donde era conocido.

—¿Cuánta gente ha matado? —preguntó J. R. en voz baja.

—Más que yo.

—En esta o en su anterior reencarnación.

—Más que yo en cualquiera de ellas.

*　☠　*

—¿Gachupín, me oye? ¿No prefiere un médico a un cura? Creo que se ha desangrado —dijo el chófer.

—No. Todavía está vivo. Siga conduciendo. ¡Acelere!

7. EL LICENCIADO.

A pesar de la mala fama que los abogados tienen en muchos lugares, pocas gentes hubieran podido adivinar que el Licenciado iba a acabar siendo recordado, no por su trabajo como hombre de leyes, o por sus intentos como cafetalero, sino como un asesino excesivamente competente. ¿Cómo un pequeño terrateniente, un letrado de pueblo, había llegado a tener tanto poder? De él se hablaba incluso, sobre todo, en la Embajada de Estados Unidos.

Todo empezó poco a poco. Empezó el día en que las FAR —¿o eran las FPLP?— trataron de cobrarle el impuesto revolucionario.

Eran tres y eran jóvenes, demasiado conscientes de ser la vanguardia del proletariado como para poder pensar por sí mismos. Tenían la petulancia de los que saben que el futuro les pertenece en exclusiva, como exclusiva era su verdad que es la Verdad Absoluta escrita con mayúsculas. Eran tan parecidos a J. R. que éste no pudo menos que odiarlos cuando supo de ellos a través de las historias. Eran tan parecidos a Hans que Hans tuvo que despreciarlos cuando supo cómo murieron.

Eran tres jóvenes cargados de futuro cuando entraron en el despacho del que creían un decadente oligarca a sacarle el dinero. Eran poco menos que nada cuando los arrastraron a la calle con los pies por delante.

En un cajón tenía la nómina de la finca, justo debajo de su pistola. No sabía siquiera si tenía o no bala en la recámara. En otro cajón tenía olvidadas, tan olvidadas que ni sus enemigos las recordaban, tres medallas de tiro de tiempos ya lejanos. Hacía diez años que no disparaba y, sin embargo, cuando tocó el arma para alcanzar los sobres con las nóminas supo lo que tenía que hacer. Dejó de pensar, porque sólo los estúpidos se paran a pensar.

Fue fácil.

El arma lo hizo todo sin que él tuviera más trabajo que dejarla salir de su funda.

Sí, tenía bala en la recámara.

En cualquier otro día aquello no habría pasado, pero aquel era un mal día. Fue un buen día para él, a fin de cuentas, y un malísimo día para los tres guerrilleros. Todo el mundo tiene un mal día, y aquella tarde él tenía que hacer algo, matar a alguien, descargar toda su cólera en algo o alguien. No tenía nada que perder. Su ex esposa en realidad, él todavía no se acostumbraba al ex, estaba a salvo de represalias, como lo estaban sus hijas, y si él moría su situación mejoraría económicamente. Si le mataban, y en eso fue lo único que pensó cuando empuñó el arma, sus hijas serían ricas. A la mierda con todo. Comenzando con los tres guerrilleros.

A lo mejor otros tres hubieran logrado salir con vida del tiroteo, a lo mejor otros no habrían provocado el tiroteo. Al día siguiente, el Licenciado tenía que irse a Estados Unidos. Había vendido ya la finca.

Tal vez el mundo no merecía la pena ser vivido, pero eso no justificaba que fuera a regalárselo a aquellos tres idiotas, tan jóvenes que todavía olían a leche materna. No pensaba ceder su mundo al blanquito pobre que no apartaba los ojos de los viejos *Playboy* que tenía en el revistero sin atreverse a tocarlos, no al ladronzuelo aindiado que, desde detrás de una boina negra y una estrella roja, se atrevía a robarle uno de sus cigarros hondureños, no al fanático de ojos claros y uniforme pulcro que comandaba la operación.

Disparó contra el fanático y lo vio doblarse por la cintura y saltar atrás a un mismo tiempo en lo que parecía un movimiento increíble. El indio de pelo largo y boina, el Licenciado lo había bautizado Che en su fuero interno, fue el siguiente en irse, con un cigarro todavía en la boca. El blanquito recibió sus dos balas en la espalda y huyendo, y sólo entonces el Licenciado fue a rematar, una bala en la cabeza disparada a quemarropa, al fanático.

No fue sino cuando los vio en el suelo, grotescamente deformado el cigarro en la boca del seudoche y obscenamente salpicada de sangre la alfombra en la que todavía gemía entrecortadamente el blanco sucio, que supo que el ser humano es más frágil de lo que parece, y se sintió triste.

Remató al blanquito después de arrastrarlo fuera de la alfombra. Su esposa, ex esposa a decir verdad, adoraba aquella alfombra, y el hecho de que fuera capaz de recordarlo en medio de la muerte le indicó lo barata que ésta había llegado a ser en su país.

Descendiente de próceres patrios, familia de aquel tocayo suyo que había introducido el cultivo del café en la República y llegado incluso a presidente de la misma, decidió en aquel momento que ya no podía irse de allí.

Católico tibio en un país de sacerdotes conflictivos y católicos poco practicantes, la muerte, convertida en cómplice y práctica cotidiana, no le alejó de la Iglesia, sino que encendió su fe. Así, tranquilo y sonriente, vio pasar por sus manos las vidas de cincuenta y dos personas, casi todos, pero no todos, hombres, y en su mayoría comunistas, y las tomó, porque si Dios se las daba, ¿quién era él para rechazarlas?

Él mismo ya no sabía cuándo su nombre desapareció para dar paso a su leyenda. ¿En qué momento perdió su apellido y su nombre de pila para tranformarse en *el Licenciado?*

—Licenciado en matanzas y graduado por la Universidad de Nueva Hamburgo —le dijeron a J. R.

En junio de 1979 tenía cien hombres bajo su mando, armas para otros cien, pero muchas eran escopetas de caza viejas, munición para un mes y todo el dinero que necesitaba. Tenía también una lista limitada, pero clara, de sus enemigos, recopilada a lo largo de muchas noches en vela y escrita con su letra de pasante. Fue una lista de la que poco a poco fue tachando, casi semanalmente, uno a uno casi todos los nombres con un trazo elegante de su pluma, con un golpe no tan elegante de cuchillo.

Después del primer tiroteo en su despacho cerró su casa, guardó sus cuadros y sus grabados, su colección de cerámica precortesiana y sus libros raros, y se fue al monte, al clandestinaje, perdió peso, se acostumbró al sudor, cambió sus ropas atildadas por los *bluejeans* y la chaqueta de cuero, y rejuveneció como si fuera un vampiro, tanto más en cuanto más asesino. En aquellos meses redescubrió las malas palabras y el hábito de la bebida, pero nunca abusó de ésta, porque en poco tiempo vio morir demasiada gente por beber demasiado.

Fue el primer sorprendido cuando se dio cuenta de que había formado un ejército. Al principio no trató de reclutar. La gente se le unió sin que él la buscara, porque eran momentos de caos en los que cualquiera que sobresaliera mínimamente podía llegar a ser un jefe o un cadáver. Tenía a favor suyo su dinero que gastó alegremente, su apellido que había sido ilustre y su absoluta falta de convicciones que no iba más allá de un muy básico anticomunismo que permitía que cualquiera que estuviera junto a él lo creyera uno de los suyos.

Los primeros en unírsele fueron sus compañeros de cacería, un par de caporales fieles de su finca y un barbero al que la guerrilla había querido matar. Después fue llegando gente de todos tipos: reservistas del ejército, ex guardias, integristas protestantes que veían en la guerrilla con sus estrellas rojas de cinco puntas a la *bestia apocalíptica,* conservadores católicos convencidos de la infiltración comunista en la Compañía de Jesús, aparceros y pequeños propietarios, ricos y pobres, y hasta dos intelectuales de la extrema derecha, que llegaron casi al mismo tiempo pese a que no podían soportarse el uno al otro.

Uno de los intelectuales era un profesor de economía que soñaba con transformar a la República en otro Taiwan, y el Licenciado lo mandó a hablar con los empresarios de Ciudad Nueva para que vieran que era un hombre razonable, como lo demostraba el hecho de que tuviera con él a alguien capaz de citar a Popper y Toffler, Novak y toda esa otra gente.

El otro intelectual era un nacionalista convencido, que mezclaba en sus escritos a Nietzsche y el *Popol Vuh* —que insistía en pronunciar a la manera náhuatl *Poj-vu*— y explicaba la historia a base de largas y terribles conjuras y, a ése, el Licenciado lo mandó a Guatemala, donde conocía gente, para hablar con la Mano Blanca.

El lector de Popper le dio dinero. El lector de Nietzsche, fusiles automáticos alemanes pagados a precio de amigo con el dinero del primero. ¿Fue Benedetti o Galeano el que dijo que en América latina la única forma de aplicar a Stuart Mill es recurrir a Mussolini? No importa en realidad, porque el Licenciado no había leído a ninguno de los dos ni falta que le hacía.

La inmensa mayoría de sus hombres no sabían de política, pero sí sabían de armas, porque habían crecido en el campo, donde no siempre es posible recurrir a un policía y un hombre tiene que saberse defender por sí mismo.

En su primer tiroteo tuvo sólo veinte hombres con escopetas de caza y un par de pistolas ametralladoras. Fue en la carretera que iba de Ciudad Nueva a la parte oriental de la República, y en el momento de la victoria, cuando el polvo se aposentó en el suelo, las balas dejaron de zumbar en los oídos de los participantes y pudieron contar las bajas, el Licenciado contó doce muertos enemigos y uno propio.

Tuvo después cincuenta hombres y unos negros fusiles Heckler und Koch, que le medio arruinaron a pesar del precio logrado. Fue en aquella época que comenzaron a llegar de la capital los sobres llenos de dinero, las denuncias anónimas, los contactos con políticos a los que no les gustaba el camino que estaba tomando la República. Se guardó el dinero e hizo caso de algunas denuncias que sabía ciertas, pero no de todas, porque eran demasiadas y había algunas que le parecían excesivamente personales.

Fue en aquella época, si no antes, que comenzaron a vigilarle, a infiltrarle. Cuando el Licenciado se replegó a Ciudad Nueva, uno de sus contactos políticos le dio el dossier que sobre él habían elaborado en la Guardia Nacional, y que era tan amplio como el de cualquier comunista.

—¿Quién más lo tiene? —preguntó al mensajero.

—Nadie más. No es una copia. Es el original de los archivos de la Información. Mi mayor se lo manda con sus mejores saludos —le dijo el mensajero, un muchacho demasiado joven, con el pelo a medio crecer de un ex soldado recién licenciado o desertado, todavía incómodo en sus ropas de civil.

Que le consideraran peligroso fue algo que le dolió. ¿Cómo se atrevían a compararlo con los enemigos de la Patria? ¡A él!

Él, que sólo quería protegerla; él, que amaba a la República y dedicaba sus días a protegerla de sus enemigos. Que los políticos le odiaran o le temieran era algo que comprendía; que la Fuerza Armada también lo hiciera, le dolió.

—Mi mayor me dio también esto para usté...

—Un vídeo. ¿Para qué quiero yo un vídeo?

—Véalo. Le aseguro que es bien interesante.

Cerró carreteras, pasó bandos, enterró y mató el ejército privado del Licenciado, y después marchó sobre Nuevo Hamburgo.

La de Nuevo Hamburgo fue una batalla de verdad. Cinco horas de tiros y dos bandos que, al final de la batalla, se habían exterminado mutuamente, con esa ferocidad que sólo se encuentra en las guerras civiles y que sólo se usa cuando se conoce de antiguo al enemigo, se ha jugado con él en el recreo del colegio y es doblemente odiado por ello.

Con los años, la guerrilla del país llegaría a ser una de las mejor organizadas de Centroamérica, pero aquella tarde su enfrentamiento con la banda armada del Licenciado fue una pelea de ciegos, una pesadilla de órdenes y contraórdenes no obedecidas, de muertos inútiles, balas derrochadas y heridos rematados a quemarropa.

La batalla comenzó al atardecer, cuando ya caía la noche, y duró hasta que se acabó la munición. Al final, la guerrilla se retiró, dejando setenta muertos. A la mañana siguiente, el Licenciado se dio cuenta de que su bando no estaba mucho mejor y que viejos amigos de años ya no estaban con él. Hubo pocos heridos y muchos muertos. La fachada de la iglesia, en la plaza mayor, estaba cubierta de agujeros de bala. La alcaldía había ardido, y en gran parte de la noche ese incendio fue la única luz que iluminó el combate. No había casa en el centro del pueblo que no tuviera señales de la batalla en su fachada.

Los guerrilleros habían pensado en tomar Nueva Hamburgo por capital. Estaban en el mejor de los momentos, nunca antes habían tenido tantos reclutas ni tanta moral de victoria. Habían logrado controlar, más o menos y más facilmente de noche que de día, un territorio relativamente amplio, y todo lo que necesitaban era una capital en la zona liberada para reclamar el reconocimiento de su gobierno y hablar de igual a igual con el de Ciudad Nueva. Todos los comandantes guerrilleros habían leído los mismos manuales y estaban convencidos de estar en la penúltima fase de la guerra de guerrillas.

Y Nueva Hamburgo era perfecta como capital. Aunque poco céntrica, podría ser fácil de defender una vez fortificada, tenía un nombre fácil de pronunciar por los periodistas extranjeros y un aspecto folclórico de aldea india que haría las delicias de los fotógrafos de las agencias de prensa gringas y europeas. Fue una batalla organizada por un guerrillero pero escogida por un *public relations*.

El Licenciado marchó sobre Nueva Hamburgo, como hubiera marchado sobre cualquier otra ciudad tomada por la guerrilla, porque tenía allí cafetales y, para él, el café era la República. Por salvar su café, sin darse cuenta, salvó a la República.

Para cuando la guerrilla estuvo en situación de tomar por asalto otra ciudad, Reagan estaba ya por delante en todas las encuestas de opinión y los militares del país mucho más dispuestos a resistir.

Después de la batalla, el Licenciado tuvo que dejar el campo e ir a Ciudad Nueva, pese a que odiaba las ciudades, y unirse al coro de los políticos anticomunistas, a los que secretamente despreciaba y despreciaría hasta que los viera matar en persona y a lo macho.

Y el Licenciado estaba dispuesto a enseñarles a matar a lo macho y a darles una oportunidad de hacerlo.

Recibió el dossier y el vídeo justo antes de que empezara su fiesta de bienvenida. Revisó el dossier y le sorprendió su amplitud, su excelente documentación. Dudó antes de seguir. Sabían mucho de él, y supo que aquella información, al menos un dato de aquella información, sólo podía venir de una persona. Vio al chivato desde la ventana. Un grupo de veteranos seguía bebiendo en el patio a pesar de la hora y de que casi todo el mundo se había ido. Tenía que hacer algo para resolver el problema. Nunca antes había tenido un traidor dentro de su grupo, pero sabía qué hacer. ¿A quién podría usar para resolver el problema? Vio al chivato hablando con el gachupín y con el hijo del antiguo soldado. ¿Cómo se llamaba el hijo del soldado alemán? Hans, ése era el nombre. Le habían dicho que Hans había matado ya y que lo había hecho a lo hombre. Bien, iba a volver a hacerlo.

Decidido ya qué iba a hacer con el chivato, se decidió a ver el vídeo.

8. EL VÍDEO.

—No mire derecho a la cámara. Mire aquí, a mi dedo. *OK*. No se preocupe si se equivoca, esto es televisión. Podemos repetir la toma tantas veces como sea necesario y después editar.

¿Vae, pues? Posiciones. Mayor, por favor mayor... es mejor que no fume en cámara. Da mala imagen. Créame, hemos estudiado esto durante años. *OK*. Que alguien quite ese cenicero de la mesa... los vasos también. Credibilidad, credibilidad... Rodamos en cinco, en cuatro, en tres...

Los dos últimos números los indicó con los dedos.

La cámara comenzó a rodar, se hizo el silencio en el estudio de grabación. Era un decorado improvisado. Una pared de estuco a la espalda del mayor y una mesa de formica en la que tenía media docena de páginas escritas. El mayor tragó saliva y se puso a hablar, odiaba hablar en público, era malo hasta dando arengas a la tropa en el día de la Patria, y una de las satisfacciones que le había dado estar en los servicios de información había sido que le permitían —le obligaban— a mantenerse en un lugar discreto y silencioso, lejos de la luz pública. Era oficial de carrera, conocía a los políticos y, en consecuencia, los despreciaba, pero ahora iba a convertirse en uno de ellos. Hay días en que es mejor no salir de la cama.

—Compatriotas, honrado pueblo de nuestra soberana República, mis hermanos de la Fuerza Armada, tengo hoy el deber de dirigirme a ustedes...

Habló.

Habló por treinta minutos sin interrupción.

Sabía de qué hablaba, había sido el jefe de Información de la Presidencia hasta un mes atrás, hasta poco antes de desertar.

Del Valle había sido el segundo de tres hijos y el mayor de los dos varones, había sido también el ahijado del coronel Merino, jefe por años de la Guardia Nacional, que lo había hecho entrar en el cuerpo que mandaba a la muerte de su padre. Del Va-

lle había sido también el decimotercero de una tanda de diecisiete cadetes en la Academia Militar. Otros oficiales con mejores notas y conexiones habían ido a servir a las unidades de mayor prestigio; él había ido a donde había sido necesario un
oficial capaz de cumplir cualquier orden y dispuesto a llegar a
cualquier lugar, por cualquier medio.

Otros se habían vestido de uniforme mientras él había pasado la mitad de su carrera militar vestido como los civiles,
aprendiendo a caminar, a luchar, a actuar como un civil, sin dejar de pensar nunca como un militar. Así había vivido veinte
años de su vida.

Del Valle era un hijo de Kennedy, un producto de la guerra
fría. En Estados Unidos los liberales, pobres tontos, recordaban
a Kennedy como a uno de los suyos, un Carter con mejor acento y maneras sociales. Del Valle conocía mejor a Kennedy. Del
Valle era el resultado de las políticas de un presidente que leía
las novelas de Ian Fleming, había creado los boinas verdes, empezado la guerra de Vietnam con una mentira, intentado invadir Cuba e impulsado la Escuela de las Américas.

*Those who make peaceful revolution impossible wil make violent
revolution inevitable* era una frase para el consumo externo, para
las relaciones públicas. En el mundo real, J.F.K. fue el que, a
espaldas de sus mismos embajadores, creó todo el nuevo sistema de contrainsurgencia del país con sus equipos de espionaje
electrónicos, sus departamentos de huellas digitales, sus archivos
completamente modernizados. En 1967, la CIA había ayudado a Del Valle y a sus jefes de aquel entonces a fichar uno
de cada diez habitantes del mismo. Del Valle había sido uno de
los primeros soldados de su país, del Continente a decir verdad, que oyó las palabras *Doctrina de Seguridad Nacional* y pudo combinar todos los nuevos métodos científicos con el vie-

jo plan de machete de la época pretecnológica. Y era sólo teniente.

Desde su oficina en el sótano de la Casa Presidencial —la Casona de los rumores—, Del Valle se había enterado de todo y conocido a todo el mundo. Después del golpe, y él sabía que venía el golpe y lo hubiera podido detener con una docena de asesinatos y detenciones extrajudiciales si el Presidente se hubiera atrevido a ordenárselo, habían mandado su oficina lejos del centro del poder y le habían quitado la mayor parte de su personal, sin que eso le impidiera seguir enterándose de todo lo que pasaba. Fue entonces cuando se enteró que un dirigente menor de las FPL se había entrevistado con un ayudante personal del ministro de Asuntos Exteriores. A él no le iban a vender una República pintada de rojo en la que no tendría nada que hacer. Había pasado toda su vida descubriendo u organizando conspiraciones y sabía reconocer una traición antes incluso de que ésta existiera, antes incluso de que los traidores la soñaran. Sabía que hay pendientes que no pueden remontarse, y que, después de aquella reunión, con una Junta como la que tenían no podía venir sino una política de concesiones.

Mmm. Zup.

Primero, la luz avanzaba lentamente por debajo del papel y después retrocedía de golpe. Las fotocopiadoras habían estado trabajando toda la tarde. El mayor no iba a llevarse nada que no fuera suyo. Había fotocopiado todos los informes personales de sus enemigos de la Democracia Cristiana y la izquierda, había destruido las fichas de sus informantes, separado todos los informes de veras importantes y, puesto que las libretas de la Guardia Nacional no existían, al menos oficialmente, se las había quedado.

Le gustaban aquellas libretas. Eran libretas escolares de las que podían comprarse por centavos en los economatos de la Guardia. Había una libreta por pueblo y por año para cada pueblo de la República, y en esa libreta, en letra redonda y perfectamente legible, en el lenguaje oficial y burocrático que era de uso en el benemérito cuerpo, se podía saber quién era quién en cada pueblo: quién estaba con la izquierda, quién con la derecha, quién bebía, quién jugaba, quién se acostaba con putas y quién no lo hacía con mujeres, quién debía dinero a quién, quién había matado o robado o estafado, y que eso pudiera probarse o no en una corte no era en aquellos informes lo más importante, qué familias se odiaban y el porqué.

Del Valle sabía dónde vivían las amantes de dos ministros y el amante de un tercero que, además, no parecía lo que era, y conocía dónde vivía el hombre que se acostaba con la esposa de éste e, incluso, tenía fotos de ella en plena acción. Los miembros civiles de la nueva Junta de Gobierno habían sido sus enemigos durante años, y el simple hecho de que ahora estuvieran en el poder y pudieran darle órdenes no iba a cambiar el desprecio que sentía por ellos. Iba a hacerlos mierda, se lo prometió en voz baja mientras miraba de nuevo las *polaroids* de la esposa de un ministro de la DC.

—Está buena la puta —dijo por encima de su hombro su fotógrafo.

—Sí, muy buena para una vieja.

—Yo diría que el hombre no es blanco —dijo el fotógrafo señalando los genitales en la foto.

Mmmm. Zup.

La última fotocopiadora se apagó. Había copiado doscientos cincuenta dossiers en dos días. Los suficientes como para llenar la parte trasera de un pickup. Su secretaria le había preparado un índice manuscrito de los mismos a medida que los copiaban. El índice ocupaba media docena de páginas manuscritas de letras apretadas. Aquella camioneta tenía su futuro en la política del país.

Del Valle se guardó las fotos en su bolsillo cuando vio llegar a su secretaria.

—¿Tiene las cartas de dimisión?

—Aquí las tiene, mi mayor.

—Ya no tiene que llamarme por mi grado. Soy prácticamente civil.

—Todavía no firmó usté su nota de dimisión, mi mayor.

Vio las doce cartas. Estaban perfectamente mecanografiadas con los nombres de cada uno de los futuros firmantes. Rompió la de su secretaria.

—Usté no viene con nosotros —le dijo, le ordenó.

La secretaria tenía los ojos rojos por las lágrimas.

—No se preocupe. Es por el bien del país... volveré... Voy a volver, y cuando vuelva vamos a cogernos, con perdón, a esos jueputas. No se preocupe por mí. Yo no soy fácil de matar.

Miró a sus ayudantes. Había una docena de ellos, todos suboficiales y técnicos. Todos firmaron sus notas de dimisión, y el mayor fue el último en hacerlo.

—Señores, yo no obligo a nadie. Quien quiera venir que venga, quien quiera detenernos que se atreva. No me voy feliz y hago lo que hago por el bien de nuestra República... ustedes saben que no lo hago por ambición... Nunca he querido ser más que un oficial. Hemos trabajado juntos durante años, pero no quiero obligarles a que vengan conmigo...

Era suficientemente sincero como para ser creído.

Se llevó con él la columna vertebral del que había sido el mejor servicio de inteligencia del país. Dejó detrás de sí los archivos saqueados y medio vacíos, pero no tocó la caja chica del departamento, y antes de irse le devolvió al Estado el arma de reglamento que le había confiado casi veinte años atrás. Tenía otras armas y otro dinero, y si el Estado tenía intención de detenerle iba a necesitar cuantas armas pudiera. Trató de recordar si quedaba algo más que llevarse. No, nada más.

Al mediodía, cuando ya cruzaba la frontera con Guatemala, comenzó a correrse la voz de su deserción en los medios de Gobierno. Se preguntó quién ocuparía su lugar.

El teniente López Contreras llegó a su oficina pocos días después. Llegó vestido de uniforme. La guerra había rebajado las normas disciplinarias, pero el del teniente era un uniforme perfectamente reglamentario. En otros, aquello habría hecho reír, pero López Contreras llegaba precedido por una sólida fama de oficial particularmente duro, y nadie se atrevió. Todos sabían lo que había hecho en las regiones orientales del país, y todos sabían cómo lo había hecho. López Contreras se presentó pese a todo acompañado de su guardaespaldas, Wilson, y de varios de sus troperos. Eran muchachos de pueblos chiquitos, no muy listos pero sí muy fieles a su jefe, y tenían la mirada inexpresiva y las manos callosas de los asesinos.

Encontró que las máquinas estaban en buen estado, pero que los archivadores estaban vacíos. No se dio por enterado. No esperaba que aquella gente, sus subordinados, lo ayudara más allá de lo estrictamente necesario. Sabía que no le querían. Él mismo todavía no comprendía por qué le habían dado aquel puesto, aunque lo atribuía a la influencia que su padre tenía todavía en el Estado Mayor. Aunque si su padre esperaba agradecimiento por ello, se iba a llevar una desilusión. Estaba a punto de ser el oficial más joven jamás puesto a cargo de un puesto como aquél, y sabía que sus servicios en las provincias orientales habían sido buenos, pero también sabía que no habían sido tan buenos como para justificar aquel nombramiento. Sabía también que venía a sustituir a un oficial particularmente apreciado por encargo de un Gobierno particulamente despreciado en los cuarteles. Podría haberse congraciado con sus nuevos subordinados explicándoles que a él tampoco le gustaba el nuevo Gobierno, pero congraciarse con gente a la que tenía que dar órdenes no era su estilo. No había venido a Ciudad Nueva en busca de amigos, toda su vida había preferido los subordinados a los amigos.

Del Valle tenía amigos. La gente de la extrema derecha guatemalteca le había ofrecido ayuda y él la había aceptado. *Cualquier cosa que usté necesite*, le habían ofrecido. *Quiero un estudio de grabación... Voy a hacer unos mensajes en casete para mis hermanos oficiales,* pidió él. *¿Casetes? No sea usté antiguo...* le dijeron ellos antes de darle un estudio de televisión por una tarde.

—Yo no sirvo para la televisión —protestó el mayor por sexta vez cuando vio la grabación.

—*No way.* Mírese ahí. Quiten la voz para que pueda verse mejor. Olvídese de lo que estaba diciendo ahí y piense sólo en lo que ve —le dijo la productora, una norteamericana casada con uno de los lugartenientes de Sandoval—. *You are born for T.V., honey.* Ahora vamos a repetir la toma, *from the beginning.* Y quítese esa horrible chaqueta y esa corbata... consiga una camisa de corte militar y queme esa ropa, parece usté un vendedor de seguros médicos y eso no es bueno. Que me traigan una maquilladora. La cámara le adora, mayor. Déjenos hacer nuestro trabajo y va usté a vender más que Coca-Cola. Póngase ahí. Adopte usté una postura de autoridad, cruce usté los brazos y mire al frente. *Dont look* la cámara, mire a mi dedo. *Here...* No mueva la cabeza... *only* los ojos.

El mayor volvió a mirarse en la pantalla. ¿Qué veía esa gente que él no podía ver? ¿Era ésa su voz?

—Mayor. *You dont mind if I speak you in english?*

—No. Entiendo inglés... pero no lo hablo mucho.

—Mi español no es tan bueno pero lo hablo... Voy a ser honesta, *man*. Creí que venderle iba a ser difícil, pero va a ser más fácil que...

—Más fácil que vender Coca-Cola... ya me lo dijo.

—*Right...* Mire, las dos tontas de maquillaje no entienden ni una palabra de lo que ha dicho y están dispuestas a votar o al menos a acostarse con usted. *In T.V. you're good... If I...* Si no estuviera casada, yo misma... *Just joking...* Eso era una broma... *OK.*

—Mala suerte —se rió el mayor.

—Buena suerte la de mi esposo... normalmente no salgo del trabajo de tan buen humor. ¿Quiere usted el teléfono de la maquilladora más delgadita?

—No. No esta noche.

—Es verdad que está usté salvando la Patria. ¿Quiere algo más? Estoy dispuesta a ayudarle en todo. En casi todo.

—¿Me puede decir quién verá mi vídeo?

—Yo sólo produzco, no distribuyo.

El Licenciado vio la cinta en Ciudad Nueva. Fue la gente de Guatemala la que presentó al mayor y al intelectual nacionalista, y fue éste el que le indicó el nombre del Licenciado.

El Licenciado tuvo que reconocer que el muchacho que le

había llevado la cinta tenía razón. Era un vídeo muy interesante.

—*That's not my end of the business*. Usted se ocupa de eso —le dijo la publicista al oficial retirado.

López Contreras vio la cinta en casa de su padre. El viejo era un oligarca de la vieja escuela, lleno de contactos siniestros con todos y cada uno de los grupos ultraderechistas de Ciudad Nueva. Vio el vídeo después de cenar, bebiendo un coñac que nunca podría permitirse con su sueldo de soldado.

—¿Me escucharán? —insistió el mayor.

El Licenciado vio la cinta y era la respuesta a todas sus dudas. Allí estaba todo lo que siempre había sospechado, sabido incluso, expuesto de forma clara por fin, todo lo que había querido y temido oír dicho en un lenguaje que podía entender. Aquella cinta le hablaba de todos sus enemigos, los que ya conocía y los que había ignorado hasta poco antes, con nombres y apellidos.

Era agradable saber que alguien tan importante como el mayor pensara en él.

—*They will love you* —le tranquilizó la productora, y era sincera.

María Eugenia vio el vídeo en casa de su tía. Por primera vez en su vida pudo ver sin aburrirse un programa político. Aquel hombre le atraía, era un jefe, era un hombre, y era un Hombre con unos H bien puestos que estaba a punto de jugársela por defender el país tal como ella lo recordaba y lo amaba.

—¿Qué harán cuando me oigan?

El Licenciado dio marcha atrás el vídeo y volvió a oír los nombres de los comunistas infiltrados en la Junta. ¿Cómo había podido ser tan ciego? Ahora sabía qué hacer. No más pobres pendejos muertos, a veces sin poder comprender el porqué; ahora se ocuparía de los auténticos culpables. Iba a ir por la cabeza de la subversión y la iba a arrancar.

—¿Qué cree usted?

En la primera página del *Diario de la Mañana* podía ver la sonrisa contagiosa de Luis Álvarez. Había seis ministros en la foto y sólo uno de ellos sonreía, y ahora el Licenciado comprendía por qué sonreía el hijo de puta. Sonrió él también y hundió su cigarro en la foto, entre los ojos del ministro. La marca del cigarro entre los ojos parecía un agujero de bala.

9. EL PRIMER MUERTO.

Hans le prometió a J. R. que le conseguiría un arma y le explicó paso a paso cómo iban a hacerlo. Repitieron media docena de veces los gestos que harían, los saludos, hasta que Hans estuvo convencido de que J. R. no se equivocaría. Por si acaso, llevó su arma.

La cita para recoger el arma fue en una casa de las afueras que alguien había transformado en un barcito sin licencia, más tolerado que legal. La policía hacía tiempo que no iba por el barrio sino a recoger los cadáveres. J. R. llevaba sus últimos doscientos dólares.

—Es mi última plata.

—No se preocupe.

Vieron al vendedor. Estaba más tendido que sentado sobre

varias sillas a un mismo tiempo, con cinco o seis cervezas vacías delante suyo, en una mesa desportillada. Cuando los vio entrar les sonrió con su boca llena de oro y los llamó con un amplio gesto. J. R. lo recordó de la fiesta del Licenciado y eso le sorprendió.

Les ofreció una cerveza. Se sentaron a beber con él. Era un hombre al que le gustaba hablar y contar historias, al que le encantaba reinventar su historia, que insistía en contar incluso en reuniones como aquéllas, en que la rapidez era tan necesaria.

Hans intentó apresurar la cita, pero el de la boca dorada había comenzado ya a hablar. Era una historia vieja

—A los primeros tiros me desperté, yo ni dudas tuve. Acababa de abandonar la Academia de la Guardia y allí me habían enseñado a obedecer y tirar... pero contra subversivos, criminales y gente así... y allí estaba yo, con mi M-14 nuevita y bien aceitada, volando verga contra los paracaidistas de la Fuerza Armada... cuatro pendejos que querían que su coronel fuera presidente en lugar de nuestro general.

Hans recordaba el incidente como algo más grave, o al menos más complicado.

—¿Qué año fue eso? En el setentidós —dijo el ex guardia—. ¿Que no sabe usté historia? Es verdá que no es usté de por acá... Fue el setentidós, febrero quince.

Hans vio con irritación cómo J. R. daba conversación al hombre. Aquello era malo. No estaban allí para hacerse amigos. Entrar, comprar, hacer la cosa, irse: ese era el plan.

J. R. vio al hombre. Estaba cansado y viejo, con un pelo en el que ya aparecían las primeras canas, pero no podía tener diez años más que ellos. Debía de ser soltero. ¿Qué mujer podría soportarlo? Estaba solo en el mundo y quería ser escuchado. J. R. le preguntó por el arma.

La pistola estaba detrás del depósito del agua en el baño. Era como en *El padrino.* No, no estaba cargada. J. R. le dio los trescientos dólares al hombre y éste los guardó en una cartera más abultada de lo que permitía suponer su aspecto mísero.

J. R. dejó atrás la voz aguardentosa del hombre, cruzó un largo pasillo, se equivocó de puerta una vez y pudo ver que alcohol no era lo único que estaba a la venta allí. *¿Dónde va, blanquito? Venga acá que lo voy a hacer feliz,* le ofreció una voz, y pudo por fin llegar al baño. Podría haberlo encontrado siguiendo el olor acre de los orines. Había dos retretes en cabinas cerradas y el arma estaba en la segunda. J. R. cerró la puerta detrás de sí y se prometió que haría lo posible por no volver a un lugar como aquél. Rodeado de dibujos obscenos, sin atrever a sentarse en el inodoro, comprobó el arma, la sacó de la bolsa plástica que la envolvía, la amartilló y trató de cargarla con el cargador que llevaba en el bolsillo, pero arma y cargador no eran compatibles a pesar de ser del mismo calibre. No se preocupó, todo estaba calculado. Sacó de su cargador tres balas y las puso en el cargador original de la pistola, después empujó una bala en la recámara y quitó el seguro.

Era un arma vieja y segura, con una rosca para silenciador en la punta del cañón, que metió en su cintura, al frente. Le gustó el peso del arma en ese lugar, le hacía sentirse más hombre. Sacó su camisa por fuera de los pantalones y volvió al bar. Era como ser un personaje; en realidad, el protagonista de *El padrino.*

—... y entonces mi teniente me felicitó por el servicio... Ustedes saben, no, no pueden saberlo, que todo se comprende cuando se mata al primer hombre...

J. R. vio que el hombre seguía hablando.

—¿Todo en orden? —preguntó Hans.

—Todo en orden.

Hans se levantó y se despidió del hombre, le extendió la mano y éste la tomó. Entonces Hans puso su otra mano sobre la que ya tenía apretada el hombre, como para dar más énfasis a la despedida, y guiñó el ojo a J. R.

—Siempre un placer hacer negocios con usté —le dijo al hombre.

El hombre no contestó, no se dejó engañar. Aunque estaba borracho se dio cuenta perfectamente de lo que le estaban haciendo y trató de soltar su mano, de contorsionarse y desenfundar su arma con la mano izquierda, todo a un mismo tiempo.

J. R. sacó su arma de debajo de la camisa y la extendió hasta rozar la cara del ex guardia. Pudo ver la cara del hombre pasar de la sorpresa al miedo.

Apretó el gatillo, oyó el tiro, olió la polvora, vio caer el percutor y cómo el cuerpo recibía la bala y se estremecía, y aunque todo duró menos de un segundo vio cómo volvía a cambiar la cara de su enemigo.

La bala le dio en la cara y le tiró al suelo. Hans todavía le tenía sujeto y casi perdió el equilibrio. Vio a Hans sacar su propia arma y apoyar su pie sobre el pecho del caído, apretar éste contra el suelo y disparar a su vez contra su cara.

—Adiós.

*　　☠　　*

El muerto había estado bebiendo con sus asesinos. Esa fue una de las pocas cosas que los testigos lograron aclarar al teniente López Contreras. Le dieron mil disculpas. Los dos asesinos habían estado poco tiempo en el local, la sala estaba mal iluminada, había pasado una semana desde el asesinato. Tenían razón: una semana era demasiado tiempo. Había otros motivos que los testigos no decían en voz alta pero el oficial conocía: tenían más miedo de los asesinos que de la policía.

Hasta aquella mañana, el teniente no había sabido del asesinato. Lo habían llamado del depósito, una de las enfermeras, en una de las líneas privadas cuyo número sólo sabían los informantes de la Oficina, para decirle que un cadáver de los recogidos días atrás podía pertenecer a un agente auxiliar. Le advirtieron que la cara estaba irreconocible.

Fue al depósito justo a tiempo de tener su primer roce con la extrema derecha local. Nunca le habían gustado los paramilitares de izquierda y no le gustaban los de derecha. Logró, sin embargo, entrevistarse con la enfermera.

—¿Por qué no me llamaron antes?

—Tenía la identificación escondida en la suela de uno de los zapatos —le dijo la confidente.

—¿Y cómo lo encontraron ahí?

El teniente miró el cartón cubierto con un estuche plástico. *El Oficial Jefe de la Oficina de Coordinación Presidencial ruega a todas las autoridades militares y civiles den al portador de esta identificación todas las facilidades necesarias para el cumplimiento de su servicio.* El sello de la oficina y la firma de su antecesor en el cargo cruzaban la tarjeta. En la esquina superior derecha había un número de serie.

—Eran zapatos muy nuevos —explicó la enfermera—, y uno de los empleados los vio y se los probó para ver si eran de su medida... Cobramos muy poco, señor teniente —aclaró con voz apenada en aquel punto la enfermera, y López Contreras captó lo que quería decir; el uniforme de la enfermera estaba gastado y sus zapatos habían conocido tiempos mejores, y sacó dos billetes de su cartera. Algunos empleados públicos no habían cobrado su sueldo desde hacía tres quincenas. Se alegró de tener dinero propio.

—Gracias, señor...

—Y esto para el que encontró la identificación —añadió otro billete.

—Gracias, señor teniente. ¿Y los zapatos?

—¿Quién soy yo, la viuda? Que se los quede.

*      *

Hans sacó del bolsillo del muerto su cartera y se la pasó a J. R.

—Vámonos.

Ya en el coche de Hans, J. R. se daría cuenta de lo que había hecho.

—¿Está muerto?

—Usté le disparó tres veces y yo otra. Tiene que estarlo.

—Yo no he disparado tres veces.

—¿Está seguro?

*      *

El muerto había recibido varios tiros en la cara que le habían desfigurado totalmente. El certificado de defunción aseguraba que se había tratado de un colapso cardíaco. No dejaba de ser cierto que el corazón se había detenido.

—Tengo órdenes de minimizar la violencia, teniente —le aseguró el director del depósito.

—Recibimos órdenes de los mismos despachos...

No había, en realidad, ningún informe oficial por escrito, pero el doctor tenía, él también, una libreta con las estadísticas reales.

El teniente y el director se bebieron un par de tazas de café en el despacho de éste. El director era una de las primeras personas que parecía agradecida de conocer a López Contreras, y, teniendo en cuenta la manera en que lo había hecho, no era de extrañar.

—¿Alguna vez le han dado órdenes escritas?

—¡Teniente! Seamos serios.

Los dos rieron. También el oficial sabía de órdenes dadas de palabra y sin testigos. Estaban del mismo lado. Eran servidores del Estado.

—¿Hizo algún informe real sobre la muerte del muchacho?

—No, no. Eso no se hace... tengo la ficha de entrada y puedo decirle dónde lo mataron y de qué murió, pero no por escrito... a menos que me den una orden anterior por escrito.

Lo habían matado en las afueras, en un bar de mala muerte.

—Es el segundo muerto que me vienen a retirar hoy sin que yo avise a la parte interesada —comentó el médico.

—Ya lo vi —no necesitaba que se lo recordaran—. Quiero que no le haga nada a la enfermera que me avisó —dijo antes de irse.

El médico no pensaba hacerle nada. A fin de cuentas, y aunque eso no estuviera en sus planes, la informante probablemente le había salvado la vida.

*   ☠   *

J. R. sólo recordaba el primer tiro, pero cuando comprobó su arma se dio cuenta de que había disparado las tres balas.

Tampoco se acordaba de haber gritado y, sin embargo, Hans le dijo lo contrario. Había chillado y mucho, y había pegado una patada al muerto y encañonado a todo el mundo en la sala según salían corriendo.

—No se preocupe. Es fácil olvidar en un primer momento los detalles.

—No me gusta, pese a todo.

—Era sólo un soplón... está bien muerto —le tranquilizó Hans.

—¿Quién?

—El muerto.

—¡Ah! No... lo que yo quería decir es que no me gusta olvidar este tipo de cosas.

Entonces Hans se dio cuenta de que no le había dicho a J. R. por qué habían hecho lo que habían hecho y de que, en el fondo, a su nuevo amigo no parecía importarle mucho. Aquel era un muerto por el que J. R. no iba a perder el sueño. Hans tampoco iba a perder el sueño por el difunto, porque sabía (se lo había dicho el Licenciado) que era un informante, y que se merecía lo que le había pasado. Intuyó, sin embargo, aunque no podía formular su intuición con palabras, no con palabras lógicas, que había algo de amoral en que él, como nacionalista, ayudara a un extranjero, venido desde el otro extremo del mundo, a matar gente de su propio país, de su propio acento. Aquello podía ser malo, muy malo, para su karma. Si las cosas seguían así, su próxima reencarnación iba a ser muy jodida. Dos o tres muertos más y tendría que emplear el resto de sus días en cuidar leprosos para no reencarnar en una rata.

—¿Vio la billetera? —preguntó Hans.

J. R. se palpó antes de encontrarla. Sí, tenía la billetera del muerto. Se la había guardado en el bolsillo.

—Guarde su dinero. Mire si tenía alguna identificación.

—¿Y el otro dinero?

—Quédeselo... está usté lejos de casa y puede necesitarlo. Deme sólo la documentación y cualquier otro papel.

J. R. contó el dinero que tenía el muerto. Tenía bastante más plata de lo que esperaba. Tenía casi doscientos dólares extras y mil pesos.

—¿Lo hice bien? —preguntó J. R. al cabo de un corto silencio.

—Muy bien... lo mató.

—¿No dudé?

—En lo más mínimo. Usted nació para esto. Estuvo un poco histérico, pero es normal en una primera ejecución... ¿Encontró alguna identificación con el dinero?

—No.

Hans revisó la cartera del muerto y buscó, en vano, cualquier prueba de que su jefe tuviera razón, sin lograrlo. No acababa de comprenderlo.

J. R. miró a través de la ventana del carro y todo le pareció mejor. El aire era allí más transparente, los árboles más verdes, el mundo mejor.

A fin de cuentas, J. R. había ido a Centroamérica a matar a un hombre, a cualquier hombre.

¿De dónde vienen los fascistas?

1. VOLVER.

Si le preguntaran a J. R. por qué había ido a Centroamérica tal vez contestara que huyendo de la cárcel o, quizá, si estuviera borracho, se le escaparía la verdad: había venido huyendo de la vida.

Muy a menudo J. R. soñaba despierto.

Dejaba volar su imaginación y soñaba las novelas que nunca escribiría, los personajes que nunca sería.

A veces era un terrible pistolero, a veces un camisa negra, o incluso, aunque raras veces, un soldado de la guerra civil española, y, a veces, sencillamente, se veía de regreso en su país.

Regresaría una tarde de primavera o de otoño, pero nunca de verano, porque estaba comenzando ya a odiar el obsesivo calor del trópico, y el sol brillaría pálido, civilizado, sobre Barcelona, una Barcelona en la que las calles tendrían todavía los nombres de su infancia, los nombres de la época franquista. Seguiría la avenida del Generalísimo Franco hasta la plaza de Calvo Sotelo y subiría de allí hasta el Turó Park para sentarse en su bar favorito, Casa Tejada, donde se bebería una cerveza bien helada en una jarra recién sacada de la nevera, junto a los demás miembros del fascio barcelonés, y presumiría de las experiencias pasadas en el extranjero.

Habrían pasado los años y prescrito los cargos pendientes, estaría anulada la orden de búsqueda y captura que pesaba sobre él, y volvería a su ciudad, pero volvería discretamente porque, pese a todo, no hay que irritar a jueces y policías más allá de lo estrictamente necesario.

Iba a volver, con el prestigio y la fama de los tiros disparados, a un ambiente en el que sonaban más bofetadas que disparos. Iba a volver orgulloso, como un cazador, y presumiría de las piezas cobradas. *Recuerdo mi primer rojo... fue en un bar de mala muerte en las afueras de Ciudad Nueva... le disparé a quemarropa.* Y si no era verdad que su primera víctima hubiera sido un rojo (hasta donde él sabía podía perfectamente tratarse de un policía), lo que nadie podía negar es que estaba muerto, completamente muerto, más allá de toda duda.

—¡Hey, gachupín! ¿Cómo fue su primer rojo?

De vez en cuando la voz de Hans le despertaba, le arrancaba de sus sueños, con sus preguntas impertinentes.

—¿Qué?

—Su primer comunista, allá en España, ¿cómo lo mató?

—No lo maté... El asunto es que...

Pero antes de que pudiera encontrar una respuesta adecuada ya Hans había cambiado de tema.

Cuando volviera a Barcelona no presumiría de forma abierta. Sabía que los héroes, los de verdad, lo había visto en numerosas películas, son reacios a contar sus experiencias. No iría de mesa en mesa por sus bares favoritos presumiendo, contando sus tiroteos, que ya preveía múltiples y sanguinarios, sino que lo contaría en secreto a unos pocos y escogidos amigos de la mayor confianza, porque sabiendo, como sabía, lo poco que duraban los secretos en boca de un ultra español, estaba seguro de que en pocas semanas la ciudad entera sabría, con todas las garantías de autenticidad requeridas, que J. R. había matado en Centroamérica.

Desde luego, se haría rogar a la hora de contar las historias, de entrar en detalles, se dejaría perseguir por la curiosidad de sus amigos, de sus viejos camaradas, o mejor aún, de los nuevos que no le conocían ni recordaban y con los que podría ser más inventivo a la hora de contar aventuras.

Volvería con el pelo recortado al cepillo, con la piel requemada por un sol ajeno y una cicatriz cruzándole la cara, porque las cicatrices imprimen carácter. ¿Dolería una cicatriz así? ¿Cómo se conseguían ese tipo de cicatrices?

En todos esos sueños era más alto, más fuerte, más guapo y estaba mejor vestido que en el mundo real.

Iba a volver habiendo vivido las aventuras que otros soñaban. Recordaba a Clos y Castellón y cómo había tratado de ilusionarles con su viaje para encontrarse con que gente que insistía en analizar en serio las novelas de Conan el Bárbaro no encontraba divertida la idea de ser un bárbaro en el mundo real. Recordaba todavía su última entrevista y cómo lo habían tratado.

—J. R., en este mundo ya no es posible ser un bárbaro, un *viking*, un gaucho... —dijo Clos.

—Yo no quiero ser un gaucho. ¿A qué viene eso del gaucho?

—Clos estaba citando a Borges —explicó Castellón, como si lo hubiera leído.

—¿Ese es un autor fascista?

—No, no realmente, pero ese no es el punto.

—Lo que quiero decir es que no tienes nada que hacer en Centroamérica —dijo Clos.

—Exacto —dijo Castellón, que tenía la mala costumbre de darle siempre la razón al jefe so pretexto de que eso, darle la razón al jefe, era lo correcto entre fascistas.

—La vida no es un cómic de Corto Maltés. Y, si lo fuera, habría que cambiarla, porque el dibujante, ese Hugo Pratt, me han dicho que es antifascista.

Podía imaginar a sus amigos. Con el cambio de horario, eran casi las ocho de la tarde en Barcelona. A aquella hora estarían en Casa Tejada, detrás de una jarra de cerveza helada, o bebiendo en el bar de la Hermandad de Alféreces Provisionales mientras conspiraban.

Prefería imaginarlos en la Hermandad, bebiendo a precio de economato militar, en el fondo del amplio salón del bar, rodeados de ex combatientes, sentados debajo de los retratos de aquellos otros oficiales ya muertos, pintados años atrás. Aquellos retratos intimidaban. Eran todos iguales y en todos aparecía un oficial de impecable uniforme, bigote fino y recortado, expresión decidida y mirada clara de vencedor, y eran doblemente vencedores los muertos, porque habían sabido de un primero de octubre sin llegar a conocer un veinte de noviembre.

Allí, debajo de la mirada severa, pero comprensiva, de los cuadros estarían sus amigos, sus camaradas, dedicados a jugar a la política, u organizar partidos, alternativas nacionales y vanguardias juveniles, alternativas al sistema y todas esas otras cosas que daban sentido a sus vidas. J. R. los conocía desde hacía años, y desde que los había conocido se habían dedicado a elaborar largos documentos que nadie leía y a los que nadie prestaba la más mínima atención, sobre cómo reorganizar la derecha española, sobre cómo actualizar doctrinas que en su primer momento, treinta años atrás, no habían sido ya particularmente populares. A veces, sus amigos se perdían en vanos, en vagos proyectos nunca realizados, acerca del carácter del partido nacionalista del año dos mil, mientras seguían militando, a falta de algo mejor, en el partido del Notorio Notario Toledano, o en el Frente de la Juventud, o en cualquier otro de los infinitos subgrupúsculos separados de Fuerza Nueva que subsistían precariamente, enfrentados entre sí, dentro del patético gueto político en el que se había encerrado, toda autosuficiencia y sectarismo, la más torpe de las extremas derechas europeas: la española.

Eran las ocho de la noche en España y a aquella hora estarían reunidos, tal vez con Vila, que era su jefe informal y del que se decía que era amigo personal del temido, y temible, Stefano della Chiae y que tenía contactos con la internacional negra. Estarían hojeando con envidia una revista de los neofascistas italianos o franceses y criticando al Notario y a su partido. Estarían allí todos los que admiraba: Vila que organizaba; Clos que escribía; Álzaga que colaboraba en revistas científicas de verdad; Castellón que pretendía, cosa ridícula, convertirse en novelista; Castiella que le había mandado libros a la cárcel, cuando lo habían detenido meses atrás.

Toda la gente que había respetado en la extrema derecha más extrema por lo que escribían, leían o pensaban. Ahora él iba a escribir, y lo iba a hacer con sangre y ellos a respetarlo. O al menos eso esperaba.

Era evidente que J. R. soñaba.

2. UNA CARRERA FASCISTA.

Quien no necesitó soñar para conocer la carrera fascista de J. R. fue el teniente López Contreras, que lo único que necesitó hacer fue leer la declaración policial de J. R. como uno más de los papeles ocupados en la serie de registros que siguieron al atentado. ¿Quién habría invitado a aquel tipo a su país? López Contreras tenía ya bastantes problemas con los idiotas de su país como para apreciar el hecho de que la guerra, su guerra, se hubiera convertido en un atractivo turístico capaz de atraer a idiotas de otros países. En realidad, era dudoso que alguien hubiera gastado dinero en traer a la República a un muchachito con una tan mediocre carrera de agitador callejero. Eran media docena de páginas unidas por una grapa; en la primera de ellas podía verse una pequeña etiqueta con el nombre y la dirección de un abogado barcelonés.

ACTA DE DECLARACIÓN DE JOSÉ ROBERTO CALVO MAES-TRE. En Barcelona y en los locales de la Brigada Regional de Información, siendo las diecinueve horas del día veinticinco de junio de mil novecientos setenta y nueve, ante los inspectores del Cuerpo Superior de Policía en posesión de los Carnets Profesionales A 12 GO 8069 y A 12 GO 11954 que actúan como Instructor y Secretario respectivamente para la práctica de la presente diligencia, se procede a tomar declaración al epigrafiado, nacido en Barcelona

```
el once de febrero de mil novecientos cincuenta y
ocho, hijo de Valentín y Emilia, estudiante, soltero
y con domicilio en la calle de Córcega 333, entre-
suelo segunda, quien ante las preguntas que se le
formulan MANIFIESTA. ..............................
```

El epigrafiado no quiso manifestar nada.

El epigrafiado manifestó todo lo que el instructor y el secretario, dos policías que en los manuales de militantes son conocidos por los más humanos y menos burocráticos nombres del
policía bueno y del policía malo, quisieron que manifestara.

El epigrafiado, J.R. para sus cada vez más raros amigos, había sido sacado de la cama a las tres de la madrugada. Las re-
dadas siempre son de madrugada. El detenido está en pijama o
en calzoncillos, dormido, y los policías completamente vestidos
y despiertos. La desventaja es tal que sólo los elementos más de-
sesperados y violentos pueden ofrecer algún peligro para los
agentes que acuden a hacer el arresto.

```
segunda, quien ante las preguntas que se le formulan
MANIFIESTA. ......................................
Que vive en el domicilio indicado en compañía de sus
padres y de un  hermano, desde que nació. ..........
Que es estudiante de segundo año en la Facultad de
Derecho de la Universidad de Barcelona. ............
```

Los estudiantes de derecho que viven con sus padres no son
considerados como particularmente peligrosos por la policía. Ya
en la cárcel, dos semanas más tarde, J. R. conocería a gente que
sí era considerada como peligrosa por la policía, y la historia de
sus detenciones sería muy distinta a la suya.

—Me dispararon cuando abrí la puerta —contó el gitano que ocupaba una litera próxima a la suya. Estaban en una celda de la galería de tránsito de la Cárcel Modelo de Barcelona, las paredes estaban cubiertas de dibujos pornográficos e inscripciones en árabe, las literas habían perdido su pintura y estaban comidas por el óxido, la pila del agua había pasado del blanco al verde y el excusado estaba a la vista de todo el mundo. Era una celda individual, por lo que sólo la compartían seis personas. Había un gitano que mantenía una actitud cortés y distante hecha a partes iguales de amenazas, nunca declaradas, y buenos modales; un drogadicto amarillo de hepatitis que apenas consiguió un contacto cambió su reloj por una dosis de caballo; un vagabundo para el que la cárcel con sus duchas y su comida caliente era un progreso; un ladronzuelo de coches suficientemente bocazas y estúpido como para que hasta el drogadicto lo tratara a patadas, otro ultra y J. R.

El gitano les explicó el significado de cada una de sus cicatrices: una pelea en el patio de la cárcel en una estancia previa, un intento de asesinato, una detención anterior mucho más movida que la sufrida por J. R.

—¿Y los policías te dispararon a bocajarro?

—Apenas abrí la puerta.

—¿Sin aviso?

—Claro.

—¿Y no protestaste ante el juez?

—¡Niño! ¿tú eres tonto o qué?

—Era sólo una pregunta —se defendió J. R.

—Vale. Claro que no protesté. ¿A quién crees que hubiera creído el juez? A veces ganas y a veces pierdes, y la gracia está en no llorar cuando pierdes.

Y J. R. decidió no preguntar qué clase de hombre es el que va armado incluso dentro de su casa.

A J. R. le recogieron sin tiros, registraron su cuarto y su mesa de trabajo, le decomisaron media docena de revistas de la extrema derecha italiana y lo trataron con corrección profesional delante de sus padres y de las dos testigos despertadas para el registro, unas maestras uruguayas a las que ser despertadas de madrugada por la policía española no alegró porque les recordaba demasiado su propio país. Al contrario que la mayor parte de sus compatriotas, J. R. odiaba ver el dinero de sus impuestos en acción.

Aparentemente, J. R. no mereció siquiera ser esposado cuando se lo llevaron entre dos policías hasta el auto sin marcas que les esperaba.

Aquella noche, las calles estaban vacías, y la Sala del Grupo Segundo, llena. Entraron en la Jefatura Superior de Policía por una puerta lateral, cruzaron un dédalo de pasillos mal iluminados y lo llevaron a la sala del Grupo Segundo. La oficina, *dependencia* en el mismo lenguaje que transformaba a los autos en *vehículos automóviles* y al detenido en el *epigrafiado,* tenía un suelo de baldosas desgastadas por los años cuya edad y pobreza se hacía todavía más evidente por la pintura fresca que cubría las paredes. La pintura olía todavía de forma levemente embriagadora y mareante. Sobre el canto de una guía telefónica podían leerse las palabras *grupo segundo* en gruesas letras de rotulador, borrando cualquier duda sobre dónde se encontraba. Había una bandera española, con el escudo antiguo, en una mesa, y fotos de armas pegadas en la pared. Otra bandera española estaba pegada encima de un mapa en el que alguien había borrado la palabra *Euskadi* para escribir *España, Provincias Vascongadas.* Detrás de la mesa más importante, o en todo caso mejor conservada, en medio de los muebles gastados y de los policías jóvenes y agresivos, de las Olivetti de caja gris y teclado duro que eran dotación de todas las dependencias del Estado español, J. R. vio al enemigo por excelencia. No conocía su nombre ni su cargo, pero se lo habían descrito muy a menudo, y señalado una vez en la calle, y sabía por lo menos su nombre de pila: Simón. El Simón de las conversaciones en que el artículo siempre precedía su nombre de pila sin apellidos.

No lo recordaba y, a pesar de la descripción, no lo habría reconocido fuera de allí. Simón era el perfecto policía secreta, ni alto ni bajo, ni gordo ni delgado, discretamente vestido, con unos ojos vigilantes —que J. R. quiso imaginar en vano incluso crueles— escondidos detrás de unas gafas gruesas de miope, de gruesa montura, con el pelo corto y despeinado y una gruesa marca en la mejilla que era el único rasgo que la mayor parte de los detenidos recordaba de él con el paso del tiempo.

Simón había sido, ya antes de la muerte de Franco, el primer policía del posfranquismo barcelonés por su capacidad para repartir bofetadas a la derecha con la misma facilidad y tranquilidad de conciencia que a la izquierda. *Nada personal... espero que lo comprendas... es una cuestión profesional... mañana llegas al poder y me dices de cazar comunistas, o anarcos, y yo te los persigo... Yo soy policía.*

Simón recibió a todos los detenidos uno a uno. *¿Qué, éste también tenía una pistola debajo de la cama? ¿Sólo* Playboy? *Eso está bien, chaval. Nadie se ha metido nunca en problemas por ir de putas. ¿Estás cansado? ¿Dormido, verdad? Ya te imaginarás cómo estoy yo, que soy bastante mayor que tú. ¿Te parece bonito sacarme de la cama con el gripazo que tengo?* J. R. no era suficientemente tonto como para contestar.

Después de que rellenaran su ficha de detenido, J. R. bajó al sótano y a las celdas. Su celda estaba desnuda con la excepción de un banco de cemento que iba a lo largo de dos de las paredes. La puerta estaba enrejada y la única luz que la llenaba venía de una bombilla mortecina que brillaba en un agujero encima de la puerta. Era una luz desagradable, demasiado brillante para dormir durante la noche, demasiado débil para poder ver bien durante el día. Pero lo que J. R. recordaría de la Jefatura y de sus celdas era el olor que invadía el sótano, una mezcla de desinfectante, jabón barato, orín, sudor y miedo. Era un olor gris y grasiento, pegadizo, que tardaba en borrarse de las ropas. O a lo mejor sólo la imaginación de J. R. lo veía, lo olía, así.

Apenas J. R. se quedó solo, se dejó caer contra una pared, y apoyado contra ella se dejó resbalar hasta el suelo, quedando sentado en el mismo. Era un gesto de desesperación, pero era también algo que había visto en una película de gángsteres años atrás y lamentó que no hubiera allí algún testigo para verlo. No había llorado desde que cumplió los doce años y no volvería a hacerlo hasta años más tarde, quizá porque se sentía predestinado a una cultura de mariachi y tiro al aire, en la que los hombres no lloran. No lloró por miedo a ser oído desde las otras celdas, pero sí tembló. Sentado en el suelo de cemento, acurrucado dentro de su chaqueta de cuero negra, su chaqueta de fascista, todo él temblaba de miedo. Estaba en un sótano, solo, cerrado bajo llave y a oscuras.

—¿Por qué se fue J. R.? —le preguntaron a Castellón meses más tarde.

—Creo que no sabía escoger sus novelas —fue la respuesta críptica de Castellón.

—¿Qué vino a hacer aquí? —le preguntó Hans cuando ya tenía más confianza.

—A mí una vez me dijo que era claustrófobo —dijo Clos a los que le hicieron la misma pregunta sobre J. R.

—¿Me creerá si le digo que soy claustrófobo? —dijo J. R.
—Esa no es respuesta. Nadie viene a este país por eso —dijo Hans.

de Barcelona. ....
Que en mil novecientos setenta y cinco, aproximadamente en el mes de febrero, preocupado por la evolución política de España y el avance de los entonces ilegales grupos de izquierda, toma contacto con grupos de significación ultraderechista próximos a la revista Fuerza Nueva que después conformarían el partido político, legal, del mismo nombre, en donde conoce a Juan José Bosque. Que en los meses finales de vida del anterior Jefe del Estado participa en las actividades de distintos grupos de incontrolados que en defensa del anterior Régimen recurren de forma regular al uso de la violencia. ....

3. UNO DE ESOS PERÍODOS INCOMPRENSIBLES.

J. R. jamás comprendió aquella época. Jamás supo explicarla.

Los meses finales del franquismo fueron algo que J. R. no sabía cómo explicar. El franquismo había sido un sistema nacido casi fascista, que moría casi monárquico, con políticos casi liberales, tan liberales en algunos casos que muchos siguieron en política y en el poder tras el cambio total del sistema, que continuaban usando en las ceremonias oficiales rituales fascistas.

—Recuerdo que en una ocasión rodeamos a Martín Villa... —contaba J. R.

—¿A quién? —preguntó Hans.

—Un hijo de puta que después fue ministro del Interior en el primer gobierno demócrata en España, pero que en aquellos días era todavía gobernador civil en Barcelona y jefe provincial del Movimiento...

—¿Tiene que llamarlo hijo de puta?

—Tengo mis motivos.

—¿Y qué pasó?

—Que estábamos en el funeral de un policía, no, creo que era un guardia civil, asesinado por los subversivos en las Provincias Vascongadas, y lo rodeamos y obligamos a cantar el *Cara al Sol*... Él ya se iba de lo más rápido, antes de que alguien lo reconociera, pero teníamos rodeado su coche y no se pudo subir, porque comenzamos a cantar y se tuvo que poner brazo en alto hasta que se dieron los gritos de ritual. Años después, todavía le sacaban en cara aquella foto en la que se le veía con cara de gilipollas despistado y el brazo en alto.

J. R. trató varias veces de explicarle a Hans la situación española, pero él mismo no acababa de comprenderla. En 1975 había ultras que estaban a un paso de la oposición contra los gobiernos de Franco en nombre de su fidelidad hacia el mismo, y falangistas que habían pasado treinta años odiándole a él y al Decreto de Unificación, trabajando en todos los niveles del Estado. Había también ultras que, como J. R., habían nacido y vivido toda su vida en un Estado supuestamente regido por principios de extrema derecha que no se identificaban con éste, que se veían obligados a desenvolverse todos los días en colegios en donde lo normal es que todo el mundo, desde el último maestro hasta el primer alumno, fueran de izquierdas o liberales.

Sin embargo, todos los problemas estaban enterrados debajo de una pesada capa de aburrimiento y normalidad que impedía que alguien que, como J. R., ignoraba todo sobre política, pudiera darse cuenta de que no estaba en el mejor de los mundos.

Y en 1975 ETA lanzó una ofensiva, el FRAP otra, las embajadas españolas en Roma y Lisboa ardieron, en París ardieron los locales de Iberia, en todas partes los rojos, por primera vez en vida de J. R., levantaban la cabeza y aparecían en público. El país temblaba, muchos franquistas temblaban, y no siempre eran temblores de miedo. Muy a menudo eran los nervios anteriores a la pelea, el placer presentido ante un buen combate, la sana excitación que precede a las guerras civiles, lo que hacía temblar a muchos ultras.

J. R. era de los que comenzó a temblar de excitación cuando se unió a su primer grupo ultra. Fue de los que se unió a todas las manifestaciones patrióticas de apoyo al Caudillo y condena a sus ministros, de los que iba a todos los funerales de policías, de los que más alto cantaba el *Cara al Sol* y más fuerte gritaba los vivas y los mueras a la menor provocación.

A finales de septiembre, Franco firmó sus últimas sentencias de muerte. Los rumores decían, y aparentemente tenían razón, que Franco se moría, que tenía el mal de Parkinson, que le temblaba el pulso, pero eso último era falso: a Franco nunca le tembló el pulso a la hora de firmar una sentencia. Las sentencias se ejecutaron.

Alrededor de J. R. todo en España se preparaba para el cambio, y cuando éste llegara iba a estar listo. Los rojos se organizaban, pintaban paredes, lanzaban octavillas; el GAS, una sigla nueva en la evanescente extrema derecha de Barcelona, volaba librerías izquierdistas; los Guerrilleros de Cristo Rey disolvían manifestaciones a palos; ETA asesinaba a guardias civiles; el FRAP mataba policías. El país en el que nada pasaba y en el que había crecido, aburrido y seguro, había dejado de existir antes incluso que su Caudillo.

La violencia del cambio alcanzó a J. R. viendo *El nacimiento de una nación* en el local de CEDADE, el único grupo ultra de Barcelona que se había molestado en legalizarse. Allí se encontró con un amigo de José Bosque que llegó tarde, justo a tiempo de ver al Klan cargar al son de la *Cabalgada de las valquirias*. Francis Ford Coppola no había sido el primer director en darse cuenta de los efectos estimulantes de Wagner.

—J. R., espérame a la salida —le había dicho.

Se habían cruzado antes en los locales de CEDADE y en media docena de manifestaciones y funerales patrióticos.

—Hay un funeral el treinta, a las siete de la tarde —le dijo.

—¿Por las víctimas del terrorismo? —preguntó J. R.

—Por los tipos del FRAP que van de ser ejecutados. Va a haber hostias en esa misa. Vamos a darles un toque a esos rojos de mierda.

—¿Puedo ir? —pidió, confiando en que le aceptaran. Nunca había estado antes en una pelea callejera, ni en sus tiempos de escolar.

—Claro que sí. Vamos a darle de hostias al cura... será agradable cambiar de situación por una vez... —y se rió.

—Oye, eso no será ilegal.

—Sí. ¿Te preocupa?

—No. ¿Tengo que conseguir un arma?

—Mejor, no. Tráete sólo una barra de hierro, que esos cabrones tienen la cabeza dura y vamos a meterles unas cuantas ideas dentro.

*　✠　*

—¿Cómo le dio a su primer rojo? —le preguntó Hans.

—Con una barra de hierro, en la boca.

—¿Con una barra de hierro...? Y dicen que nosotros somos los tercermundistas. Debe de ser difícil matar a alguien con una barra de hierro.

—No lo maté.

—¿No? No se preocupe, que ya matará al próximo.

J. R. se alegró de haber matado delante de Hans a su primer hombre porque así, al menos, el centroamericano no podría burlarse de él ni creerle menos hombre.

*　✠　*

No durmió la noche anterior a la pelea, releyó febrilmente *Los réprobos,* de Von Salomon, en particular los capítulos en que los Cuerpos Francos —debería, tal vez, escribir Freikorps— marchaban hacia una incierta frontera polaco-germana, a batirse con los bolcheviques alemanes y rusos, y con los nacionalistas polacos, reuniéndose poco a poco, reconociéndose de forma casi instintiva, y disfrutaban de un breve momento de paz antes de que la tormenta se descargara. Von Salomon había participado en el putsch del Doktor Kapp, en las batallas del Báltico, marchado con la Brigada Erhardt junto a Scheubner-

Richter, luchado en los encuentros fronterizos con polacos, en todos los encontronazos violentos en los que los predecesores de las SA habían forjado su espíritu de cuerpo y derramado su sangre. Von Salomon había participado en la ejecución de Rathenau y escrito un libro reconociéndolo, vanagloriándose a decir verdad. Los libros de Von Salomon siempre le excitaban. Oyó a Wagner, soñó con el Freikorps, pasó todo el día soñando despierto en espera de entrar en combate y se presentó en el lugar en que le habían citado, vestido como para ir a clase y con un pedazo de cañería en el fondo de la bolsa en que llevaba sus libros de texto.

Sabía todavía muy poco de la vida: Wagner y Von Salomon justo antes de una operación parapolicial. Podría ser algo divertido si no hubiera sido algo patético.

El treinta de septiembre de mil novecientos setenta y cinco no fue una parte de la *Tetralogía,* ni J. R. fue un nibelungo; no oyó sonar las trompetas, sino sólo las sirenas de la policía. Aquella noche fue todo lo más un *remake* barato de *Z* al que sólo le faltó Yves Montand haciendo el papel de víctima y Jorge Semprún escribiendo los diálogos. No brilló el oro del Rin, fue una sórdida operación al final de la cual J. R. se encontró con unas gafas ajenas en el fondo de sus bolsillos y una sensación de vergüenza atenazándole el estómago. La vergüenza se le pasó cuando al día siguiente el GRAPPO, todavía tenía dos pes en su nombre, mató por primera vez.

—Así que no mató a su rojo... ¿Por qué?
—Al menos le machaqué bien la cara.

Que en mil novecientos setenta y seis, tras ser expulsado Juan José Bosque Tapias de Fuerza Nueva, se
une a él, en un grupo, ilegal, denominado JUVENTUD
ESPAÑOLA EN PIE, sin llegar a integrarse plenamente
en el grupo. ....

Bosque parecía haber nacido con una pistola debajo del
brazo, tenía instintos de depredador, que, de haberse dirigido
hacia el beneficio propio en vez de a la política, hubieran hecho de él un gran criminal, o tal vez incluso un gran banque-
ro, dicho sea esto último sin intención de ofenderlo. Si algún
fascista barcelonés mereciera haber vivido en tiempos mejores
y marchado a Roma con Mussolini, ése era Bosque. El grupo
que rodeaba a Bosque era su copia multiplicada. Bosque era
sincero y fascista, y su sinceridad era terrible y magnífica,
como su violencia.

Vila, a quien J. R. conoció a través de Bosque, era también
sincero y fascista pero no tenía nada en común con Bosque.
Eran muy distintos, y la primera vez que J. R. supo de él fue
por un pedante, muy pedante, artículo, en *Les cahiers du
C.D.P.U.*, una revista nacionalrevolucionaria francesa, acerca
de los peligros que suponía para los jóvenes fascistas mezclar-
se en las actividades de bandas parapoliciales de extrema derecha.

Después de su primer golpe, J. R. dio muchos otros. Tal vez
el futuro del fascio en España era negro, pero allá donde alcanzaban su mano y su odio, los amigos de J. R. eran todavía el poder y el desorden y la ley.

Por un breve instante disfrutó de toda la excitación del clandestinaje y la ilegalidad sin ninguna de sus responsabilidades. Era como ser Superman o Spiderman, y tener una vida secreta, en la casa, frente a sus padres, y otra pública, en la que aparecía, aunque no con su nombre, en las notas de los periódicos. Tenía diecinueve años cuando pudo leer en uno de los periódicos de mayor tirada de Barcelona el titular «Viriles y violentos», que se refería a él y a otros veinte escuadristas.

Era un momento loco en la historia de España, en que la policía no sabía bien si detenerles o ayudarles cuando cazaban a un rojo. Sólo años más tarde sentiría la misma sensación de poder absolutamente irresponsable en Centroamérica. Era una rara sensación: el poder reunir toda la impunidad del poder y ninguna de sus responsabilidades. Era la misma sensación que uno siente en medio de las borracheras, en ese punto exacto en que el alcohol hace que todo sea más evidente, más claro, justo antes de que todo pierda sentido, la misma que uno siente cuando dispara un tiro al aire.

Después de su primera caza de rojos no le costó mucho integrarse en su grupo. Muchos de los viejos, la mayoría, eran franquistas, pero entre los jóvenes abundaban los aspirantes a camisa parda. Tenían un local, parroquial pero preconciliar, no sé si antes de Trento o de Nicea, que antes había sido una perrera municipal, tenían dos jeeps y dos líneas de mando: la oficial, que seguía a los mítines de Blas Piñar, y la real, que iba a todas partes y se continuaba en las Ramblas que eran la zona roja por excelencia.

Las Ramblas eran la zona roja, y a un lado de las Ramblas, a la derecha, según se subía del puerto, siguiendo por la calle de Fernando, se podía llegar a la plaza de San Jaime, donde los domingos por la tarde bailaban sardanas los excursionistas de los mil grupos *scultistes* de la región, todos ellos tan catalanes, todos ellos tan catalanistas, algunos de ellos tan separatistas. Normalmente se les dejaba en paz mientras bailaban, y sólo había violencia cuando los últimos grupos se reducían al mínimo y cantaban *L'estaca* o gritaban *Visca Catalunya Lliure!* En ese momento solían cargar los ultras.

Bastaba con gritar un *¡Viva Cristo Rey!* y cargar a ciegas, la cabeza la primera, con un mango de martillo por toda arma, para hacerlos correr. En realidad, había muy poca violencia. Pero pronto los rojos dejaron de correr, y J. R. fue detenido y fichado por la policía por primera vez.

Fue en la plaza de Cataluña, junto a Bosque y otros incontrolados. Por primera vez en bastante tiempo no habían salido de caza. Bosque había sido advertido en la Hermandad de Alféreces Provisionales que el Partido —así se llamaba a Fuerza Nueva en privado— no deseaba más peleas callejeras, pero, aunque Bosque no las buscara, solía encontrarlas porque su cara era conocida por casi todos los izquierdistas de Barcelona. Los rodearon. No era la primera vez que Bosque era rodeado, y normalmente eso no le importaba. En una ocasión, rodeado completamente por izquierdistas, había dicho, sin pensarlo, una frase que después todos los ultras de Barcelona repitieron: *Estamos rodeados... podemos cargar en todas las direcciones al mismo tiempo.* Y entonces cargó y le abrió la cabeza al rojo más cercano con su octogonal. *¿Usó la octogonal? Sí. Pobre rojo.* La octogonal era una barra de hierro de las usadas en la punta de los martillos neumáticos que se emplean para abrir las calles, y aseguraba con su solo peso y masa que cada golpe dado era un enemigo hospitalizado.

Aquel día, Bosque no llevaba su barra de hierro. Aquel día cometió el error de ser disciplinado y evitar la pelea, tal como le acababan de ordenar. Dos bofetadas dadas a tiempo podrían haberle evitado muchos problemas aquel día, pero, en vez de darlas, el grupo entero se retiró hacia el paseo de Gracia, y eso envalentonó a los otros, y a los pocos minutos empezó una pelea de verdad, de ésas en que vuelan las cuchilladas, que duró pocos segundos, hasta que alguien disparó al aire. Los rojos corrieron, sabían que no importa quién hubiera disparado, no era de los suyos, y Bosque alcanzó por el brazo al rojo más próximo y comenzó a golpearlo. Todavía no había tenido el tiempo necesario para hacerle daño de verdad cuando oyó un frenazo, y antes de que supiera qué pasaba, un policía gordo y colorado apoyó una metralleta —una de aquellas empleadas en la década del setenta que aparecían tan a menudo en los informes policiales y del Ministerio del Interior como *disparadas por accidente causando la trágica muerte de...*— en las costillas de Bosque. El único rojo detenido aquella noche fue el que Bosque tenía agarrado. Los izquierdistas, condicionados por toda una vida en la oposición, corrieron apenas vieron el coche policial; los ultras, acostumbrados a la tolerancia de los uniformados, se sorprendieron cuando los esposaron como a criminales, como a rojos.

Aquello no era, todavía, lo típico.

4. LO TÍPICO.

Lo típico era el bar del legionario.

El bar estaba en la calle del Temple (hay nombres que cier-

tamente predisponen) y era propiedad de un antiguo escuadrista de la Guardia de Franco que, como el nombre claramente
ocultaba, no era la Escolta del Caudillo, sino una organización
paramilitar del Movimiento Nacional.

Fue un bar más durante años, con sus mesas de formica, su
barra de madera aporreada en la que el paso del tiempo y las copas habían dejado sus marcas, su vitrola con discos de Lola Flo-
res, Julio Iglesias y Raphael, y su calendario con una mujer des-
vestida, pero poco, y provocativa, pero no demasiado, porque
había pasado por las manos de la censura franquista.

Fue un bar vulgar hasta que los ministros de guerrera negra
y auto oficial comenzaron a pretender que eran buenos demócratas, e, incluso, a afirmar que lo habían sido desde siempre.
El legionario fue desenterrando correajes y banderas a medida que otros los escondían. Los rojos, aquella gente a la que había perseguido desde Melilla hasta la frontera franco-española,
levantaban cabeza, y él engrasaba su nueve largo, la pistola de
las grandes ocasiones; los rojos grababan canciones de protesta y
él colocaba en su vitrola el *Himno de la Legión* y *El novio de la
muerte*. Las calles del casco antiguo se llenaban de pintadas con
la hoz y el martillo, y él llenaba su bar con carteles hechos a
mano, en letra gótica, en los que había reproducido a mano el
Credo Legionario. A su manera, y tal como le ordenaban su ins-
tinto y sus difuntos generales, él también buscaba la distancia
más corta con el enemigo. Detrás de la barra tenía una fusta de
camellero de cuero trenzado, de las rematadas por una bala
de máuser en la punta, de las que podían abrirle la piel a un ca-
mello y llegar hasta el hueso si golpeaban a un hombre; debajo
de su brazo se veía el pavón negro de una de aquellas del nueve
largo que se repartieron durante y al final de la guerra, por mi-

les, entre las gentes que vestían de azul. A veces llegaba al bar vestido con una camisa azul de movimientista, a veces con las solapas anchas de la camisa legionaria abiertas sobre su única chaqueta azul, un poco como Travolta en *Fiebre del sábado noche,* sólo que su baile era la danza de la muerte.

El bar entero era una página, ya amarillenta, del último pasado colonial español. Por aquel bar pasaban las sombras del Raiss Sunni, Abd-el-Krim, la batalla de Annual, el Barranco del Lobo —*Pobrecitas madres, cuánto llorarán al ver que sus hijos a Melilla van*— y el desembarco de Alhucemas, las Harkas, las Mehalas, los Tabores de Regulares y Franco. El Franco de sus recuerdos no era todavía el Caudillo por la Gracia de Dios de las monedas sino sólo un oficial subalterno de voz atiplada al que algunos amigos, ya pocos, todavía llamaban Franquito. En sus memorias el legionario se veía más joven, saltando de roca en roca, con un fusil más alto que él en la mano, tiroteado por feroces kabileños, aguantando impávido el tiro de los pacos. El legionario, estirado detrás de su mostrador, tenía otra vez quince años y había mentido al oficial reclutador respecto a su edad, y estaba en el Tercio de Voluntarios extranjeros, y estaba en el Tercio antes incluso de que éste tuviera un himno o de que alguien soñara en componer *El novio de la muerte,* y desfilaba de nuevo al paso de *La Madelon* que alguien había reescrito al gusto español: *La Madelon viens nous servir a boire... a la Legión le gusta mucho el vino, a la Legión le gusta mucho el ron, a la Legión le gustan las mujeres y a las mujeres les gusta la Legión.*

En aquel bar todavía no se había llegado al franquismo y se estaba todavía en Primo de Rivera, el padre, y en su Unión Patriótica.

111

Y de *La Madelon* se pasaba a *El novio de la muerte: Soy un hombre a quien la suerte ha herido con garra de fiera, soy un novio de la muerte que va a unirse en lazo fuerte con tan leal compañera.*

Del cuello del legionario colgaba un Cristo Legionario, crucificado no en una cruz sino sobre el emblema del Tercio, símbolo cuando menos confuso, que saltaba al compás de las canciones coreadas.

A las seis de la tarde se bebía la última cerveza y los grupos de incontrolados salían a cazar rojos. A las ocho de la noche solía caer el primer golpe, y el último sobre la medianoche. J. R. nunca comprendió cómo les lincharon en una docena o más de ocasiones, pero tampoco se molestó en buscar respuestas, sino que trató de sacar todas las ventajas posibles de las dudas de sus enemigos. Jugaba a favor suyo y de sus amigos la leyenda, por muchos años cierta, del fascista-armado-policía-auxiliar-del-Régimen. Un mito que sobrevivió más allá de su primera detención. Rara vez se sintió orgulloso en aquellos días.

En su primera detención no fue maltratado en comisaría, y después de diez minutos en los tribunales fue dejado en libertad con la ayuda de un abogado de Fuerza Nueva que inmediatamente después de ayudarlo, gratuitamente, le comunicó que acababa de ser expulsado del Partido. ¿Expulsado? Tardó en creérselo. Los partidos fascistas habían sido creados, entre otras cosas, para apalear bolcheviques. ¿Qué clase de partido fascista expulsa a sus miembros por pelearse con los rojos? Cada vez que volvía a contarlo conseguía la misma cara de sorpresa en sus oyentes.

—¿De veras le expulsaron por apalear rojos? —Hans estaba

legítimamente indignado con los jefes de Efe Ene. Cosas así no podían pasar.

—Fuerza Nueva estaba haciendo todo lo posible por parecer respetable —le intentó explicar J. R.

—¿Lo logró?

—No.

—Aquí, un grupo anticomunista que no mata no es respetado.

—Por eso vine a Centroamérica.

—Algún día tendrá que explicarme el verdadero porqué.

Cuando Bosque fue expulsado de Fuerza Nueva, en la misma detención que J. R., inició sin saberlo una larga tradición que seguirían con los años todos los jefes purgados de Fuerza Joven, y creó su propio grupo.

```
Que en mil novecientos setenta y seis conoció a En-
rique Vila Martínez... Que en mil novecientos seten-
ta y siete, éste, al ser expulsado de Fuerza Nueva,
arrastró tras de sí a algunos jóvenes, entre ellos el
dicente, dando lugar con ello a la sección local de
la organización legal conocida como Frente de la Ju-
ventud. ........................................
```

5. 1976.

Aquel fue el año en que conoció a su último jefe español.

A Vila lo conoció a través de Bosque. Los dos habían estado juntos en el PENS y Vila accedió a dar una conferencia sobre técnicas de organización en el local en el que se reunía la Juventud Española en Pie. La conferencia se tituló *Tácticas y criterios organizativos para el partido revolucionario* (se sobreentendía que nacional-revolucionario) *del siglo XXI*.

Sobre la forma en que los ultras habían disfrutado del Régimen franquista, Vila tenía su propia teoría, basada en el raro hecho de que había sido detenido tres veces en vida del Caudillo.

La conferencia, demasiado larga, demasiado técnica, demasiado pedante, como correspondía al tema, aburrió a un grupo cuya máxima aspiración era barrer la rambla de Canaletas a cadenazos.

Varias semanas más tarde, J. R. visitó a Vila en el despacho que tenía en una editorial fundada por antiguos falangistas, ya disidentes desde 1945, un lugar lleno de viejas revistas neofascistas de las décadas del cincuenta y el sesenta, y recuerdos de unas vidas dedicadas a la Causa, una palabra que allí dentro se escribía todavía con mayúscula. Allí se tomaron un trago y J. R. ojeó las revistas de política con la pasión que otro muchacho de su edad habría dedicado a un *Playboy*. Vila le prestó incluso un artículo todavía no publicado.

—¿Para quién es el artículo?

—Para Schneider, del CDPU, en París.

—¿Esa es la revista que trataba de demostrar que Hitler y Mao compartían una misma visión del mundo?

—Esa es una forma simplista de definirla. En realidad, eso era una táctica para tender lazos entre la extrema izquierda antisoviética y los nacionalistas... todo dentro de una estrategia a largo plazo.

—¿Y esa estrategia funciona?

—No realmente, pero qué quieres que te diga... Schneider y Duprat son los únicos que hasta ahora han publicado artículos serios sobre la extrema derecha española.

François Duprat era otro editor de revistas neofascistas, bastante más ortodoxo, que publicaba una revista semanal sobre las actividades de la extrema derecha europea en la que también colaboraba Vila. Los artículos serios a los que Vila se refería eran, evidentemente, los de él mismo.

—¿Cómo se llamará este artículo?

—*Problemas de definición de la Oposición Nacional española en los años finales del franquismo,* y se subtitula *De la colaboración necesaria a la oposición leal.*

—Eso suena serio y largo...

—Lo es. Deja esa botella y escucha. ¡Deja la botella, coño! No necesito sarcasmos.

—Vale, tío. Escucho y callo, pero tengo que advertirte que me callo mejor cuando tengo un trago en los labios.

—Tú no sabes lo que era militar con Franco vivo. Tú no sabes lo que era aquello...

—Eso es lo que nos dicen los abueletes cada vez que nos vuelven a contar la batalla de Brunete, o la de Belchite.

—Y no te olvides del Ebro. A mí me han contado veinte veces El Ebro... Tú te ríes ahora, pero a mí me cambiaron el nombre de la organización en comisaría. Fue una redada, cuando Franco. Te darás cuenta de que en algunos periódicos de la época se habla del PEN Socialista y en otros del PEN Sindicalista.

—Los periódicos siempre se equivocan o mienten.

—Aquí, no. A veces mienten y se equivocan al mismo tiempo, pero aquí la culpa la tuvo un comisario que fue el primero en interrogarme en mi vida. Fue cuando el lío que armó Augusto en la Universidad... Tú no puedes recordar a Augusto.

—¿Ése no fue un provocador que después resultó que era teniente de la Policía Militar?

—Has oído hablar del famoso incidente. Mejor eso no lo vayas contando por ahí. Volviendo a la redada, tengo que decir que entré en comisaría como un auténtico revolucionario, con deseos de martirio. Me faltó poco para entonar la versión facha del *Himno de los partisanos*.

—¿En serio?

—Tenía tu edad, era todavía más joven incluso, y me tomaba muy en serio que éramos la oposición al franquismo, pero desde el nacionalismo. ¿Sabes qué me hizo el cabrón del comisario?

—Me espero lo peor. ¿Te arrancó las uñas o te aplicó la bota malaya?

—Me invitó a una Coca-Cola, me cedió el mejor asiento del despacho y dictó mi declaración.

—¿Para joderte?

—Para salvarme de mí mismo si me tocaba un juez rojillo, porque ya se estaban comenzando a infiltrar. El comisario había estado en la División Azul, y cada vez que yo decía que era partidario del Nuevo Orden Europeo, él escribía que yo era fiel a los Principios, inamovibles, del Glorioso Movimiento Nacional. Me advirtió contra algunos jueces y me felicitó por quemar el cine en el que estaban pasando *La prima Angélica*.

—Creí que no habíais sido vosotros.

—No fuimos nosotros, y así lo puso en la declaración. Fue ******** el que lo hizo —y aquí Vila citó el nombre de un connotado ultra barcelonés al que J. R. conocía de vista—. Pero mientras el comisario rellenaba la declaración, me guiñaba el ojo. Así no hay quien tome conciencia revolucionaria.

Cuando años más tarde J. R. llegó a Jefatura, aquel comisario debía de estar ya retirado.

Había un Vila intelectual, y en consecuencia un poco esnob,

que era amigo de las grandes palabras, de la terminología procedente de la izquierda. Había un segundo Vila, amigo de Stefano della Chiae, que era el príncipe de los conspiradores fascistas en lo que a Europa se refiere, y, en consecuencia, de las bombas, las conjuras y los tiros. La combinación de ambos era irresistible para J. R.

En 1976, mientras Vila escribía largos informes, Bosque se dedicaba a asaltar los todavía ilegales locales comunistas.

Bosque entró a tiros en el local de la Juventut Comuniste de Catalunya, a duras penas camuflada como Juventut de Comunicació Catalana, con la pistola por delante y la sonrisa, debidamente oculta bajo una máscara, cruzándole la cara.

Vila predicaba prudencia y organización, y Bosque entraba en el Rectorado de la Universidad Central, en la plaza de la Universidad, y mandaba un comunicado de prensa al que los periódicos, que o tenían un día corto de noticias o pretendían incordiar, le dedicaban páginas enteras. Uno de ellos incluso, el *Catalunya/Express* hoy desaparecido, empleó su última página para contar, con innumerables detalles, el asalto al Rectorado, resaltando la increíble disciplina y juventud de los asaltantes. En lo alto de la página, comenzando el artículo, venía una cita tomada de la nota mandada por Bosque que decía «VIRILES Y VIOLENTOS». Aquella noche, los activistas del JEP, en su mayoría muchachos por debajo de los dieciocho años, durmieron felices y satisfechos. Vila no se sintió tan feliz de la forma en que Bosque había entrado en la prensa popular.

Vila daba conferencias, y Bosque asustaba a los mismos fascistas que ya sabían que tarde o temprano, y más bien temprano que tarde, la policía les cazaría como a rojos.

Vila empleaba grandes palabras, y Bosque prefería las grandes pistolas. Cuando J. R. llegó a Centroamérica oyó decir que si el dedo chiquito no cabe en la boca del cañón, el arma no sirve. Si había allí un fascista histórico, ése era Bosque, pero J. R. se fue con Vila.

Para 1977, junto a Bosque sólo quedaban los fascistas más jóvenes y radicales, los más difíciles de asustar, y J. R. no era uno de ellos. J. R. no sabía hacerse el duro hasta el final, y se acercó poco a poco a Vila.

Bosque fue finalmente detenido por algo que no había hecho. El máximo culpable de algunas de las peleas universitarias más violentas del período fue finalmente arrestado en relación con la voladura de *El Papus,* una bomba que iba más allá de sus conocimientos técnicos y su capacidad destructiva, ya que no de sus deseos. J. R. desertó justo a tiempo para no ser detenido en la redada.

Vila dijo algo así como *yo les advertí,* y a continuación diseñó, no era malo dibujando, un cartel pidiendo la libertad de los detenidos del *caso Papus.*

Menos de dos años después, en 1980, sentado frente a las mismas mesas en que habían recibido a Bosque y a los demás detenidos de su grupo, frente a las mismas Olivetti que habían recogido su declaración, J. R. ya no estaba tan seguro de que unirse a Vila hubiera sido la gran decisión de su vida como militante fascista.

—Venga, chaval, háblanos de las armas.

—¿Armas para qué?

—No te hagas el loco, sabemos que teníais una metralleta. ¿Tú sabes los líos que puede traer una metralleta en este país? ¿Tú sabes lo que cuesta una metralleta en este país? —le preguntaba el policía, y J. R. podía ver la cara del policía, casi tocando la suya.

—Dos mil dólares puede costarle. No se admite la moneda del país —le respondió Hans—. ¿Para qué quiere usté una metralleta?

—Prisión mayor. Eso te puede costar una metralleta. No digas que no te lo advertimos —seguía insistiendo el policía. El policía no era mucho mayor que él, pero tenía la seguridad de tener detrás una insignia, una pistola y al Estado entero. En aquella sala de interrogatorio, J. R. estaba solo frente al Estado, y el Estado no tenía todavía veinticinco años, agitaba delante de su cara unos puños de boxeador y tenía un humor cada vez peor a medida que pasaban los días.

—¿Prisión mayor? ¿Por una pistola ametralladora? El suyo es un país de maricones... No me lo puedo creer... —se reía Hans mientras J. R. se lo contaba.

—¿Creéis que me metan en la cárcel por lo del asalto? —preguntó J. R. a los policías después de firmar su declaración.
—¿Tú qué crees, buena pieza? —le dijo el policía malo.
—No creo —le tranquilizó el policía bueno.

A pesar de que J. R. sabía la rutina (todos aquellos que hubieran seguido un cursillo para militantes o visto una película americana de detectives en los últimos treinta años la conocían), J. R. se sentía más tranquilo cuando estaba cerca del policía bueno. Sabía que formaba parte del papel de éste impedir los golpes de su colega. Sabía también que en otros interrogatorios el malo había hecho de bueno y a la inversa.

—Aquí pueden matarnos, pero no nos meterán en la cárcel —le prometió Hans cuando J. R. acabó su historia.

—¿De verdad?

—Créame. Tiene mi palabra.

Y J. R. se sintió más seguro al saber que allí era imposible ir a la cárcel, ni tan siquiera le preocupó la parte respecto a morirse.

Meses más tarde volvió a pisar una dependencia policial. Fue en Centroamérica, en los locales de la Policía de Hacienda; le acompañaba Hans y le iban a extender documentos nuevos.

—Son gratuitos, así que no se queje —le advirtió Hans.

Los pasillos del cuartel de la Policía de Hacienda de Ciudad Nueva olían a lejía, desinfectante y pintura nueva. Las puertas metálicas de los pasillos estaban cubiertas de una gruesa capa de pintura esmalte brillante. Grupos de observadores internacionales recorrían el país, y J. R. asoció la pintura nueva y la visita. Todas las centrales policiales del mundo parecían ser iguales, y J. R. de pronto se sintió ahogado y aceleró el paso para salir de allí, como si en cualquier esquina de los pasillos pudiera aparecer el Simón, con sus ojillos miopes y su hablar falsamente suave. Sólo en el patio exterior se detuvo y se dio cuenta de que aquellos guardias de casco de acero y fusil de asalto no eran sus enemigos, aquella no era la Jefatura de Vía Layetana, y allí, con su pistola ilegal en el bolsillo y sus papeles falsos, estaba seguro. Allí estaba entre los perseguidores.

—¿Edad?

—¿Estado?

—¿Condición?

Eran las mismas preguntas que le habían hecho los policías españoles, repetidas por policías centroamericanos, pero allí no le estaban fichando sino dando documentos nuevos.

—¿Esto es seguro? —preguntó, señalando la Cédula de Identidad Personal que le acababan de dar.

—Todos los documentos extendidos en esta dependencia de la Benemérita Policía del Tesoro son perfectamente legales, y son reconocidos como tales por todas las fuerzas de seguridad de la República —contestó el oficial sin sonreír.

Salieron bromeando del local.

—Ya somos compatriotas —dijo Hans.

—De nacimiento. Ya sólo me queda el explicar el porqué de mis eses y zetas.

López Contreras examinó los papeles. Eran falsos pero perfectos. Era evidente que venían de una oficina de cualquiera de las policías que trabajaban en la capital.

—¿Y a este imbécil quién le daría sus papeles? —se preguntó.

—¿Cómo dijo, mi teniente?

—Nada. Estaba pensando en voz alta.

El teniente dejó caer la cédula falsa en su trituradora de papeles. Ya había suficientes rumores en Ciudad Nueva sin necesidad de aquello, y siguió leyendo.

Que en mil novecientos setenta y nueve, al ser expulsado de Fuerza Nueva Enrique Vila, arrastró detrás de sí a algunos jóvenes, a los que se une el

declarante, dando lugar con ello a una sección local
del llamado Frente de la Juventud. ....
Que con el fin de captar para el llamado Frente de la
Juventud los elementos más radicales de la extrema
derecha de Barcelona, Enrique Vila decide aprovechar
la prohibición por las autoridades civiles responsa-
bles de una manifestación política organizada por el
Partido Político Fuerza Nueva, legal, como punto de
acción en común para agrupar a los distintos grupos
ultraderechistas no afiliados de la ciudad de Barcelona. ....

6. EL ASALTO.

Y finalmente llegó el día en que salió a tomar la calle por la
fuerza.

Aquello tenía que haber sido una buena anécdota que contar a sus hijos cuando los tuviera.

Todo lo demás era historia para los fascistas de Barcelona y
una divertida novedad para el teniente López Contreras, que descubrió, con sentimientos encontrados de alegría y envidia, que
quedaban países en los que la policía continuaba considerando
graves incidentes a los que no implicaban más de un par de cócteles molotov y ningún muerto. Seis páginas de declaraciones
para un incidente como el descrito allí era algo que iba más allá
de su imaginación. En el fondo de su corazón, sentía la mayor de
las estimas para sus desconocidos colegas, A 12 GO 8060 y A 12
GO 11954, y su más absoluta antipatía hacia el imbécil cuya
declaración estaba leyendo. ¿Le comunicaría o no al embajador
de España qué estaba buscando uno de los suyos? Probablemente, no. El embajador ya tenía demasiados problemas, y el teniente López Contreras se tenía por un hombre considerado.

> Que el día diecinueve del presente mes de junio se
> reúnen unos cuarenta a cincuenta jóvenes entre los
> que se encuentran junto al declarante. ....
> Que al poco rato se pasa la consigna de dar el salto
> y cortar el tráfico. ....

J. R. se creía tan adulto, veintiún años, y tan experto, cinco dando golpes y recibiéndolos, pero seguía comportándose como un niño. Un adulto no se habría quedado allí, parado en la acera, dejándose ver, pasando calor. Y era de veras visible el grupo en el que estaba J. R. aquella tarde. Eran de cuarenta a cincuenta, en la calle, agrupados en torno a la puerta de Pokins —«*Pooo-kins la hambuuur-guesa puuu-ra de buuu-ey*» rezaba el anuncio radiofónico— llenando toda la acera que iba desde el hoy desaparecido Sandor hasta Magda, en plena plaza de Calvo Sotelo (todavía no le habían cambiado el nombre), vestidos de ultra. Sólo un ultra, a condición de que sea español, viste chaqueta de cuero negra cuando ya comienza a calentar el sol del verano, y sólo un ultra lleva gafas de sol cuando cae la tarde. Cómo la estética del James Dean eterno y del Brando más joven acabaron en manos de la extrema derecha es algo que sólo un estudiante de sociología podría explicar, pero no había ningún estudiante de sociología y sí muchos de derecho en aquel grupo.

Estaban nerviosos. Siempre lo estaban antes de las peleas. La tensión que precede a la acción, esa mezcla de determinación, miedo, inconsciencia, odio al enemigo y confianza en sí mismo que precede a la violencia es uno de sus grandes encantos.

J. R. nunca pudo recordar una pelea. Todas ellas se parecían.

En todas las peleas se perdía y dejaba que su cuerpo actuara por él. Su cuerpo era como el de un borracho, actuando por sí mismo, moviéndose sin control, dando golpes y recibiéndolos sin darse cuenta. Muchas veces no se dio cuenta de que había recibido un golpe hasta el día siguiente, cuando descubría el morado en su brazo, o en su pecho, y comenzaba a dolerle.

Estaban nerviosos. Querían tomar la calle para demostrar que eran tan hombres como los militantes de la extrema izquierda. La época en que la policía les toleraba había acabado con la llegada del primer gobierno de UCD, y ahora era necesario arriesgarse de verdad para saltar a la calle.

Si J. R. hubiera sido un adulto, si se hubiera comportado como un adulto, se habría dado cuenta de que aquello iba en contra de todas las reglas del divertido juego que él llamaba, que ellos llamaban, de forma quizá abusiva, guerrilla urbana.

Algún día, ya en el exilio, podría presumir de que tuvo que dejar su país por haber estado implicado en la guerrilla urbana, y estaría diciendo casi la verdad. Igual que algún día, un día todavía muy lejano en aquel futuro, presumiría de haber estado con el Escuadrón, y también entonces estaría diciendo la verdad, o algo parecido.

Estaban parados, a cara descubierta, agrupados en un lugar céntrico, con retraso respecto al horario establecido y poco menos que de uniforme. J. R., y no era el más exagerado de los presentes, llevaba una camisa negra debajo de una chaqueta negra, un pañuelo militar al cuello, camuflado de un lado y rojo del otro, muy práctico para esconderse en los bosques le dijo Castellón al pasar a su lado, y la mitad de las insignias fascistas del mundo en su solapa; la otra mitad estaba repartida entre sus compañeros.

El coche en que tenían que llegar Vila, los cócteles molotov y las bombas de humo no acababa de llegar, y estaban nerviosos. J. R. fumaba y se ponía y quitaba los guantes una y otra vez. Castellón, que se había enterado la noche anterior del asalto e ignoraba la mitad de los detalles, iba de un lado a otro de la acera, con aire de informado, pidiendo calma y ofreciendo seguridades, sin saber que eso le costaría ser acusado de ser uno de los organizadores; Clos, que consideraba todo aquello como una pérdida de tiempo, se había negado incluso a acudir a la concentración. Entonces llegó Vila, con los cócteles y la bandera. Vila y los cócteles molotov eran esperados; la bandera, no. La bandera llegó desplegada desde lo alto de una Vespa de pijito, de niño gótico, en manos de dos ultras que la habían tomado prestada de un bar de fachas. Vila la vio llegar, y vio cómo un par de ultras, de los que tenían cerebro, se despedían de él y de la manifestación.

Los policías estaban del otro lado de la calle, en la terraza de La Oca, mezclados entre los clientes del Sandor, tal vez incluso al lado de los ultras que esperaban en el mostrador de Pokins por su hamburguesa.

—¡Coño, tíos! Ya podríais reuniros en un sitio que sirva comida de verdad —dijo el policía bueno durante el interrogatorio.

J. R. estaba entre pregunta y pregunta, en uno de esos períodos muertos que se producen en la instrucción de un caso, sobre todo cuando hay mucha gente que interrogar y muchas historias que confrontar.

—La próxima vez tenéis que hacer el salto en las Ramblas y

reuniros en Los Maños... eso es comida de verdad y no esa mierda de hamburguesas.

—Yo, por mí... A mí las hamburguesas no me van.

Vila llegó y todos se agruparon en torno a él, incluso los dos abanderados que habían llegado con la bandera de la forma menos discreta posible, ondeando al viento, desplegada por encima de sus cabezas rapadas, brillando rojo y gualda, como en una tonada patriótica, sobre la Vespa que les había llevado hasta el lugar de la concentración. Habían llegado tan discretos y clandestinos como discreto y clandestino era todo el salto.

—Joder, que sois brutos. Más tontos y no os paren, os cagan —dijo el policía malo. El policía malo tenía pelo largo, y tal vez por eso le habían escogido para ser el malo en el interrogatorio de un ultra.

—Deja tranquilo al chaval. No es culpa suya. Son las malas compañías. ¿Verdad, tú? —dijo el policía bueno. El policía bueno tenía el pelo corto y repeinado hacia atrás, y un bigote de ex combatiente a pesar de que no tenía más allá de veintidós o veintitrés años y por eso lo habían escogido para ser el bueno en el interrogatorio de un ultra.

La llegada de Vila indicó el principio del salto. Vila no parecía feliz. Llevaba años deseando dirigir nacional-revolucionarios europeos, gente como los italianos de Avanguardia Nazionale o los franceses de Ordre Nouveau, y todo lo que tenía para trabajar eran fachas españoles. Los muchachos de la acera le siguieron hasta la Diagonal y esperaron hasta que un semáforo interrumpió el tráfico para cortar la circulación con una bomba de humo; después avanzaron hacia el paseo de Gracia, ocupando los carriles del centro de la calle.

La masa que eran sobre la acera se transformó en la calzada. Ya no eran cuarenta individuos, sino un solo cuerpo capaz de actuar más organizadamente de lo que ellos mismos hubieran podido esperar.

La bandera se puso al frente y se desplegó una pancarta desde el fondo de una bolsa. Se oyeron los primeros gritos.

POR LA PATRIA, LUCHA ARMADA.

Y los mirones de la terraza de La Oca y los de las aceras se apartaron lo más posible y aceleraron el paso, porque es bien sabido que los manifestantes enmascarados son siempre peligrosos. Son, sobre todo, peligrosos cuando es imposible saber a qué bando pertenecen y es imposible saber qué decir para complacerles. ¿De qué lado está esa bandera negra de los símbolos raros?

—¿Una bandera negra? Seguro que son anarquistas —dice un parroquiano, un señor bien, de la terraza del Sandor con un ejemplar de *El Alcázar* en la mano.

—Están gritando algo de patria y de lucha armada... deben de ser esos pelmas de los vascos —dice una niña pija de la terraza de La Oca.

—¿Vascos, aquí?

—Una bandera española, con el escudo de verdad... son los míos —dice el mirón del Sandor— No, imposible. Deben de ser esos provocadores de los que habla Ismael Medina en su columna de *El Alcázar*. Esa gente despreciable que cobra del Gobierno traidor para desprestigiarnos.

PA-TRIA, JUS-TI-CIA, RE-VO-LU-CIÓN...

Los manifestantes gritan, separando bien las sílabas en la última palabra, para no ser confundidos con la derecha reaccionaria. Pero mientras marcan bien las distancias y el territorio, las gentes se esconden en los portales o les chillan desde los balcones. Desde un balcón, un joven les insulta brazo en alto, tomándoles por rojos. La calle está vacía y J.R. no corre, no anda, flota sobre el asfalto, es feliz, ha dejado de sentir su cuerpo y es uno solo con la acción, con la calle.

—Eso es zen —declaró Hans cuando se lo contó.

—¿Qué?

—Lo de su salto... ¿se llama salto...? en Barcelona. Eso es zen.

Llegaron a UCD y pasaron de los carriles centrales de la calle al lateral, chillando y ajustando las cuentas por breves momentos con el Gobierno Civil que les había impedido manifestarse de forma legal y civilizada, obligándoles a ese tipo de brutalidades que su buena educación, naturalmente, aborrecía. En realidad, estaban contentos con la prohibición. Si todo salía bien, si ardían las moquetas y ardían los caros sillones de piel de cerdo que los cerdos usaban en sus reuniones, si el Mercedes blanco cruzado en la calzada y deformado a golpes pertenecía a algún cerdo con acta de diputado, el Frente de la Juventud y Enrique Vila serían el grupo y el jefe más populares de la extrema derecha barcelonesa antes del final del día.

J. R. vio saltar los cristales del auto.

—¿Y qué teníais contra ese pobre coche? —le preguntó el policía bueno.

—Estaba mal aparcado.

—Hubierais llamado a la grúa municipal.

—Que se joda ese hijo de puta. Ése es de los que siempre se

está quejando de nosotros... La policía por aquí... la policía por allá... Así se dará cuenta de que somos necesarios —dijo, casi amistoso por una vez, el policía malo.

—¿Le vamos a decir que tenemos a los que le reventaron el coche?— preguntó el policía bueno.

—No... Que se joda...

Que al oír unas sirenas, la manifestación se disol-
vió, marchando el dicente por diversas calles hasta
enterarse de que la cita de seguridad era en la Avenida de Diagonal, a donde se dirigió, enterándose de
que habían detenido a cinco de sus cómplices. ......

A lo lejos se oyeron las sirenas de la policía. La mirada de J. R. se cruzó con la de Vila en medio del alboroto. Vila parecía satisfecho. Al día siguiente, desde su oficina, podría llamar a su jefe y amigo de Madrid y contarle todo lo sucedido. Una llamada de oficina universitaria a centro oficial completamente a cargo del contribuyente.

*   ⊕   *

—Así que se fue de su país por cuatro cristales rotos y una metralleta vieja... Eso no es serio, gachupín —le dijo María Eugenia cuando se enteró.

—Estoy seguro de que allí piensan de otra manera —dijo J. R.

—¿Y J. R. dónde está? —preguntó Vila cuando pudo regresar a Barcelona.

—Se fue a Centroamérica. Se despidió de Clos y de mí —le explicó Castellón.

—¿A Centroamérica? ¿Así, sin más? Ese chico es tonto. Allí están en plena guerra civil.

Estaban en una reunión de ex detenidos. Tenían que ponerse de acuerdo en las declaraciones que iban a hacer en el juicio y J. R. no llegaba.

—No te lo tomes a mal. Si hubieras estado aquí, estoy seguro de que se habría despedido de ti —trató de arreglar las cosas Castellón.

—¿Por qué se largó?

—Me dijo que tenía claustrofobia.

—Pero si no le pueden dar más de tres meses de cárcel, y aquí nadie cumple tres meses de cárcel.

—Me hubieran dado tres años de cárcel y soy claustrófobo —explicó J. R. a todo aquel que quiso escucharlo.

—Y aunque sea claustrófobo... allí a la gente la matan... ese chico no lee los periódicos.. —dijo Vila.

—Incluso así, gachupín, aquí a la gente la matan—dijo Hans.

—Quiero seguir luchando por mi país, por la Causa, por la civilización blanca cristiana y occidental. Si tú tuvieras que irte de tu país, estoy seguro de que tú también lo harías —le dijo J. R. a Hans.

—¿Haría qué?

—Seguir luchando por el Occidente Blanco y Cristiano...

—No lo sé. Para mí no ha sido posible la paz. Usté no sabe lo que está dejando atrás.

Hans no deseaba ser un personaje de novela. No le gustaban las novelas y odiaba haber reencarnado en aquel mundo que le obligaría a volver a matar y volver a reencarnar en forma humana en su próxima vida. En espera de reencarnar otra vez, Hans había intentado vivir como una persona normal, como un estudiante de derecho que intentaría casarse con una estudiante de periodismo que ahora, varios muertos más tarde, ya ni le miraba cuando se encontraban en la calle. Hans oía a J. R. hablar de sus sueños y a veces deseaba arrancarle la piel, golpearlo hasta que entendiera lo estúpido que era, la suerte que había tenido y desperdiciado.

Pero J. R. no escucha a Hans, como no había escuchado a Vila, y sueña.

7. ROMA O MUERTE.

A veces J. R. soñaba despierto.

Y sus sueños eran violentos.

Otros niños habían soñado con indios y cowboys y él, que, a fin de cuentas era el único que había llegado a matar a indios y tener un revólver al cinto como un cowboy, soñaba con camisas negras.

En sus sueños se veía en los años veinte, marchando sobre Roma. Ser un camisa negra fue el primero de sus sueños violentos. Tenía catorce años cuando descubrió la mandíbula potente y el cráneo rapado del Duce. Era curioso, pero José Antonio nunca le atrajo a pesar del aura romántica de su muerte anticipada, y tardó tiempo en descubrir a Hitler, que era el ídolo de todos los fascistas radicales de su generación; en cuanto a Franco, tardó años en relacionarlo, incluso lejanamente, con Mussolini, tal vez porque Mussolini era el fuego y la palabra rápida, y a Franco lo conoció ya anciano, e incluso de joven no había sido un gran orador.

CREER, OBEDECER, COMBATIR.

Estaba escrito en un póster que su madre arrancó de su habitación. No le fue fácil crecer como fascista. Su abuelo materno era socialista, se carteaba con Besteiro y murió en el exilio, un año antes que Franco. Su padre había sido un liberal de preguerra, de los de mil libros amontonados en la biblioteca, y había vivido durante diecisiete años en Francia. Su abuelo paterno era un lerrouxista de la preguerra suficientemente viejo como para haber sido un joven bárbaro del Partido Radical a principios de siglo. En su casa, J. R. todavía tenía un manifiesto amarillento firmado por Lerroux atacando a la Lliga y a Cambó. Todos ellos habían sido gente civil, y la única memoria de violencia política que J. R. recordaba en su familia era una muy vieja anécdota contada por su padre respecto a su abuelo, en la que éste esperaba junto a otros jóvenes bárbaros, con el traje de los domingos, cuello duro incluido, un *canotier* y una lata de gasolina, los resultados de unas elecciones municipales. *Y si no les reconocían sus concejales quemaban el Ayuntamiento.*

J. R. amaba a su padre y a sus abuelos, pero quería ser distinto, le encantaba la idea de darles la espalda, provocativamente, a los libros familiares, de jugar con el fuego, de aspirar a la violencia sin excusas y de ir en contra de todo el país, de toda la especie humana y de la misma historia si era preciso.

SI AVANZO, SEGUIDME; SI MUERO, VENGADME; SI RETROCEDO, MATADME.

Era una frase futurista pasada al fascismo italiano. Mussolini la había pronunciado después de un atentado en los años veinte. Sus primeras palabras después del tiro habían sido menos históricas. ¿Fue una mujer? Qué raro. Los futuristas, a los que J. R.

no leyó sino hasta muy tarde, y cuando los leyó no le gustaron, habían sido los primeros fascistas, a duras penas veinte siglos después de Catilina, que era un César fracasado, y de César, que era un Mussolini con suerte, y justo antes que Mussolini y los *sansepulcristas*. Era también la frase que J. R. escribió en la bolsa en que llevaba sus libros al colegio.

Ya en Centroamérica vio el emblema de los kaibiles guatemaltecos, una tropa de asalto reclutada entre las tribus de la selva sobre la que se contaban demasiadas historias como para que todas fueran falsas, y no decía *si retrocedo matadme* porque en el tipo de combates en que participaban la huida no era una opción, pero todavía así era suficientemente parecido al original como para poder pensar en una coincidencia: *Si avanzo, seguidme; si muero, vengadme; si me detengo, sobrepasadme.* Cuando J. R. vio aquel emblema comprendió que había llegado por fin a su hogar, que estaba en el sitio en que deseaba vivir y en donde no le importaría morir, lejos de la demasiado civilizada Europa, en donde ya nada podía pasar. Estaba desde luego equivocado, pero eso no era tan importante en última instancia.

En *Novecento,* la película antifascista, Sutherland-Attila, el fascista, mata de un cabezazo a un gato; en el mundo real, en Guatemala, los kaibiles arrancaban la cabeza de un gallo de un mordisco y se bebían su sangre.

A veces, J. R. soñaba con la Marcha sobre Roma, pero nunca con el fascio en el poder. Soñaba con los años de lucha, con la muerte que esperaba en cada esquina, con el *Me nefrego,* me importa un comino, escrito en sangre propia sobre la venda, como en una litografía de los años veinte, con el bastón de paseo empleado como instrumento de diálogo doctrinal y, a veces, como doctrina. Nunca soñó con el MSI o con sus militantes, que también vivían con la muerte a la vuelta de la esquina y en un mundo menos romántico que el de la década de los treinta. Una década que, por otra parte, se imaginó siempre menos a través de los documentos que de los cómics de Corto Maltés. Nunca se imaginó trabajando en la sombra, en el silencio y perseguido.

En realidad, a J. R. no le hubieran gustado los fascistas del año dieciocho, una mezcla de izquierdistas utópicos y malos poetas que para mil novecientos veinte ya estaban peleados con Mussolini. Era un fascista del año veinte, agrario, violento y partidario de las expediciones punitivas contra los rojos de la Toscana y la Emilia.

El suyo era el fascio de Dino Grandi, de Dino Ferroni, de Tamburini, de Farinacci, Caglioli, Balbo, Caradonna, y todos los demás divertidos agitadores ya olvidados por la historia que por no obedecer no obedecerían ni a Mussolini hasta bien entrado mil novecientos veinticinco y no respetaban ni al Rey (y, como estamos hablando de Vittorio Emmanuele, esto último no debe extrañarnos), ni a la Iglesia, ni al Papa, ni a la historia, y desafiaban a todos, y con la misma lógica siendo al mismo tiempo rebeldes y defensores del orden, policías y soñadores, para movilizarse por miles y por miles invadir Trento bajo el mando de un Giunta, o ridiculizar al gobierno en Cremona junto a Farinacci.

Pero, desde luego, todos sus héroes estaban muertos mientras que él seguía vivo. Vivo y en Centroamérica, un lugar nunca previsto en sus sueños y donde los camisas negras locales sí habían marchado sobre Nueva Hamburgo, sin camisas ni estandartes, pero con fusiles de asalto en lugar de viejas carabinas y bastones, y dejado la fachada de la vieja iglesia colonial llena de agujeros y el pueblo libre de izquierdistas, como en una expedición punitiva de los años veinte en la que sólo fallaba el nombre del pueblo, demasiado germánico, poco itálico.

Centroamérica era, incluso, mejor que el Frente de la Juventud, su último partido español, con su emblema triangular y su llama copiada de la del MSI, con sus uniformes —disfraces, los llamaban muchos— de escuadrista escapados de las revistas de los años treinta, y sus rituales y gritos de batalla, con su leyenda negra de pólvora y roja de sangre. El Frente de la Juventud había derramado alegremente la sangre en las calles, tanto la propia como la ajena.

—Venga, gachupín. Ya estamos unidos por la sangre.

—¿Sí?

—Sí. Hemos matado juntos. Eso une. Yo no le puedo denunciar... usté no me puede denunciar... esto es más fuerte incluso que la amistad. Dígame qué lo trajo aquí. Cada vez que le hago esa pregunta me da usté una respuesta distinta... ¿Sabe usté lo que anda buscando?

A los diecisiete años J. R. se había negado a soñar en solitario y se había unido a un grupo de soñadores, de soñadores armados, y prestado un juramento.

—Vengo a hacer historia.

—Esa explicación es nueva.

—Allá en España no éramos nada, éramos una anécdota a pie de página en lo que a la política se refiere. Aquí estamos en el centro de la acción.

—No joda.

Y, sin embargo, era verdad. No eran nada en España, pero allí, en aquel país de Centroamérica, eran todavía una fuerza con la que todos tenían que contar, que todos comenzaban a temer.

—No se haga ilusiones. Somos, incluso en este país, una nota a pie de página en un artículo especializado. El artículo se llamará *Las infames bandas armadas al servicio del gran capital monopolístico de la oligarquía cafetalera,* si es en una revista jesuito-marxista, o *Cómo salvé del comunismo y el terror rojo a mamá repartiendo unos pocos cheques a los muchachones que cortan cabezas,* si se publica en una revista cafetalero-conservadora. Pero, claro, los conservadores no tienen revistas, así que podemos estar tranquilos al respecto; los que escriban sobre nosotros nos llamarán asesinos.

—Es mejor que seguir en España.

—Lo dudo. ¿Tanto miedo le dio la cárcel?

—No, no fue eso.

8. LA CÁRCEL.

A J. R. le asustaba la vida, no la cárcel.

—La cárcel no me asustó.

Entró en la cárcel de madrugada, en un furgón demasiado lleno en el que apenas podía respirar. No tenía más miedo del estrictamente normal, entraba junto a otros fascistas y estaban esposados juntos. Pasó la primera noche en una celda de las llamadas de tránsito, rodeado de drogadictos y delincuentes habituales, y todas las siguientes en otra celda de la sexta galería, donde había más ultras que en muchos grupos y partidos de extrema derecha. Las semanas de cárcel no fueron tan malas: jugó ajedrez hasta el aburrimiento, leyó, engordó por primera vez en su vida y se divirtió como pocas veces antes escuchando las historias de los otros presos. La sexta galería era una de las de favor, ocupada por los presos que hacían funcionar los servicios de la cárcel, desde la panadería hasta las oficinas. La sexta tenía un cabo de varas casi inofensivo y presos con demasiados privilegios como para apuñalar a alguien por una estupidez.

J. R. recordaba duchas sin agua caliente, celdas estrechas y gente barbuda con la que la ausencia de espejos le impedía identificarse. Cuando salió de la cárcel, la primera vez que volvió a verse reflejado en un espejo vio un presidiario.

J. R. pudo evitar la agresividad de los homosexuales, la violencia de los cabos de vara, la ausencia de los funcionarios que dejaban otras galerías en manos de los presos, y otros problemas con la comida y el alojamiento que ignoró gracias a estar en un grupo grande y organizado y en una galería de favor. Fue así que, cuando salió, pudo olvidar la humillación del registro a la entrada, el hecho de que hubieran firmado por él como por un saco de patatas, la demasiado repetida ceremonia del fichado y todo lo demás. Olvidar fue fácil. Inventar una leyenda que contar fue más fácil todavía.

J. R. no temía la cárcel.

Que quiere hacer constar que el llamado Frente de la Juventud es una organización legal y autorizada por el Ministerio del Interior y que dentro del dicho Frente el declarante se encarga exclusivamente de labores de propaganda. ....

—Ese gachupín es tonto —se rió López Contreras al repasar la parte final de la declaración—. Reconoce un delito pero insiste en que el grupo que lo cometió es legal...

—¿Qué gachupín, mi teniente?

—Olvídelo, Wilson.

—Olvidado, mi teniente.

Cuando López Contreras acabó con la declaración del español, devolvió el dossier a la caja en que tenía los otros papeles ocupados en los registros. En realidad, el Acta de Declaración no le había servido para adelantar la investigación, pero al menos había sido divertida.

—¿Le va a decir al embajador de España que buscamos a uno de los suyos? —dijo uno de sus sargentos.

—No, no creo. No tenemos pruebas de que estuviera envuelto en el atentado.

—Mi teniente, tenemos un arma. Hemos identificado a uno de los muertos del grupo terrorista. Sabemos que fueron ellos.

—Aquí nadie sabe nada hasta que yo decida lo contrario.

```
Que no tiene nada más que declarar, que lo dicho es
verdad y que una vez leída la declaración la firma en
conformidad con los funcionarios actuantes, de todo
lo que como Secretario habilitado CERTIFICO. ......
```

—Firma aquí. Y ahora firmas al margen de cada página de la declaración. Bien, ya está... ¿A que te sientes más tranquilo ahora que has confesado? Esto es, y no creas que no me lo tomo en serio, como ir a la iglesia y confesar —dijo, tranquilo al fin, el policía malo. Aquella comparación hubiera encantado a López Contreras, que tenía una tesis idéntica.

Lo peor para J. R. fue que el policía malo tenía razón. Sabía que iba a ir a la cárcel y, pese a todo, se sentía más tranquilo.

—Chaval, ¿hace un cafelito? —ofreció el policía bueno.

```
DILIGENCIA DE ANTECEDENTES. —Se extiende para hacer
constar que consultados los diferentes archivos de
esta Jefatura Superior de Policía, JOSÉ ROBERTO CAL-
VO MAESTRE carece de ellos. .......................
```

—¿Qué pasó con aquella detención que tuve hace años? —preguntó J. R.

—Debió de cubrirla la Amnistía de la Constituyente —le dijo el policía.

A J. R. no lo condenaron por su primera detención, y no le condenarían por ésta.

Estuvo en la cárcel veinticinco días y salió con fianza.

—Di que te echamos por mal comportamiento —le dijo el cabo de varas cuando le acompañó hasta la puerta de la galería. Era un chiste que había repetido mil veces y seguía haciéndole reír.

—Calvo Maestre, afuera, con todo —dijo el funcionario de prisiones.

Le devolvieron su Documento Nacional de Identidad y J. R. se despidió con un adiós del funcionario que le abrió la última puerta y lo dejó salir a la calle. El funcionario le contestó con un *Hasta pronto,* rutinario y nada sarcástico, que le heló la sangre y le impidió disfrutar del momento. Y, sin embargo, allí afuera la luna brillaba más fuerte, las estrellas eran más bellas y los árboles más verdes que cuando entró.

—Además, aquí la luna brilla más fuerte y los árboles son más verdes —dijo J. R.

—No me intente convencer de que ha venido aquí por los árboles. A usté la cárcel le dio miedo —insistió Hans.

J. R. se rió. La cárcel no le había asustado.

—La cárcel no me asustó.

Y por una vez J. R. no soñaba ni mentía.

López Contreras era un hombre afortunado. Aquella declaración, todos los otros papeles ocupados casi por accidente. Cosas así pasaban en las novelas y no en la vida real, o eso había creído hasta aquella mañana.

Pensó que las cárceles españolas tenían que ser de veras terribles como para que alguien huyera de ellas hasta su país. O eso o el mundo se estaba volviendo loco.

Un repaso rápido a la política de la República

1. A VECES NO SE OYEN LOS TIROS.
    UN WEEKEND LARGO EN LA REPÚBLICA.

A veces no se oyen tiros.

—Está tranquilo el país —dijo el español.

—Mi tatá dice que la guerrilla no va a joder por un par de semanas para facilitar las negociaciones.

A veces, incluso por una semana o dos, parece que el país está completamente en calma.

—Es todo un truco para que nos confiemos.

La idea de que un país en guerra es un país completamente dedicado a la guerra no es del todo correcta en las nuevas guerras de baja intensidad.

La guerra molesta la mayor parte de las actividades humanas, pero no las suprime.

—No llamó usté a María Eugenia.

—No.

—Ya me ha preguntado por usté dos veces... creo que es ese acento suyo de curita lo que la atrae. Recuerdo que de niña era muy religiosa... —Hans se ríe según repite, otra vez, el chiste.

—Ya no joda —responde J. R. Lentamente el español se ha ido acostumbrando al usted y al vos centroamericanos y a los modismos del país.

Todos los días, con o sin tiros, la gente insiste en seguir viviendo, comiendo, amando, comerciando como si no hubiera guerra, y con intensidad como si no hubiera un mañana y como si cada día pudiera ser el último. A menudo, y gracias a la guerra, es el último.

Los fines de semana las fiestas empiezan un viernes por la noche en Ciudad Nueva y acaban la mañana del lunes, en la costa, sobre la arena volcánica, con una horrible resaca que sólo el whisky corta.

—Hay que morirse de algo —le explicó Hans la primera vez que volvieron de uno de aquellos maratones alcohólicos de tres días.

—Cirrosis parece una buena manera de hacerlo, lenta y divertida, pero no me parece la más heroica.

Habían salido un viernes por la tarde. Tenían que recoger las armas que el pariente del pariente de un amigo iba a ceder a la gente del Licenciado. Tres de los jóvenes casi fascistas que habían estado con el joven cafetalero invitaron a Hans a que se les uniera, y éste llevó consigo a J. R. No conocían al español, pero lo aceptaron como aceptaban cualquier cosa por rara que fuera que les sacara de la rutina habitual. A pesar de la guerra, parecían chicos aburridos.

El viernes por la tarde pararon en un supermercado a comprar algo de comida para el fin de semana. Ninguno de ellos estaba acostumbrado a comprar su propia comida y acabaron con dos grandes cestos de chips, de papas fritas, popcorn de distintos sabores, latas de salmón importado y sodas de marcas locales que J. R. no conocía, pero que sus nuevos amigos preferían a la Coca-Cola a la hora de mezclar con el trago. A la hora de pagar, tuvieron que vaciar todos los bolsillos uno tras otro hasta contar los centavos para acabar llamando al gerente de la tienda, viejo amigo del padre de uno de ellos, que los dejó firmar la factura entre risas y saludos. *Es usté igualito a su tatá... él tampoco llevaba nunca dinero encima. Ni falta que le hacía, porque todo el mundo lo conocía allá en Oriente...* Salieron tarde, ya oscureciendo, de Ciudad Nueva, y a medida que se alejaban de las luces de la ciudad J. R. comenzó a ver, por primera vez, el campo de noche. Las luces estaban apartadas las unas de las otras, y en muchos momentos las únicas que alumbraban la carretera, una de las principales, eran las de sus carros. En un momento dado, uno de los amigos de Hans hizo notar que llevaban más de media hora sin cruzarse con carros que fueran en dirección contraria, y todos, incluso J. R., echaron mano a sus pistolas. Poco después, cuando todavía estaban con las armas en la mano, se cruzaron con un ciclista. Había algo fantasmal, no del todo normal, en aquel ciclista pedaleando a las diez de la noche, lejos de cualquier población, en la oscuridad y sin más señales que lo distinguieran que una tira de papel fosforescente pegada en la espalda de su camisa.

A las dos horas de abandonar Ciudad Nueva pararon para mear. Estaban en medio de ningún lugar y no se veía ninguna luz en la distancia. Había un silencio absoluto, y eso era algo que alguien criado en la ciudad como J. R. no había conocido. Se dio cuenta de que estaba en un mundo distinto al propio: aquel campo, a pesar de haber sido domado por el hombre, no era ya el campo civilizado de su Europa, y tuvo miedo. Después, Hans rompió el silencio.

—Fue cerca de aquí que maté a mi primer comunista —no había ni un rastro de triunfo en su voz. No era algo que le hiciera sentirse orgulloso, era simplemente algo que había hecho porque tenía que hacerlo.

Por una vez, J. R. no se sintió tentado de preguntar nada. Morir allí, en medio de la nada, tenía que ser terrible.

Los recibió uno de los hijos del dueño de la casa. Era una casona inmensa. En Europa, las casas principales estaban en las ciudades y las residencias secundarias en el campo, pero aquella era una sociedad rural, una aristocracia agrícola que vivía del café y para el café, un cultivo que no toleraba los propietarios ausentistas. Allí, la casa principal era la que estaba en medio del campo.

Era una casa anticuada, construida en el estilo seudoespañol que había estado de moda en California en los años treinta y cuarenta. Los muebles estaban cubiertos con sábanas; sin embargo, un piano en una esquina dejaba ver su teclado al descubierto debajo de una capa de polvo. Hans, que conocía la casa de antiguo, se la enseñó a J. R. Los propietarios la habían abandonado para irse a la ciudad al principio de la guerra y habían desconectado la luz antes de irse. A la luz de las linternas la casa perdía sus límites y parecía todavía más grande. Detrás de una puerta doble estaba la biblioteca de la casa. La biblioteca privada más grande que J. R. había visto nunca. La habitación era estrecha y profunda, de techo alto. Todas las paredes, excepto la del fondo, en la que se abría un gran ventanal, estaban cubiertas hasta el techo de estanterías. Aquí y allá, de donde el dueño de la finca había decidido llevarse algunas de sus piezas favoritas, se veían melladuras en el muro de libros. Eran bellos libros: tiradas limitadas, primeras ediciones, libros viejos de los encuadernados en folio, y J. R. pudo ver que habían sido leídos, porque las hojas aparecían cortadas, cuidadosamente. *El viejito era aficionado a los libros... era amigo de mi padre,* le explicó Hans mientras le enseñaba el lugar. *Mira esto... era un libro que compró al viejo Geissman.* J. R. miró el libro y lo reconoció. Había visto un *Mein Kampf* como aquél años atrás en Barcelona. Grande, pesado y encuadernado en azul oscuro, con una esvástica giratoria en su lomo, parte de una tirada limitada de mil que se había hecho cuando Hitler llegó al poder. J. R. lo abrió y vio que estaba autografiado. *Geissman era el doctor del viejo... uno de esos alemanes misteriosos que aterrizó en este país en los años treinta y amigo personal del general Martínez.* Vio también el sello en los libros con el nombre del propietario. *¿Familia del oficial cabrón que han llevado a Ciudad Nueva?*, preguntó de pasada. *No creo... conozco a toda la familia... a lo mejor un primo distante...* Los jóvenes de la casa le dijeron lo contrario. Sí se trataba de un pariente, y si Hans no lo conocía era porque su padre, el del oficial, no lo había reconocido hasta después de cumplir los catorce años.

Acabaron oyendo a Cole Porter y bebiendo un Martini. ¿Se podía ser más sofisticado? Desgraciadamente no estaban en un penthouse neoyorquino ni eran los felices veinte, sino en la terraza de una mansión cafetalera, en medio de Centroamérica. Además, los discos de setenta y ocho revoluciones sólo son simpáticos cuando hay alguien que los cambia, y no era éste el caso. Cada tres o cuatro minutos alguien tenía que levantarse y cambiar el disco. Eran pesados los viejos discos. La casa había sido construida en la década del treinta en un estilo que algunos llamarían art déco pero que él había bautizado como «cafetalero nuevo rico», tenía muebles construidos a la medida y empotrados en las paredes. Al menos los Martinis estaban helados. Habían traído un par de bolsas de hielo y había luz en las dependencias secundarias. El hielo no estaba seco, pero era hielo

J. R. nunca había tomado un Martini antes. Para él,

Martini era una marca de vermut italiano, pero en aquel otro lado del Atlántico era un cóctel a base de ginebra y vermut blanco extraseco, que se servía en unas copas ridículamente pequeñas con una olivita ridícula en lo alto de las mismas.

—Se acabaron las olivas.

—Podría ser peor.

El aire acondicionado sí que iba a funcionar, y se acostaron en hamacas en el patio de la hacienda. Cenaron papas fritas y popcorn y estuvieron hablando de hamaca a hamaca hasta ya muy tarde. Era una conversación de adolescentes que no sabían gran cosa de política (el único tema que interesaba a J. R.), que se perdieron durante horas en largas discusiones sobre surf y sobre amigos y amigas comunes que el español no conocía. Acabaron dormidos, ya en la madrugada, algo borrachos y con las armas de nuevo al alcance de la mano. La guerrilla estaba activa a menos de treinta kilometros de allí y no era del todo imposible un encontronazo.

Al día siguiente cargaron las armas en el jeep Cherokee de uno de ellos. Las desenterraron de un guardarropas sin cerradura que estaba en el patio trasero de la casa. Estaban debajo de un montón de baúles de ropa de invierno pasada de moda y totalmente inútil en aquel clima. La ropa, como las armas, pertenecían a un viejo tío del propietario de la finca: un cazador, deportista, excéntrico y derrochador, cuya simple existencia había sido un lujo más como sólo las familias auténticamente ricas podían permitirse en aquel país. Las armas eran de caza, grandes, pesadas, un tanto viejas, pero seguras y aptas para matar a distancia. Una de ellas era la escopeta de dos cañones más grande que J. R. había visto nunca. *Es para cazar elefantes... puede detener a un elefante a la carga a cien metros de distancia*. J. R. no tenía ningún motivo para detener a un elefante a cien metros, pero viendo la escopeta pensó que si algún arma podía hacerlo, era aquélla. Después vio una pistola de un solo tiro, con una empuñadura anatómica, y le repitieron el mismo comentario. *¿Qué tenía tu tío contra los elefantes?* —preguntó J. R.—. *Nada... No es una cosa racial... sólo mataba elefantes comunistas.* Tuvieron que reírse. Los jóvenes de la casa, de su chiste; Hans, porque de pronto se dio cuenta de que las armas que estaban cargando pertenecían al padre del nuevo jefe de la oficina de información. Para cargar las armas metieron el vehículo de espaldas en el patio interior de la casa, de forma que ninguno de los antiguos trabajadores de la finca que todavía vivían en ella pudiera ver lo que estaban haciendo.

Pasaron el resto del fin de semana bebiendo. En un momento dado, la tarde del sábado, uno de los amigos de Hans se perdió y no volvió sino hasta el día siguiente, con una camisa distinta y la cara feliz del que acaba de pasar la noche en compañía. Entre trago y trago comenzaron a disparar sobre las botellas vacías, y J. R. descubrió, para gran sorpresa suya (siempre le asombraba ser capaz de hacer algo bien), que era un buen tirador y podía partir una botella a una veintena de pasos. Uno de los amigos de Hans le dio un par de consejos sobre cómo apuntar aprisa. *Extienda el revólver al frente en su mano derecha, en la izquierda ya que es zurdo, y el otro brazo paralelo... deje que la silueta del blanco quede entre las dos manos y dispare dos veces por blanco para estar seguro... Ya no tiene que pararse a apuntar... a corta distancia es imposible fallar... Pruebe... ¡Buen tiro!*

En la mañana del domingo se les acabaron las sodas, y

mandaron a un muchacho que pasaba cerca de la casa por cocos. A J. R. le molestó la manera en que sus amigos daban órdenes a virtuales desconocidos. Las reglas de la ciudad allí dejaban de contar, y los muchachos de clase media, completamente americanizados, conocidos dos días atrás, se transformaban en señores feudales, dignos herederos de la España medieval y premoderna que había conquistado aquel país pocos siglos atrás.

El licor de caña con agua de coco sabía bueno, demasiado bueno. En un momento dado J. R. se levantó y, tras andar una docena de pasos, vomitó sin que nadie le dijera nada. Siguió bebiendo el resto de la tarde.

Volvieron a Ciudad Nueva ya en la tarde del domingo. En el camino de vuelta volvieron a cruzarse con el mismo ciclista que iba ahora en dirección contraria. Esta vez había todavía luz en la carretera y la silueta había perdido su aire de ánima en pena. Pudieron ver bien al ciclista, un campesino de rasgos duros, con un largo machete cruzado en la parte trasera de su cinturón.

J. R. y Hans se despidieron de sus amigos y J.R. nunca volvió a verlos. Cuando Hans revisó los mensajes en el contestador automático de su teléfono, encontró media docena de María Eugenia que se quejaba de aburrirse. *En este país nunca pasa nada.*

2. UNA GUERRA A TRES BANDAS.

A veces la paz fingida hace bajar la guardia y ése es, siempre, un error, incluso en la ciudad, incluso con la guerrilla replegada en el campo, porque la guerrilla no es la única fuente de violencia, como no lo es el Gobierno.

En 1979 era posible vivir en el país sin ver un guerrillero. Eso no significaba que fuera posible vivir en el país por meses sin oír un disparo o saber de un muerto. Era una extraña guerra civil, en la que no había dos sino un centenar de bandos, aunque la inmensa mayoría de los observadores habían acabado por coincidir en reconocer por lo menos tres.

Estaba la izquierda, los guerrilleros o subversivos según quien los citara, dividida entre troskistas, maoístas, castristas, prorrusos, católicos liberacionistas, tercermundistas, indigenistas, estalinistas, guevaristas y ortodoxos. Diferencias que se perdían en la prensa conservadora y en la mente de los cafetaleros de Ciudad Nueva, pero que iban más allá de las etiquetas; y aquellos que tenían memoria, y eran muy pocos, podían recordar que el principal poeta de la revolución, un cruce fustrado de Che Guevara y Pablo Neruda, que había sido amigo personal en La Habana de Julio Cortázar y de Fidel, peor guerrillero que Guevara y tan buen poeta como Neruda, había muerto a manos de sus compañeros de guerrilla y en una pelea interna de su grupo y no a manos de la Guardia Nacional o el Escuadrón. Años más tarde, muchos años más tarde, su asesino, un terrible estalinista en el momento de la ejecución, presumiría de socialdemócrata y se sentaría sin graves problemas de conciencia en un parlamento ya controlado por la extrema derecha. El mundo cambia, sólo los muertos permanecen.

El poeta no fue el primer muerto, ni siquiera el más importante o el más escandaloso, porque más allá de la bandera rojinegra, copia de la del 26 de Julio cubano y del FSLN nicaragüense, los guerrilleros no tenían tantas cosas en común.

Cada grupo, y había unos cuantos, tenía su propio proyecto de Estado y sus propias opiniones en casi todos los temas de gobierno. Además, y ese sí era un problema grave, todos los jefes querían ser el Jefe. Castro tenía muchos admiradores en Centroamérica y todos querían ser como él, olvidando que sólo puede haber un Fidel por revolución, y, si se escucha a muchos antiguos revolucionarios, incluso un Fidel es excesivo.

Y con los guerrilleros estaba su rama civil, a veces ignorada y a veces oída, casi nunca obedecida, que deseaba acabar la guerra lo antes posible.

Y luego estaba la Junta de Gobierno que había tomado el poder en un incruento golpe de Estado pocos meses atrás.

El golpe había estado impulsado por la Embajada de Estados Unidos, que quería en el país un gobierno más presentable que el existente.

La Junta era, según quien hablara, un grupo de amables reformistas progresistas que deseaba sacar al país de décadas de atraso, o bien una banda de lacayos fascistas al servicio del imperialismo norteamericano, o incluso un grupo de despreciables vendepatria y comunistas disfrazados, o de incompetentes liberales —en la acepción estadounidense del término de enemigos de la libre empresa—, de agentes de la CIA o de la Compañía de Jesús. En realidad, la única gente con opinión que parecía tener una buena opinión sobre la Junta de Gobierno eran la misma Junta de Gobierno y la Embajada de Estados Unidos. La Junta estaba compuesta a partes iguales de reformistas, apresuradamente reclutados en su exilio de Caracas, y de oficiales subalternos formados en las academias militares estadounidenses.

Los civiles de la Junta habían protestado durante veinte años o más contra los gobiernos militares y las prácticas electorales de su país, y ahora que por fin tomaban el poder, lo hacían a través de un putsch alentado por una potencia extranjera y a remolque de un grupo de oficiales. La vida te da sorpresas, sorpresas te da la vida.

Los oficiales de la Junta habían sido conservadores y servido a gobiernos conservadores y pronorteamericanos durante veinte años o más, antes de transformarse de la noche a la mañana, para gran sorpresa propia y de cualquiera que los conociera, en liberales pronorteamericanos, y en el cambio de postura se habían llevado por delante a sus superiores y a su presidente, gente toda que también hubiera cambiado de la noche a la mañana de haber sido invitada a ello por su gran amigo del Norte.

Los civiles de la Junta habían ido años atrás a las elecciones en coalición con los civiles de la guerrilla y deseaban, más o menos, pactar con ellos.

Los militares de la Junta habían cazado subversivos durante toda su carrera, y no deseaban particularmente la paz a menos que viniera acompañada de la victoria, e incluso esa paz no la deseaban de inmediato, porque la guerra suponía ascensos rápidos y gastos sin control, inmensas facturas pagadas por el vecino del Norte, y contratas, subsidios y prebendas, pero no podían oponerse directamente a las iniciativas de paz del Gobierno porque, a pesar de todo el dinero gastado, no tenían suficiente munición, ni armamento pesado, ni helicópteros y, si eran demasiado numerosos como para perder la guerra, eran demasiado pocos como para ganarla sin la ayuda norteamericana, y ésta sólo seguiría llegando si fingían obedecer al poder civil y trataban de pactar la paz.

Y si aquello era confuso, las cosas iban a volverse todavía más confusas en breve.

Iba a haber elecciones en Estados Unidos y todo iba a cambiar.

Los civiles de los dos bandos sabían que, si querían la paz, tenían que conseguir un pacto antes del cuatro de noviembre, mientras Carter y los liberales estuvieran en la Casa Blanca, antes de las elecciones estadounidenses, y sólo les quedaban tres cortos meses para hacer un trabajo que no iba a ser fácil, porque en la guerrilla pesaban demasiado los cabezas quemadas que pensaban que podían entrar en Ciudad Nueva como el Vietcong en Saigón, con el fusil por delante.

Los militares sabían que sólo tenían que resistir hasta el cuatro de noviembre, tres largos meses, para recibir del nuevo Gobierno estadounidense toda la ayuda que necesitaran, y resistir tres meses no sería fácil porque aparte de no tener suficiente munición, nunca habían luchado en una guerra de verdad, siendo esa clase de generales sobre los que Perón había dicho que no sólo perderían una guerra, sino incluso un desfile.

Los guerrilleros sabían que para obtener una victoria pronta tenían que conseguirla rápidamente, antes del cuatro de noviembre, y que eso sería casi imposible porque había tres soldados por guerrillero, y aunque sí tenían suficiente munición y armamento nuevo, todavía no sabían usarlo bien.

—*It's done. The motherfucker refused to debate Reagan on T.V. He can't win* —Tom estaba leyendo la prensa estadounidense a sus amigos.

El *motherfucker* —feo insulto en inglés— era Carter, que se había negado a acudir a un debate con Reagan porque Anderson, el tercer candidato, iba a acudir al mismo. El debate, según la prensa, lo había ganado Anderson, pero Reagan ya se había colocado a la cabeza en todas las encuestas de opinión. El viejito era ya prácticamente Presidente.

Y allí estaba la derecha.

Y la derecha también esperaba el resultado de las elecciones.

No había en todo el Continente una derecha más pronorteamericana que la de aquel país.

—Si Reagan pierde, nos jodimos.

—Si Reagan pierde los van a joder también a ellos, y de todas formas ya es tarde para Occidente... al bloque soviético no hay quien lo detenga —dijo, siempre optimista, Julio.

—Si Hitler no pudo acabar con los comunistas, dudo que Reagan lo haga —dijo Hans.

—*The polls are for Reagan. Two months more and w'are safe home. Trust me.*

—El americano me pone nervioso con su inglés —dijo J. R.

—Déjele que hable inglés. Si tenemos que irnos a Miami, eso que tenemos practicado —dijo el Gallo.

—Yo no me voy a Miami —dijo Hans.

Estaban leyendo *The Miami Herald*. La prensa estadounidense llegaba todos los días al país y, al contrario que la local, sí era leída en busca de información por la gente bien.

3. LA EXTREMA DERECHA DE LA REPÚBLICA.

No había en todo Centroamérica una derecha más pronorteamericana. Otros grupos de poder en otros países habían copiado a ingleses, alemanes o franceses. Ellos, no. Habían llegado tarde al mundo y creado su riqueza en un siglo en el que ya Europa era el pasado, y el presente era el gran amigo, y cliente, del Norte. La clase alta y la media alta habían copiado todas las formas externas de la América suburbana y del american way of life, contruido moteles y drive inn restaurants, levantado los arcos dorados de McDonald's antes que cualquier país del área, o incluso de Europa, y enviado a sus hijos a estudiar agricultura y business administration a Texas o North Carolina, dos estados serios de los que volvían bien, por oposición con California o Massachusetts, de los que los chicos volvían con malas ideas. Que la oligarquía vacuna argentina imitara a los pedantísimos ingleses; ellos preferían el béisbol y en los colegios de clase alta, incluso en los religiosos, los muchachos llevaban los cómodos *varsity jacquets* de los colegios americanos en vez de las ridículas corbatas a rayas de los colegios ingleses. Los cafetaleros conducían Cherokee jeeps, compraban sus camisas en Miami, y si bebían scotch en vez de bourbon era porque también en Estados Unidos todo el que era alguien prefería el scotch importado al bourbon local.

Durante un tiempo el amor fue correspondido. Y entonces llegó la derrota de Vietnam y la crisis de Estados Unidos, y Carter en la Casa Blanca, y al principio los cafetaleros no se preocuparon por Carter, porque habían conocido a otros demócratas allí y, aunque no eran tan buenos para la empresa privada como los republicanos, no lo habían hecho tan mal. Y entonces llegó la revolución en Nicaragua, donde un viejo amigo de Estados Unidos fue abandonado en favor de unos comunistas que a duras penas escondían que lo eran, y los cafetaleros ya no entendieron nada. ¿Qué estaba pasando allí? Si hasta los muchachos del Cuerpo de Paz comenzaban a llegar con ideas raras.

—Nunca me fié de esos pendejitos del Peace Corps... El único cultivo que esos chicos trajeron a este país fue la marihuana que traían en sus mochilas —dijo Hans.

Y entonces, un día, leyendo la prensa estadounidense descubrieron de golpe que, en contra de lo que ellos creían, no conformaban una clase empresarial competente y activa, sino que eran una oligarquía, y eso les dolió; porque para ellos los oligarcas eran otras gentes de otros países, y que, además, eran de derechas, incluso de extrema derecha, y eso les sorprendió de forma doblemente dolorosa porque la política les era ajena y no había habido presidente norteamericano que no les gustara —hasta que llegó Carter— ni presidente local sobre el que no hicieran bromas pesadas en sus fiestas.

La política era algo que, a lo largo de los años, habían dejado a un lado mientras se dedicaban a las cosas serias, a los negocios. La política era algo que hacían los abogados demasiado torpes como para trabajar en algo serio, los soldados desocupados y los cholos ambiciosos y con ganas de trepar, gente a la que no merecía prestarle más atención de la estrictamente necesaria, y a la que de cuando en cuando se le arrojaba un cheque para que se ocupara del país, la Constitución y todas esas cosas que mantienen a la gente de abajo tranquila.

Sabían, desde luego, que los políticos robaban; en realidad, siempre lo hacían. Sabían que a los políticos hay que dejarles robar un poco para que puedan vivir, y habían limitado las posibilidades del robo reteniendo en sus competentes manos (y eran tal vez oligarcas, pero eran oligarcas buenos a la hora de trabajar) el comercio exterior, los bancos y el café, porque mientras hubiera café habría República.

Y entonces llegó la Junta de Gobierno, que siguió robando, como correspondía a los políticos, aunque fueran formados en la oposición, y además nacionalizaron los bancos y el comercio exterior, y los cafetaleros, no sin asco, decidieron que era hora de entrar en política por primera vez en su vida.

Y así entraron en la historia de su país siendo la derecha, la extrema derecha a decir verdad.

Ellos sabían, desde luego, de la existencia de una extrema derecha en el país, pero la relacionaban con cosas antiguas como la segunda guerra mundial, la dictadura de Martínez, la guerra civil española o incluso la revuelta cristera de México y la Mano Blanca en Guatemala.

—En época de Martínez, la Embajada no se atrevía a decirnos cómo dirigir el país —dijo Hans.

Desde luego, el gobierno de Martínez, conservador y antinorteamericano, había sido derribado por un golpe de Estado en 1944, y desde entonces todos los presidentes habían sido conservadores y pronorteamericanos, excepto los dos o tres que fueron liberales y pronorteamericanos.

Y Hitler había desaparecido sin que los cafetaleros se sintieran afectados en lo más mínimo; y Franco no había pensado en exportar su sistema a América latina, y además allí no lo necesitaban, porque sus gobiernos militares eran igual de estables que el de Franco y, además, unas elecciones cada cuatro años podían llegar a ser divertidas; y la revuelta cristera era algo de fanáticos religiosos que no tenían nada que ver con una clase de *bon vivants* como ellos; y la Mano... bueno, la Mano mataba en Guatemala, y matar es malo, pero mataba comunistas, y eso es, definitivamente, menos malo, pero era gente a la que nunca invitarían a jugar al tenis en el Club.

En los años treinta había habido gente que había estado a favor de Franco cuando la guerra, y que por odio a los ingleses (gente fácil de odiar donde las haya) habían estado a favor del Eje. Sí, había habido falangistas, nacionalistas, católicos ultramontanos, que habían intentado hacer política en medio de la apatía general en un país donde no había anticomunistas porque el anticomunismo era una de las doctrinas oficiales del Estado, y no había comunistas porque el general Martínez los había matado a todos, e incluso a algunos que ni siquiera supieron que eran comunistas hasta el momento de morir como tales, en la década del treinta.

Cuando la guerrilla reapareció en el país, después de muchos años, la extrema derecha local estaba dirigida por un viejo editor de folletos anticomunistas que predicaba la caza al judío, el pogromo y la vigilancia anticomunista y católica frente a las conjuras del kahal, en un país en el que los raros judíos eran más conservadores que la mayoría de los curas católicos, y por uno de sus antiguos colaboradores, un nietzscheano todavía joven que a lo largo de toda su carrera política se había dedicado a copiar a las organizaciones neofascistas de la Europa posindustrial en un país centroamericano y preindustrial.

Era difícil saber cuál de los dos ultras había perdido antes el contacto con la realidad, pero no cuál de los dos era más peligroso. El viejo podía predicar la violencia pero era incapaz de hacer daño a una mosca. El joven había estado con la Mano Blanca en Guatemala, y sabía hacer cosas con un arma blanca que hubieran puesto nerviosos incluso a los veteranos del ejército de Castillo Armas.

La más reciente expresión del casi fascismo criollo había sido la banda del joven cafetalero, y había sido una experiencia a la vez embarazosa y divertida para la clase dirigente del país, un poco como cuando un sobrino se emborracha en una boda. A Mesa-Ríos, el joven cafetalero, y su banda de muchachos, los cafetaleros les habían dado un nombre a un mismo tiempo bufo y cariñoso por su dudosa capacidad a la hora de poner bombas: *¿Sabe usté cómo nos llamaban aquellos cabrones? Nos llamaban la Mano Loca porque nunca pusimos bien una bomba... No se ría, que no tiene gracia.*

Por un breve, muy breve, momento los muchachos de la extrema derecha gozaron de algo parecido a la popularidad entre la clase dirigente del país. A fin de cuentas, venían de los mismos clubes y colegios y habían demostrado tener razón en sus continuas advertencias a través de los años, cuando presagiaban todo tipo de desgracias para el país, y si sus tesis conspirativas no eran más lógicas que seis meses atrás sí que, al menos, eran más tranquilizadoras. En última estancia, si había una oscura conspiración que incluía a comunistas infiltrados en el Departamento de Estado, sandinistas barbones, Castro y la guerrilla local, con la posible participación de la Compañía de Jesús, la democracia cristiana internacional y el kahal —fuera lo que fuera el kahal—, ellos quedaban libres de toda responsabilidad y culpa en la situación del país.

La gloria de la extrema derecha neofascista en el país duró pocas semanas. Los cafetaleros no se habían mezclado en política en varias generaciones, pero estaban suscritos a *Time* y *Newsweek* y sabían, lo habían leído en *Selecciones del Reader's Digest,* que Hitler había perdido la guerra y que era dudoso que los estadounidenses ayudaran a cualquiera que volviera a sacar una cruz gamada del escondite. Después, los cafetaleros se dieron cuenta de que no necesitaban en realidad una ideología para defender sus tierras, sino que con una pistola bastaba, y que un tirador sin preparación ideológica es tan bueno como uno que lee libros raros, y que los anticomunistas más seguros son los que no se hacen demasiadas preguntas teóricas y pasan más tiempo en el polígono de tiro que leyendo.

Al final, el único ultraderechista que siguió siendo recibido en los círculos cafetaleros fue el antiguo colaborador de la Mano, cuyas ideas eran chocantes, pero cuyo conocimiento práctico de la política, entendida ésta como una forma de separar las cabezas de los enemigos de sus cuerpos, fue generalmente bien recibida y finalmente apreciada. «¿Y usted juega al tenis...? tiene que pasar por el Club...»

Los otros nacionalistas siguieron siendo recibidos por la puerta trasera y, cuando su jefe se retiró a Estados Unidos, empezaron a ser tratados de la misma manera con que se tra-

ta a ese sobrino particular, no el que se emborracha en las bodas, sino el otro, el que hay en toda vieja familia después de
diez generaciones de bodas entre primos hermanos, el que no
es exactamente tonto pero sí raro, muy raro. Tuvieron la
suerte de que sus apellidos fueran los correctos, y por eso siguieron siendo parte del país tal como éste se imaginaba en
la Asociación Cafetalera.

—Uno de ellos, un hombre al que yo creía inteligente
porque había jugado a la Bolsa durante veinte años, me dijo:
*Jovencito, no me diga que usté cree en esas cosas... Yo conozco a los
judíos, mi agente de Bolsa en New York lo es, y puedo asegurarle
que ese muchacho no forma parte de ninguna conspiración para destruir la civilización capitalista occidental... Ni que estuviera loco.*
Y después se puso a explicarme que estaban a punto de empezar los ochenta y que tenía que ponerme al día... Son brutos, no han comprendido nada —le dijo Hans.

—Y esa gente, ¿es fascista? —preguntó J. R.

—Así, así... no que ellos lo sepan, pero eso no es tan importante. ¿Vos sabes lo que Malraux dijo de los fascistas?

—No.

—Todo hombre activo y pesimista, en el sentido histórico, es o será un fascista...

—¿Y eso qué significa?

—Que todo tipo con miedo a la subversión judeobolche-
vique que prefiere comprar un arma a correr, tarde o temprano, lo sepa o no, adoptará el esquema de pensamiento fascista, aunque ignore todo respecto a su doctrina, su ética, su
estética o su proyecto cultural... y la verdad es que no me
imagino a nuestros pequeños burgueses cargados de pistolas,
que creen que el *Corrido del caballo blanco* es música culta y
las películas de los hermanos Almada el gran cine, oyendo a

Wagner y leyendo a Nietzsche, pero nucho me temo que son lo más parecido que nunca tendremos a un fascismo. Por otra parte, no confiaría en ellos si perdieran el tiempo oyendo a Wagner y leyendo a Nietzsche, porque como éste dijo, y espero que esta cita sí la conozcas o eres tú el que no es un fascista de veras, *sólo los bárbaros pueden defenderse.* Nuestros amigos de la otra noche eran bárbaros.

—¿Esa frase es del *Zaratustra?*

—No. Pero en el fondo, ¿a quién le importa?

Y después llegó el Mayor y todos los implicados en la lucha anticomunista comprendieron desde su primer vídeo que por fin tenían un jefe al que seguir, adorar, obedecer y temer.

—Tengo un vídeo del mero-mero...

—¿De quién? ¿Del Licenciado?

—Del mayor Del Valle. ¿Quiere verla, gachupín? —Hans tenía por fin una copia.

Los ojos del hombre eran profundos, a un tiempo decididos y tristes, capaces de pasar en un instante de la cólera a la calma. Tenía unos rasgos duros, y su sonrisa, incluso cuando practicaba el sarcasmo, tenía algo de tranquilizador. Sus palabras eran claras. No era un gatillo alegre como el Licenciado ni un seudofascista nacido con treinta años de retraso como Mesa-Ríos. No era tampoco un hombre que confundiera el país con un inmenso cafetal con bandera. Su sueño no era el de los cafetaleros. Si acaso, era el de alguien que había confundido el país real con aquel otro que amaba y existía en los libros de texto, en la *Oración a la Patria* que se estudiaba en los colegios. Los cafetaleros lo seguirían a falta de algo mejor, y los fascistas porque los fascistas siempre siguen a los jefes fuertes, y él lo era. El Licenciado lo seguiría porque había llegado al límite de lo que era capaz de hacer por sí mismo. J. R. y Hans, porque no tenían nada mejor que hacer con sus días. En la pequeña pantalla del televisor, el mayor Arturo del Valle hablaba y acusaba.

—¿Ustedes creen que Del Valle representa a una facción del Ejército? —preguntó el español.
Nadie le contestó.

Años atrás la Fuerza Armada no tenía facciones, pero después del golpe de Estado el Ejército se había fragmentado: de generación en generación no había ya contactos, de tanda a tanda de egresados de la Academia Militar no había ya amistades; algunas unidades, sobre todo en el campo, no querían la paz con la guerrilla; algunos cuerpos de seguridad tenían más motivos para temer en caso de paz que otros; los civiles de la Junta tenían tanta confianza en los militares que desde semanas atrás habían traído del extranjero policías (los llamaban asesores técnicos) prestados por el Gobierno del COPEI de Venezuela. Había una docena de policías y una docena de ejércitos y una docena de guerrillas.

—Entonces, ¿a quién representa Del Valle? —insistió J. R.
—Por el momento, a él mismo.
—¿A nadie más?
—Deje de hacer preguntas pendejas.

En la República venían a coincidir los cuatro paradigmas que hacen de América latina un continente y una cultura tan interesantes para sociólogos, novelistas, periodistas y demás formas inferiores de vida, y tan incómodos para el resto de la especie humana que tiene que vivir allí: el revolucionarismo sectario, el militarismo, la economía cerrada y el caudillismo. El cóctel, y no era un Martini, estaba servido.

Planes y realidades.
El Licenciado tiene un plan y el teniente
López Contreras una semana de suerte

1. LA VIDA COTIDIANA DEL TENIENTE LÓPEZ CONTRERAS: MUERTOS Y TIROS.

López Contreras dejó a un lado el dossier ocupado. Había tenido un día de suerte y, sin embargo, el día había empezado de una forma tan mala.

Click, click, click.

El día había empezado mal para el teniente. No llevaba todavía en pie una hora cuando ya estaba fotografiando cadáveres. No sabía siquiera dónde estaba. Miró los carteles indicadores. ¿Dónde estaban la calle Concepción y la avenida de las Embajadas? No iba a quejarse por ello. Le gustaba la fotografía y no le asustaban los cadáveres; en realidad, a quien no soportaba era a la gente todavía viva. Era además uno de los pocos oficiales del país que podía permitirse una cámara nueva y abundante película.

Click.

Fotografió uno a uno los cadáveres, antes de que los movieran. Le bastaba verlos para saber cómo había sido el tiroteo.

Click, click.

El muerto al volante no había tenido tiempo de desenfundar su propia arma.

Click, click, click.

El muerto aplastado contra la camioneta había tenido tiempo de vaciar un cargador y hasta de recargar antes de quedar aplastado, retorcido, contra su propio vehículo. Era curioso lo que la muerte podía hacer con un hombre, y por más muertos que viera nunca vería dos iguales.

Click.

Recargó la cámara y fue a guardar el rollo usado en el bolsillo. El rollo rodó debajo de uno de los carros baleados y el guardaespaldas del teniente, Wilson, fue a recogerlo.

—Buena cámara —le dijo, con envidia, uno de los fotógrafos de la Guardia Nacional que estaba allí.

López Contreras ignoró la envidia en la voz del tropero y le alcanzó la cámara. No era un subordinado, era un fotógrafo, un colega, el que examinó el aparato.

—Nosotros, en cambio, tenemos que trabajar con esto —se quejó enseñando una vieja Kodak.

—No es un mal aparato. ¿Hace mucho que están ustedes aquí?

—Como treinta minutos, mi teniente.

Miró el reloj. Todavía no eran las ocho de la mañana. No conocía tan bien la ciudad pero sabía que el cuartel más próximo de la Guardia Nacional estaba a más de media hora. Aquellos guardias tenían que estar ya en camino antes de que se hubiera realizado el atentado. Miró en torno suyo. Eran los miembros del Gabinete Técnico de la Guardia. Estaban esperando el atentado, o de otra forma no sería comprensible que los hubieran traído tan rápido. Los *técnicos* no estaban nunca de guardia de noche, y eso significaba que alguien estaba esperando aquello... López Contreras no creía en casualidades ni en accidentes. Había nacido en un país en el que los diputados, mucho menos los ministros, nunca morían por accidente.

—Son ustedes rápidos.

—Gracias, mi teniente.

—Su rollo, mi teniente —dijo Wilson devolviéndole el caído debajo del carro.

—Gracias.

—Estaba donde usté dejó caer el rollo —dijo Wilson misterioso y en voz muy baja. Wilson le guiñó el ojo y López Contreras le dio las gracias sin saber muy bien por qué.

López Contreras no sabía de qué le hablaba su guardaespaldas, pero su sonrisa feliz, la que tenía cuando le daba permiso para operar en un detenido, le permitía suponer que era algo bueno.

—Éste no es de por aquí —dijo Wilson señalando a uno de los muertos que estaba siendo levantado.

El muerto tenía unos labios gruesos y un pelo rizado que indicaban al Caribe más que a Centroamérica.

—Es un asesor técnico. Uno de los policías de la Junta —la voz Junta fue pronunciada con desprecio, con rencor, por el fotógrafo de la Guardia—. Esto ya no es una guerra local —añadió, como si alguien allí lo ignorara.

Había una docena de muertos en el terreno, en la calle, y tres vehículos completamente acribillados. Los guardias empujaron el coche bajo el que había rodado su rollo y López Contreras vio otro guiño en los ojos de su asistente. Fuera lo que fuera lo encontrado o visto allí, ya no estaba al alcance de los guardias. Fuera lo que fuera, había provocado una alegría tan grande en Wilson que éste a duras penas podía contenerse.

—¿Encontró algo en su investigación, teniente?

López Contreras se volvió hacia la voz y vio a un par de oficiales de civil. Iban de civil, pero no había nadie que pudiera tomarlos por civiles, sobre todo al viejo.

—No, no señor —le hubiera gustado emplear las graduaciones correctas pero no podía adivinarlas. Se cuadró por las dudas ante las canas y se presentó reglamentariamente.

—Teniente López Contreras, de la Oficina de Coordinación de la Presidencia.

—Zumárraga. Estoy con la Ag.Se.Nal... bueno, con lo que queda de la Agencia —dijo el oficial más joven, que tenía una pronunciación tan clara que era fácil adivinar hasta dónde iban las mayúsculas en sus palabras. López Contreras sabía, desde luego, quién era, y no se dejó engañar por su sonrisa.

—Julio Luis Mayo, coronel retirado... me gusta, sin embargo, pensar que pertenezco al tipo de oficiales que nunca se retira del todo. Ustedes, los jóvenes, no han recibido el mismo tipo de formación que nosotros y... —interrumpió el otro oficial.

El coronel retirado era tal como López Contreras se lo había imaginado. El teniente oyó, como de pasada, su largo monólogo sobre la vieja Academia Militar y sus diferencias con la nueva, antes de que Zumárraga le interrumpiera. A Zumárraga no le importaban las diferencias entre una y otra academia, pertenecía a la nueva y sabía que lo único que importa es vencer y acabar vivo. López Contreras supo que se trataba de un hijo de puta apenas lo vio: era como mirarse en un espejo. Conocía su reputación y sabía que era buena. Conocía también al hijo del viejo coronel, pero no le dijo cómo o cuándo lo había conocido, o incluso si lo había conocido.

—¿Está aquí en misión oficial? —preguntó Zumárraga, y había demasiado interés en su voz.

El teniente evitó dar una respuesta directa. No sabía todavía cuántas veces iban a repetirle aquella pregunta durante las próximas horas.

—¿Encontró alguna pista? —preguntó el coronel retirado.

—No, no encontré nada, señor. Pero si hay algo en que pueda ayudarlo, nada me encantará más que ayudarle, señor —insistió a fondo en el tratamiento reglamentario. Muchos señores cada dos o tres palabras.

—Nos gustaría ver sus fotos —pidió Zumárraga, e hizo un gesto, que el teniente ignoró, hacia el rollo que López Contreras tenía todavía en su mano.

—Me aseguraré de que tenga una copia de las fotos en su despacho antes del final del día, señor —cruzó los dedos detrás de su espalda e hizo una señal a sus guardaespaldas; pudo ver en la cara de Zumárraga que los muchachos que le acompañaban habían bajado de sus carros.

Zumárraga no insistió. Conocía el tipo. Había crecido en un cafetal y sabía que hay momentos en los que no hay que empujar a un indio, y éste era uno de esos momentos. Sabía desde luego que López Contreras mentía y que nunca vería aquellas fotos.

—Teniente, ¿qué hacía usted en esta parte de la ciudad?

López Contreras fue vago en su respuesta. No deseaba reconocer que se había perdido y estaba allí por casualidad.

Las ambulancias se llevaban ya los cadáveres. López Contreras se despidió de los dos oficiales.

—Tranquilo, mi teniente, la llevo debajo de la chaqueta —dijo Wilson al subirse al carro.

—Buen trabajo, Wilson.

Todavía no sabía de qué le hablaban, pero no deseaba presionar a Wilson, que no había estado bien desde que había salido del hospital meses atrás. Las heridas en la cabeza podían tener efectos muy raros, e incluso antes de ser herido Wilson no había sido muy normal.

—Aquí la tiene, mi teniente.

Wilson le alcanzó un arma. Era de bajo calibre, chata y vieja, con una rosca para silenciador en la punta del cañón. López Contreras conocía aquel tipo de roscas y sabía para qué servían (él mismo tenía un arma así).

—Estaba donde usté tiró el rollo usado. Si se descuida un par de minutos nos la joden, mi teniente.

Si estaba debajo de aquel vehículo, estaba demasiado lejos de los carros de escolta; además, había sido disparada y los guardaespaldas habían muerto sin tener oportunidad de desenfundar.

Aquella tarde las fotos le confirmarían que los otros muertos tenían sus armas cerca de ellos. Aquel arma había sido dejada atrás por alguien que había logrado huir. Tenía que conseguir los informes de los forenses. El director del depósito le estaba agradecido todavía, y supo que iba a sacar partido de aquel agradecimiento antes incluso de lo que había previsto. Descolgó el teléfono y llamó. Toda la gente del depósito tenía órdenes de callar, pero podría ver una copia de los exámenes antes incluso que el ministro. Agradeció el favor. Quería saber de qué lado estaba el que había usado aquel arma.

2. LA VIDA COTIDIANA DE HANS Y MARÍA EUGENIA: REENCARNACIONES, AJEDREZ Y HITLER.

—¿Así que vino de España? Adoro Europa. He estado allá dos veces. Primero, cuando mis quince. Papá, el pobre, me regaló un viaje a Europa magnífico. La recorrí toda en quince días. Tengo álbumes de fotos de todas las ciudades. Un día que venga por casa se los enseñaré. Después, estuve en viaje de novios —el único problema de María Eugenia es que hablaba demasiado.

—Europa. La añoro. En mi vida anterior creo que la recorrí completa. Estuve en Rusia, toda Rusia, hasta la parte asiática; estuve en París, y le estoy hablando del París de la *belle époque*; quien ha conocido París después de la gran guerra no sabe lo que es París; estuve en los Balcanes, gente desagradable la de los Balcanes, excepto los croatas, que están muy germanizados; estuve en Alemania y Suiza. Yo viajé a Suiza con Hitler...

—No sabía que Hitler hubiera estado en Suiza.

—No es algo que suela aparecer en los libros de historia. Él estaba tratando de obtener fondos para su partido. Yo le presenté a una princesa de la familia imperial rusa, la esposa de Kiryl. Ella era alemana y adoraba a Adolph... Magnífica mujer... creo que estaba enamorada de Hitler... todas lo estaban... es curioso, pero él ejercía ese efecto sobre ellas. Creo que era su mirada... Lo mirabas frente a frente y estabas condenado a seguirlo... Kiryl odiaba, desde luego, aquella situación. Era un tipo mezquino pese a su título, y se negó a aflojar dinero. Eso fue allá por el veintiuno o veintidós.

J. R. no tenía la más mínima idea de quién podría haber sido aquel buen príncipe, y no deseaba preguntarlo.

La vida cotidiana en un país en guerra (y J. R. estaba convencido de que aquél era un país en guerra) no dejaba de ofrecer sus sorpresas.

Después del asesinato del confidente, y durante una semana, Hans y J. R. se mantuvieron fuera de circulación y alejados de los lugares habituales de la extrema derecha. En una semana habría nuevos asesinatos que investigar, nuevos muertos tirados en las calles y trabajos más urgentes que resolver para la policía que un muerto inidentificado, inidentificable, asesinado en una pelea de bar, y Hans y J. R. podrían volver a aparecer en público sin el más mínimo problema.

Mientras tanto, J. R. se aburría frente al televisor durante los días y bebía junto a Hans y María Eugenia por las noches. Ella venía de forma regular casi cada día, con el pretexto de que Hans le estaba enseñando a jugar al ajedrez.

—En su anterior reencarnación Hans fue ruso, y todos los rusos juegan muy bien al ajedrez. Eso les viene de antiguo... desde antes de los bolches. Mire sin ir más lejos a Alekín —le explicaba María Eugenia.

Y J. R., que no sabía muy bien quién era Alekín, asentía.

—¿Quién es *Alejine?*

—Yo no lo conozco, pero Hans dice que aprendió ajedrez con él.

Hans sí había conocido a Alekín en su anterior reencarnación.

—Jugué docenas de veces con él, en Moscú —le explicó Hans.

—Creí que había sido usted alemán.

—En realidad, fui báltico, con antepasados teutónicos y pasaporte ruso. Serví al zar en Asia y llegué hasta el mismo Tíbet. Tenías que haber visto Lhasa en 1912... Me han dicho que algunos monjes que conocí niños todavía viven. Después de la Revolución de mil novecientos cinco tuve que irme a Alemania... En Tíbet conocí a Lobsang Rampa, que todavía era un niño —en ese momento de la conversación María Eugenia saltaba de excitación— ...la gente lo ignora, pero gran parte de los primeros teóricos del Partido estuvieron influidos por nosotros, los emigrantes rusos blancos... Sin ir más lejos, fuimos nosotros los que llevamos a Europa central *Los protocolos de los sabios de Sión*. Alekín también se fue de Rusia después de la Revolución, pero siguió hasta París, y creo que allí siguió jugando y escribiendo artículos antisemitas... Entre nosotros, le diré que era mejor como ajedrecista (fue incluso campeón del mundo), que como escritor... Mientras él seguía jugando (esta jugada me la enseñó él), yo conocí a Adolfo.

—¿De verdad?

—Busque en cualquier libro sobre los primeros años del Partido y allí estoy yo, junto a él, como uno de sus primeros asesores.

Hans podía hablar durante horas. *Si no me hubieran matado aquel día (yo le había advertido de las debilidades del plan), él hubiera podido cambiar la cara del mundo; yo y Haushoffer éramos los únicos que sabíamos lo que estaba en juego, y los dos morimos demasiado temprano.* J. R. le oía hablar medio divertido, medio asustado. En España, cada vez que alguien mezclaba nacionalsocialismo y ocultismo en una conversación, él era de los primeros que dejaba la habitación, pero ése era un lujo que no podía permitirse en Centroamérica. Además, Hans realmente creía en lo que estaba contando. Hans hablaba de las noches en San Petersburgo antes de la Revolución de octubre, y cuando las contaba eran una película en color de la Warner Brothers; explicaba el espionaje en la frontera afgana contra los ingleses, y entonces el suyo era un cuento de Kipling sobre el *gran juego;* rememoraba la guerra civil rusa, y a J. R. le recordaba sospechosamente *Doctor Zhivago;* llegaba finalmente a la huida a Alemania, la primera guerra mundial, el putsch y su muerte, y a J. R. le venían a la cabeza todas aquellas fotos amarillentas vistas en la biblioteca de CEDADE.

María Eugenia adoraba aquellas historias, sobre todo las partes sobre los escándalos en París, Berlín y Moscú antes de la gran guerra del catorce.

—¿El príncipe Yussupov se vestía de mujer? Qué horror... como si no hubiera suficiente competencia con todas esas otras mujeres en los clubes, y encima eso...

—Y era tan guapa que los hombres se confundían e iban detrás de ella por las calles de San Petersburgo. A mí nunca me interesó... usté me conoce, y yo en todas mis reencarnaciones he sido igual...

—Eso de Yussupov tengo que verlo para creerlo —decía ella, y Hans le enseñaba una foto del príncipe en gran uniforme, de varón y no de amazona. Había fotos del príncipe en casi todos los libros dedicados a Rasputín.

—Guapo sí que era. Y a Rasputín, ¿lo conoció?

—Era escoria... un timador barato... Hice todo lo posible por no tratarlo. Yussupov nos hizo a todos un favor matándolo... yo ya no estaba en Moscú, pero cuando me lo contaron, me alegré... Y no crea que fue fácil matar al tipo ése: fue peor que la primera vez que yo maté a un tipo... me refiero a esta reencarnación. El caso es que primero Yussupov y sus amigos lo tirotearon, después lo envenenaron... ¿o fue al revés? En cualquier caso, no importa, porque, al final, para matarlo tuvieron que tirarlo a un río helado hasta que se muriera, y si el jodido santón hubiera sabido nadar todavía estaría vivo el muy cerdo...

Aquella semana, encerrado en la casa, fue algo completamente distinto de lo que él esperaba. Nada allí le recordaba que estaba en un país en guerra, en un clima tropical. El aire acondicionado les permitía estar en el norte de Europa; los muebles eran norteamericanos, caros, antiguos y de buen gusto, no muy distintos de los que pudiera tener una casa de la clase media alta en Baltimore o Boston; los libros de la biblioteca hablaban sobre los celtas, el antiguo Japón y sus fortalezas, el sufismo, el empleo de los espejos en el juego de ajedrez. Dos o tres manuales de historia escolares (en uno de ellos pudo ver la foto del padre de Hans) eran la única presencia del país en la biblioteca del que había sido uno de sus dirigentes.

La televisión pasaba viejas series norteamericanas de la década anterior, de cuando todavía había dinero para que las cadenas privadas compraran programas nuevos, y películas mexicanas, y en los programas de información controlados por la Junta sólo se veía a campesinos alegres recibiendo los papeles de propiedad de sus tierras, mientras que en las de las cadenas privadas, que odiaban al Gobierno, aparecían sobre todo abogados de chaqueta y corbata discutiendo todas y cada una de las medidas de la Junta. En la televisión local nunca apareció ningún guerrillero, probablemente como compensación de las televisiones extranjeras, en las que casi no se veía a ningún civil.

También la prensa hacía todo lo posible para ignorar la guerra, y cualquiera que la hubiera leído de forma diaria hubiera podido pensar que estaba en un país en el que no pasaba nada.

Los amigos de J. R. eran como la prensa o la televisión, carecían de colorido local y eso lo irritaba profundamente. Hasta aquel momento había disfrutado tan sólo de los inconvenientes de estar en un país del Tercer mundo sin apenas disfrutar de su exotismo. Y eso era molesto.

María Eugenia se había educado en Estados Unidos y todos sus recuerdos giraban en torno a California, de la misma manera en que en todos sus proyectos soñaba con un futuro en el que su país se pareciera menos a lo que era y más al Norte. Decir que ella tenía un proyecto político hubiera sido excesivo, nadie en su clase lo tenía, y sin embargo eso no significaba que no tuviera ideas claras al respecto: algún día, si su país tenía suerte, podría parecerse a Florida o, si tenía mucha suerte, a California.

Hans tampoco tenía un proyecto, lo había tenido sesenta años y una reencarnación atrás, y en aquella reencarnación, pese a haberse muerto demasiado temprano, había sido más feliz que en ésta.

A veces J. R. trataba de preguntarles por el país, dirigir la conversación hacia otros temas, pero rara vez lo lograba. Lo único que J. R. sacó en claro de aquellas conversaciones es que sus amigos no eran seres felices.

Cuando Hans y María Eugenia estaban juntos, las conversaciones iban necesariamente hacia temas esotéricos. Ella había leído a Herman Hesse, ese *ersatz* barato del seudoorientalismo para uso de marihuanos y hippies según Hans, y a todos los demás orientalistas europeos destinados al consumo de las masas occidentales. Hans había conocido a infinitos santones; incluso en su actual cuerpo seguía visitando sectas y grupos seudoiniciáticos, y podía hablar durante horas sobre la Atlántida y el Tíbet. Juntos acababan necesariamente por hablar de las pirámides del país. Ella, que acababa de descubrir los libros de Von Daniken, decía que habían sido construidas por extraterrestres. Hans, que descubría restos europeos precolombinos y raíces indoarias por todas partes, apostaba por los celtas o por los germanos precristianos, según el último libro leído. Ninguno de los dos podía creer, aunque nunca lo dijeran de forma directa, que las pirámides hubieran sido construidas por indios antepasados de aquellos otros indios que todavía vivían en el país. J. R. hubiera preferido ver las pirámides a oír tantas teorías sobre ellas.

—Se llevaría una decepción... son más bonitas en foto —le dijo María Eugenia una vez.

—Eso a veces pasa... Recuerdo una vez con Hitler... —intentó contar Hans.

—No hable más de ese señor. ¿Qué, no oyó todo lo malo que dicen de él?

Hans le hacía caso y no hablaba de Hitler con ella presente. Dejaba esas conversaciones para cuando estaba solo con J. R., bebiendo mano a mano.

—Era amable, con la amabilidad de los tímidos. Le gustaban demasiado los dulces, como vienés adoptivo que era... esa ciudad debería estar prohibida para los diabéticos. Había tenido una mala infancia, pero no tan mala, como le gustaba contar... aunque sí había pasado hambre como estudiante. Era valiente, físicamente hablando, y una de las últimas cosas que vi antes de morir fue a Hitler cargando, pero le costaba hablar con las mujeres... y eso a pesar de que ellas lo perseguían. Al principio, cuando lo conocí en Múnich, era muy difícil sacarle una palabra en las reuniones, excepto si se hablaba de política y de arte... ¿Wagner? Claro que le gustaba... pero creo que para sus momentos en privado prefería a Lehar, y se sabía de memoria largos fragmentos de *La viuda alegre*... Tenía una buena voz para cantar cuando joven... y una vez me dijo, pero no puedo estar seguro de que fuera del todo cierto, que cuando joven había estado a punto de ingresar en una compañía de operetas, pero no lo había hecho porque tenía que comprarse su propio frac y no tenía dinero para ello. Es una suerte que no lo hiciera, o nadie lo hubiera tomado en serio después. Le confieso que era un tipo curioso, inteligente pero curioso, y que si me hubieran dicho en 1923 todos los líos en que se iba a meter, no me lo hubiera creído. ¿Sabe que algunas admiradoras le llamaban el Bello Adolfo? ¡El Bello Adolfo, Führer! Mire que han pasado los años y cada vez que lo veo en un libro de historia sigo sin creérmelo. Y, sin embargo, no es que sea una idea ridícula. ¿Sabe cuál es mi problema con Hitler? Que lo conocí en persona y al principio... y nunca hubiera podido imaginarme que él, precisamente él, iba a llegar a Führer... Había tanta otra gente compitiendo por el título de jefe supremo: generales, doctores, oficiales de Estado Mayor, periodistas... algunos de ellos nunca le perdonaron su origen plebeyo... el mismo Von Salomon, al que usted tanto admira, hubiera preferido a un general con monóculo, y no hablemos de Jünger, ese entomólogo pedante que se descolgó del movimiento nacionalista cuando dejó de ser elegante y minoritario, o de Spengler, que no le daba los buenos días a casi nadie. Si yo le contara... mi padre lo conoció...

—¿En una reencarnación anterior?

—No, en el Freikorps... Estuvieron juntos en un atentado. Por eso fue que mi padre se escapó de Alemania.

Las conversaciones con María Eugenia no eran menos preocupantes.

—Lo que más me gusta de usté es que es un egoísta. Nunca

me hace preguntas sobre mí, sobre cómo me siento, sobre mi pasado, nunca me molesta con cosas de otros tiempos.

J. R. no estaba acostumbrado a tratar con mujeres que tuvieran un pasado. Ni con las otras tampoco.

María Eugenia acababa de salir de un matrimonio y no quería entrar en otro. Había recibido ya propuestas de dos o tres amigos de su ex esposo que la habían puesto en el punto de mira desde antes incluso de su divorcio, y que no tenían intenciones de llevar su amor más allá del borde de la cama, y odiaba ser divorciada en un país en el que las divorciadas eran consideradas, casi automáticamente, como carne de matadero. Si al menos hubiera podido ser viuda.

—Si al menos fuera viuda —se quejaba ella, demasiado insistentemente, en un país en el que eso no era muy difícil de arreglar, sin que J. R. o Hans captaran la indirecta y se ofrecieran a arreglar el problema por ella. En realidad, una de las cosas que más le gustaba de J. R. era pensar que en aquellos momentos su relación no tenía ningún futuro, y que cuando quisiera podría abandonarla sin más problemas. Para ella, estar en una situación de poder era algo nuevo.

—A veces me recuerda usté a Hitler —le dijo una vez Hans.

—¿De veras? —en boca de Hans aquello tenía que ser bueno.

—Sí. Ustedes dos tienen la misma timidez antinatural con las mujeres.

—No exageremos.

—Es verdad. Él tenía más iniciativa. ¿A qué está usté esperando? Ella está ahí esperando que alguien se le declare.

—Tengo otros problemas pendientes. No he venido a este país a casarme, sino a hacer la guerra.

—Perfecto, porque ella tampoco quiere casarse, sólo quiere pasar un buen rato. Una relación tranquila entre esposo y esposa. Vos no sabes lo que es ser mujer en este país.

—Vos tampoco. O al menos espero que no...

Se rieron.

—Gachupín, todas las amigas de su clase se han ido fuera del país o están casadas... está sola. Hágalo por ella. Necesita un amigo que no la recuerde casada y que no tenga futuro en el país, y usté es la única novedad así que tiene al alcance de la mano.

J. R. siempre cambiaba de conversación. Todos sus amores habían sido platónicos y venía de un ambiente en el que la castidad, real o inventada, era una regla seguida por todas las muchachas conocidas. J. R. nunca había llegado a diferenciar el sexo del amor y, aunque no tenía mucha experiencia en niguno de los dos campos, no sabía si sería capaz de hacerlo con alguien a quien no amara y, desgraciadamente, estaba comenzando a enamorarse de María Eugenia, a pesar de su incesante hablar y de sus poses de pretendida mujer fatal.

—¿Crees que podría casarme con ella? —preguntó una noche en que estaban los dos tan borrachos que sabía que Hans no podría engañarlo ni recordar al día siguiente la pregunta.

—Claro que no. Incluso arruinada, su familia sigue teniendo más dinero que vos.

—Claro que sí. Yo no tengo nada —dijo J. R.

—Usté no tiene ni futuro.

—Ya lo sé.

—Entonces olvídela como esposa. Limítese a salir con ella, no se haga esperanzas y no se podrá llevar decepciones.

J. R. cambió la conversación y volvió a hablar de armas.

—Me gusta el arma que me consiguió... creo que me va a ayudar a hacer grandes cosas.

Al menos, mientras tuviera un arma podía sentirse seguro.

3. DE TELÉFONOS Y DE MUERTOS.

López Contreras revisó el arma recogida. No sólo tenía el mismo tipo de rosca para acoplar el silenciador que la suya, sino que además estaba soldada al cañón de la misma manera. Comparó las armas y era evidente que eran obra del mismo taller y, tal vez, del mismo armero. El teniente había recibido su arma cuando entró en la oficina. *Por si alguna vez tiene que matar a alguien sin escándalo,* le había ofrecido el armero del grupo. *Y es prácticamente intrazable,* había añadido indicándole los números borrados con un torno. No era verdad. No había armas intrazables en aquel país, y mucho menos en aquel servicio.

Había un registro de todas las armas ilegales, al que sólo él y el armero tenían acceso. Era un documento tan poco importante, comparado con todos los demás saqueados por Del Valle en su huida, que éste lo había olvidado. Como tantas otras cosas ilegales hechas por la policía, la existencia de las armas arregladas estaba registrada en un simple cuaderno sin más indicaciones en su cubierta. El arma recibida por el teniente era la última de las registradas; el arma encontrada sobre el terreno había sido entregada menos de seis meses atrás a un tal L. F. Sotil, y López Contreras tardó un tiempo en recordar por qué le parecía conocido el nombre. Después, recordó la cara lívida vista en el depósito días atrás: Luis Fernández Sotillo, confidente de su servicio, al que nunca había visto, asesinado en su primer día como jefe de la Oficina de Coordinación.

Sabía que el muerto era uno de los suyos, y había atribuido su muerte a los subversivos. Sabía también que su ficha no existía, estaba entre las destruidas por Del Valle cuando se fue, pero tenía que figurar en cualquiera de los otros muchos papeles sin importancia que dejaba tras de sí toda burocracia, incluso una burocracia supuestamente ilegal. Recordó la caja chica de la oficina. Del Valle la había dejado intacta como prueba de la pureza de sus intenciones. El teniente pidió los vales de la caja chica. Él mismo había usado chivatos a lo largo de toda su carrera y sabía que siempre tenían gastos y había que darles adelantos. *L.FdezS.*, *Sotillo*, *l.f-s* o incluso *f-s* eran las iniciales que aparecían en el cuaderno. Había sido un confidente muy activo durante aquellos últimos meses.

Ring.
—Oficina de Coordinación, teniente López Contreras al aparato.
La llamada venía de uno de los ministerios militares.

Ring.
Durante las horas que siguieron al atentado, López Contreras recibió más llamadas que las normales.

Primero lo llamó el secretario de uno de los ministros militares de la Junta de Gobierno para saber qué estaba haciendo en el lugar del atentado y por qué se mezclaba en una investigación que no correspondía a su departamento. El tono fue correcto, pero firme. No se lo dijeron de forma clara porque, aunque de uniforme, eran ya políticos, y es deber del político confundir todo lo confundible, pero no le querían en medio.

Ring. Ring.

Después le llamó el secretario de uno de los ministros civiles de la Junta para agradecerle su atención por el caso y ofrecerle toda la colaboración de su ministerio.

Ring. Ring. Ring.

La tercera llamada llegó de donde menos lo esperaba. Su medio hermano deseaba saber si era cierto que estaba mezclado en la investigación del *terrible magnicidio* —esas fueron sus palabras— y si la suya era una investigación oficial.

Y todavía no eran las diez de la mañana.

El secretario del ministro militar le había tratado con aquella hostilidad, llena de cortesía, que se reservaba a los oficiales más reformistas de lo previsto por el mando, incluso cuando el mando jugaba a ser reformista. El secretario del ministro civil lo había hecho con un aire de complicidad que iba más allá de lo correcto. Su hermano, un sólido pilar de la comunidad cafetalera, en el mismo tono paternal que usó durante años cuando le repasaba matemáticas en la finca paterna antes de ir a la Academia.

Hubiera querido explicarle a su colega de uniforme que él no era un reformista, que despreciaba profundamente al muerto, que él tampoco deseaba la paz con la guerrilla, pero calló porque aunque obedecía bien las órdenes, soportaba mal las imposiciones.

Podía haberle explicado al civil que no eran amigos, que no era un oficial reformista, que cuantos menos contactos hubiera entre su partido, o cualquier otro partido, y el cuerpo de oficiales, mejor para todos, pero en el último momento se detuvo, al darse cuenta de que aquella había sido la primera llamada amable recibida desde que se había hecho cargo de la oficina. ¡Cuán bajo había caído, que las palabras de un político le consolaban!

En cuanto a su hermano, era el único miembro de su familia paterna al que no odiaba, pero el hecho de que hubiera llamado interesándose por el caso, incluso antes de que apareciera por televisión, le invitaba a la desconfianza.

A ninguno de los tres les explicó que había llegado al lugar del atentado por error, perdida la dirección, extraviado en aquellas calles que tan poco tenían que ver con el ordenado damero colonial de su ciudad natal, mientras buscaba la casa en la que se estaba quedando su esposa.

Al mediodía, la televisión dio un comunicado de prensa. No era una nota oficial del Gobierno, sino apenas un informe de la Oficina de Prensa de la Guardia Nacional, acusando del atentado a extremistas contrarios al programa de paz social y reconciliación nacional promovido por la Junta, sin entrar en detalles acerca del carácter de esos extremistas. La lógica permitía suponer que los autores del atentado que había costado la vida al ministro y a sus escoltas no eran moderados, y la nota no permitía adivinar si se trataba de radicales de derechas o de izquierdas, y evitaba emplear términos como subversivos o bandas armadas que hubieran podido dar alguna pista a los televidentes.

López Contreras vio la explicación oficial en el televisor de la oficina.

—Se jodieron las conversaciones de paz —comentó uno de los sargentos de López Contreras.

—Mejor —dijo alguien en voz muy baja.

—Eso parece.

—Me alegro de que no nos toque investigar el caso —dijo

alguien en la oficina, a espaldas de López Contreras, y lo dijo también en voz baja, suficientemente baja como para no ser reconocido, pero no tan baja que no lo oyeran todos. No era casualidad, y López Contreras se sintió ahogado en su propio despacho. Salió a respirar y, sin saber cómo, se encontró de nuevo en el lugar del atentado.

Naturalmente, no encontró nada. Los asesinos no habían tenido la gentileza de dejar más pistas. Las manchas de sangre que habían encharcado la calle habían desaparecido con el tráfico. El lugar del atentado no había sido siquiera acordonado, y López Contreras se dijo que un ministro muerto, incluso un ministro impopular, se merecía por lo menos la ficción de una investigación en firme. ¿Qué hacer? El teniente recordó entonces, y no debería de haberlo olvidado nunca, que toda su reputación descansaba sobre interrogatorios realizados sin supervisión médica o legal, y que nunca había tenido que resolver un caso en el que no interviniera una picana. Si tan sólo tuviera alguien a quien enchufar a la máquina de electroshocks todo sería mejor.

—¿Quién va ahí?

Pensó que había dado tantas vueltas perdido por aquellas calles que los vecinos habían llamado a la policía.

—López Contreras, de la Oficina de Coordinación —sacó poco a poco su identificación del bolsillo.

—Luis González, de la Escuadra Antibombas de la Policía Municipal —dijo el otro señalando un escudo vagamente militar que llevaba sobre sus galones de sargento.

A López Contreras le cayó simpático el sargento. Tenía una cara honesta de campesino con un bigote definitivamente indio, de esos que no acaban de crecer en el centro y debajo de la nariz, que le recordó a su padrastro. Muchos campesinos se afeitaban aquellos bigotes cuando se mudaban a la ciudad para parecer más blancos, pero el sargento lo había guardado. Era una muestra de carácter, y López Contreras le envidió porque una de las primeras cosas que había perdido al entrar en la Academia Militar era el suyo.

—¿Qué hacen aquí?

—Nada. Algún pendejo, que debe de estar cogiendo en una de esas casas, se dejó aquí aparcado el carro y los vecinos nos llamaron para reportarlo.

—¿Han tenido casos de carros bomba en el barrio?

—No, pero no puedo reprocharles que estén nerviosos. Al ministro hijueputa ése y a sus escoltas los mataron a una cuadra de aquí.

López Contreras pasó por alto el insulto hacia el muerto.

—¿Una cuadra? He conducido como veinte desde el lugar del atentado.

—En carro son más de veinte, pero a pie está sólo a una cuadra. Estos barrios construidos en las montañas dan sorpresas. ¿Ve esa casa? Si toma usté ese pasaje con escaleritas del lado ya está usté en el lugar del atentado.

—¿Ahí hay un pasaje?

—Tiene que mirar con cuidado, señor, pero está entre esas dos casas.

Se bajó del carro y se acercó al lugar señalado. Era a duras penas una brecha entre dos casas, estrecha, en la que alguien había construido unos escalones altos y empinados de ladrillo. Sabía por qué no lo había visto, era nuevo en la ciudad, ¿pero por qué no lo habían querido ver los policías locales?

Volvió a su carro y vio a los policías municipales rodeando un pickup rojo. López Contreras reconoció el vehículo, reconoció la abolladura en el guardafangos, pero no la matrícula. Se lo había cruzado con anterioridad. ¿Dónde? Claro que sí. Era el pickup del depósito.

El pickup de Hans había sido el primero en llegar al depósito de cadáveres. Otros dos carros lo seguían y él era el único de los chóferes que sabía el camino. Eran tres carros llenos de pistoleros apresuradamente reunidos. Era la primera vez que la gente del Licenciado salía a la calle junto a los restos de la organización del joven cafetalero.

Aquella mañana todo había sido normal hasta que Julio los había llamado. J. R. miraba a María Eugenia enfrentarse con una torpeza conmovedora a la cocina, Hans jugaba al ajedrez contra un manual —y no hacía trampas— y María Eugenia, mientras cocinaba —y odiaba hacerlo—, trataba de encontrar algún tema de conversación que pudiera interesar a aquella gente que sólo se preocupaba por la política, una actividad que ella siempre había creído reservada para trepadores y delincuentes. Comenzaba a sentirse sola en una ciudad en la que nunca se había sentido del todo cómoda. Si a su madre le quedara dinero, ella también se habría ido.

—Julio se va a Chile y el Gallo creo que ya se fue —se quejó.
—¿El Gallo? ¿Sin despedirse?
—Sin despedirse. El muy cerdo ni siquiera me devolvió mis discos. Y comprendo que con ustedes esté bravo por unirse a la banda del Licenciado sin discutirlo con él, pero no lo que podría tener conmigo.

Fue Julio quien los llamó para decirles que el Gallo no se
había ido del país sino que se había quedado para siempre.

—¿Dónde? ¿Seguro que es él?

Hans y J. R. llevaban una semana perdidos del grupo y no
sabían que también el Gallo había desaparecido. Sólo supieron
de él cuando volvió a aparecer en el depósito de cadáveres de
Ciudad Nueva.

Fueron a recuperar el cuerpo.

El destino había querido que el depósito de cadáveres fuera,
paradójicamente, el vivo recuerdo de una época más optimista y
sonriente. Era un recuerdo de los sesenta, de antes de la guerra
abierta y el miedo, cuando hasta la muerte podía ser algo limpio y personal.

Todo el mundo creía todavía en el café, el partido oficial ganaba todas las elecciones, Estados Unidos era un amigo firme, los
ministros soñaban con enriquecerse, el Presidente no usaba un
vehículo blindado para desplazarse a su oficina, la guerrilla todavía no existía, y el Partido Demócrata Cristiano era apenas un
grupo de niños de clase media que soñaban con repartir a los pobres el dinero de otros, el mayor Del Valle era todavía cadete y no
soñaba con hacer política, y el Licenciado dudaba todavía entre
practicar su carrera o cultivar los cafetales de su padre. La cosecha
de mil novecientos sesenta y siete fue particularmente buena.

Un año antes, la fábrica de cemento de Luis Calzadilla había
contribuido muy generosamente a la campaña presidencial del
general Rivera. Aquel año, la hija de uno de los ministros de
Rivera volvió de Europa con un título de arquitecto —de ar-
quitecta precisaba ella— y todo vino a coincidir para que el recién nombrado Presidente se lanzara a una gran campaña de
obras públicas.

En el sesenta y nueve se contruyó el Matadero Municipal de Aguas Calientes, *el más moderno de toda la región centroamericana*; el Mercado Popular de Ciudad Nueva, *un ejemplo de diseño moderno rara vez alcanzado en nuestros países;* el Museo Nacional, *una rara joya de la arquitectura que coloca a Ciudad Nueva a la altura de las grandes capitales mundiales;* y el Depósito de Cadáveres sobre el que la prensa guardó, a duras penas, un púdico silencio a pesar de ser más moderno que el Matadero de Aguas Calientes, más elegante que el Mercado Popular y más concurrido que el Museo Nacional.

El depósito era un edificio paradójicamente alegre, de líneas claras y limpias, de grandes paredes acristaladas con una entrada de falso mármol rosa y sonriente.

No eran todavía las nueve de la mañana cuando Hans llegó y aparcó su pickup rojo color cereza en la esquina del aparcamiento. Los otros muchachos bajaron de sus coches. Uno de los hombres del Licenciado abrió la marcha empujando a los policías de la puerta con su pase de la Policía de Hacienda. El resto del grupo lo siguió con las armas bien a la vista. Los policías de la puerta miraron en otra dirección cuando se cruzaron con ellos.

El director del depósito no era un ser feliz. Se santiguó cuando entraron en su despacho. Era joven todavía, pero había encanecido desde que le dieron aquel trabajo. Las suyas eran noches de pesadilla seguidas por días todavía peores. Miró al grupo que acababa de entrar en su despacho y creyó que eran guerrilleros. Sabía que la guerrilla lo había condenado y estaba resignado a morir. Había firmado tantas actas de defunción falsas que había logrado alterar las estadísticas de la Organización Mundial de la Salud para su país. El suyo era uno de los raros países del mundo en el que la principal causa de muerte para los varones adultos entre quince y veinticinco años eran los paros cardíacos.

En aquel momento odiaba su trabajo y comenzaba a odiar a su tío del ministerio que se lo había conseguido. *Ya verá, un trabajito sencillo que le va a dejar tiempo libre para estudiar y prepararse mejor...* le había dicho.

—Venimos a recoger un muerto.

La voz le obligó a abrir los ojos. No acababa de creerse que estuviera todavía vivo.

—¿Pariente suyo? ¿Ha sido debidamente identificado? ¿Tienen ustedes una boleta de salida? Si no es familia, no puedo ayudarles.

Escondido detrás del reglamento, más burócrata que médico, se sentía más seguro.

—Como si fuera un hermano.

—¿Pero es familia? Tenemos reglamentos. Hay que firmar papeles... —vio la cara campesina del primero de los que habían entrado en su despacho y añadió—: ¿Sabe usted firmar?

—Y hasta escribir a máquina —dijo uno de los hombres del Licenciado palmeando la culata de su fusil ametrallador.

—Uno de sus empleados nos ha dicho que estaba aquí —dijo Hans, dejando que el director viera, como por casualidad, la culata semiescondida debajo de su camisa. El director no se molestó por aquel arma que, de todas formas, era más pequeña que la media docena de fusiles de asalto del resto del grupo—. Es éste —añadió enseñando una foto.

El director no miró la foto; de todas formas, tampoco miraba las caras de los muertos, pero negó con la cabeza. Revolvió un cajón y sacó de él un manojo de llaves mientras trataba de ignorar el cañón que apuntaba a su cabeza.

—Hay reglas para retirar un cadáver —insistió resignado.

—Le firmaremos un recibo para que le cuadren las cuentas.

—O podemos dejarle un cadáver en lugar del otro para que todo le quede bien —ofreció otra voz.

El médico evitó mirarles a la cara y no contestó a ninguna de las puyas que le lanzaron. Parecía que tenía algunas posibilidades de salir vivo de allí, pocas, y no pensaba estropearlas hablando de más.

Lo siguieron por el pasillo. Tenía su bata blanca completamente desabrochada e iba tan deprisa que ésta flotaba detrás suyo como una capa. Revisaron juntos la sala refrigerada en donde descansaban las víctimas del terremoto todavía no reclamadas. Había menos cuerpos de los que J. R. esperaba.

Clic.

Abrieron uno por uno los cajones en donde se escondían los cadáveres. Los cajones estaban incrustados en la pared. Bastaba con hacer girar el asa y después de un breve clic, éste resbalaba hacia afuera, silencioso sobre sus cojinetes.

Clic.

Uno de los cadáveres estaba del revés y aparecieron los pies antes que la cabeza. El médico lanzó un largo suspiro. Estaba rodeado de incompetentes. Lo iban a matar rodeado de incompetentes. Tendría que haberse quedado en Canadá en vez de volver. El francés no es tan difícil a fin de cuentas.

Clic.

Otro cadáver no había sido abierto todavía y los gases lo habían hinchado, por lo que hubo que hacer fuerza para abrir el cajón.

Y lo peor es que esos incompetentes iban a hacer su autopsia. Montreal con sus cafés y sus terrazas era cada vez más bello a pesar del frío.

Clic. Clic. Clic.

Todos los demás salieron bien.

—Su informante parece haber estado en un error. ¿Puedo volver a mi trabajo? —por primera vez desde que había empezado el problema el médico se sintió seguro.

—Vamos al sótano.

—¿Al sótano? Eso va en contra del reglamento.

—También lo es firmar partes de defunción sin leerlos antes.

El director tomó nota de que si salía de allí vivo iba a hacer la vida todavía más miserable a sus enfermeras.

—Al sótano, *man* —alguien apoyó el cañón de un fusil ametrallador en las costillas del médico.

El sótano no estaba tan bien iluminado ni era tan alegre. No había allí mesas de metal bruñido, ni cadáveres asépticamente ocultos en archivadores que se hundieran en las paredes, ni suelos de baldosines blancos, ni paredes de falso mármol, ni cristales. Sobre el suelo de cemento se veían treinta bultos alargados, envueltos en bolsas de plástico. Bultos largos, casi desnudos, rígidos, de color carne.

Hans fue abriendo las bolsas una a una. J. R. no se atrevió a ayudarlo. J. R. se quedó tenso junto a la puerta, entre el médico y la salida, como si esa fuera su misión. El médico tenía miedo y J. R. también. Olía a formol.

Hans, arrodillado, se puso a llorar. Era una imagen grotesca. Llevaba todavía un arma larga colgando del hombro y una pistola en la cintura. Su cuerpo entero se movía cada vez que hipaba entre lágrimas. A J. R. le hubiera gustado llorar, pero no lo consiguió. Los del resto del grupo evitaron, incómodos, mirar a Hans. Ver llorar a un hombre no es un bonito espectáculo.

Uno de los pistoleros del Licenciado se dirigió al médico y le indicó que quería una hoja de salida para el muerto. «Y la queremos ya.»

Hans se puso de pie y sacó dos billetes de peso del bolsillo, que metió en el bolsillo de la bata del médico. «Por sus molestias... usté sabrá cómo arreglar los papeles.»

Era demasiado sarcasmo. El médico no era corrupto, aunque fuera cobarde. Si hubiera sido valiente, nunca lo hubieran escogido para aquel puesto.

J. R. ayudó a cargar el cadáver en el pickup, sobre la caja. El muerto comenzaba a oler a pesar de haber estado en un refrigerador, tenía una sonrisa pálida y retorcida que dejaba al descubierto unos dientes amarillentos en medio de una cara a la que la muerte había robado todo color. ¿Era ésa la muerte del héroe tan cantada? Nadie le había descrito así la muerte en sus libros.

Estaban ya en el aparcamiento cuando les detuvieron.

—¿Qué diablos hacen aquí? —les preguntó una voz suave pero llena de amenazas a sus espaldas.

—Estamos retirando un cuerpo.

—¿Y para eso necesitan un ejército privado? ¿Quién está a cargo aquí?

El director dudó en dar un paso al frente. Los pistoleros eran una docena y el oficial que acababa de llegar sólo tenía con él a su chófer. Era un oficial bajito de cara meticulosamente afeitada y rasgos aindiados, y dejando a un lado que su guerrera verde estaba entallada en la cintura, iba vestido con un uniforme tan reglamentario que era difícil creérselo. El oficial no se había molestado siquiera en abrir su pistolera.

—Soy el teniente López Contreras... ¿Puedo saber qué está pasando aquí?

Julio, escondido hasta entonces en segunda fila, usó su pase de la Información Militar para sacar de apuros a sus amigos. Tenía el mismo nombre y apellido que su padre y hasta alguien nuevo en la ciudad, como López Contreras, sabría identificarlo.

Minutos más tarde, el teniente observó con odio los carros cuando abandonaron el aparcamiento del depósito. Tan poco era el poder que tenía que no podía siquiera detener a cuatro pendejos que estaban violando claramente la ley.

—No es tan terrible su López Contreras —le comentó Hans a Julio.

—No se fíe... dicen que tiene buena memoria.

—¿Dónde encontraron al Gallo? —cambió la conversación J. R.

—En el botadero de la carretera de Oriente... y todos sabemos lo que eso significa.

J. R. no lo sabía y nadie se molestó en explicárselo.

—No es un accidente... vienen por nosotros —dijo Julio.

—Pues nos van a encontrar —dijo Hans.

A la altura del cine Caribe pudieron ver una de las camionetas verdes de los asesores técnicos; estaba parada a menos de diez metros de una pareja de policías uniformados que hacían como que no veían. Sus ocupantes no eran muy distintos del grupo del Licenciado, a pesar de venir de otro país. Estuvieron parados por un momento junto a la camioneta, y J. R. pudo ver a un caraqueño desenvuelto que a pesar del calor llevaba al cuello una improbable corbata de mil colores, un mulato de facciones regulares que fumaba a largas bocanadas un cigarro, y a un joven de su misma edad con barba de chivo y gafas redondas y negras. Su mirada se cruzó con el de la barba de chivo y se la aguantaron por breves instantes hasta que el vehículo de Hans arrancó.

—Es un asco que esos demócratamierdacristianos se traigan pistoleros de fuera —dijo Julio.

—Sí. En esta guerra deberían dejarnos solos, a ver si la acabamos rápidos —contestó Hans.

—Desde luego que esto no va por usté —añadió Julio refiriéndose a J. R.

—Gracias.

*   ☠   *

Cuando los carros del Escuadrón dejaron el aparcamiento, López Contreras escribió su descripción y matrícula en su cuaderno y sólo después se dirigió al médico.

—Me han dicho que tiene aquí un cadáver que me puede interesar.

El médico estaba demasiado agradecido a la llegada del oficial como para pensar en mentirle, y le enseñó todo lo que éste necesitó ver.

Se despidieron una hora más tarde, casi amigos. El teniente sabía que necesitaba informantes en aquella ciudad que apenas comenzaba a conocer. El médico supo reconocer en el oficial un posible protector en una sociedad cada vez más loca y peligrosa.

—¿Qué va a hacer con esa gente? —le preguntó el médico antes de despedirse del oficial.

López Contreras contestó con un encogimiento de hombros. Todavía no lo sabía.

Trató de localizarlos a través de las matrículas. Las matrículas y los carros no coincidían. Uno de los carros aparecía en los registros de la Oficina de Tráfico como quemado, otro como robado pero con otro color, del pickup no había datos en la Oficina de Tráfico.

Días más tarde, se encontraba con el pickup en la calle.

—¿Qué van a hacer con el carro? —preguntó a los policías municipales.

—Nada, mi teniente. No consta como robado y los perros no han olido explosivos. No es normal que lleve aquí aparcado tanto rato, pero no hay nada malo con el carro... Si mañana no se lo llevan, llamaremos a la gente de Tráfico para que se lo lleven.

—¿Tienen ustedes cómo hacerse cargo del mismo?

—No tenemos ni plata para hacer nuestro trabajo —se rió con pena el sargento... —¿Sabe cuándo fue la última vez que nos pagaron el sueldo completo?

—Si yo les consigo la grúa, ¿tienen ustedes dónde pueda registrar el pickup?

—No tenemos motivo para registrarlo, mi teniente.

—Yo, sí. Ande pues, y de policía a policía... ¿Puede usté ayudarme?

—Mi teniente. Aquí nadie hace ya nada más que lo estrictamente necesario. Muchos de mis guardias ni eso...

—¿Y no tiene ganas de cambiar las cosas?

El sargento suspiró. «Esto va a ser una jodienda... pero ándele.»

Estaba seguro de que era el mismo pickup, a pesar de la diferencia de matrículas. Aquél iba a ser su día de suerte. Era como en el póker, cuando llega una racha y se gana una mano detrás de otra.

Hans llegó a tiempo de ver cómo López Contreras se llevaba su coche. Recordaba al oficial y no se sintió feliz cuando lo volvió a ver. Primero, J. R. recibía un balazo; y después, aquello. Y, además, tenía el coche lleno de papeles. Aquel día había sido una mierda y todavía no era mediodía.

4. DE TELÉFONOS Y DE VIVOS.

El día había sido magnífico para el oficial.

Nada en el pickup lo ligaba directamente al atentado, pero hacía tiempo que López Contreras se había dado cuenta de que, en última instancia, es más fácil cubrir un exceso que justificar un defecto, y, además, adoraba la idea de reventarle las puertas.

Hizo saltar la puerta derecha con una ganzúa, y reventó el cristal de la puerta izquierda.

—¿No prefiere que probemos un juego de llaves? Tenemos llaves para casi todos los modelos —le había ofrecido un sargento de los municipales.

—Esto es más rápido.

Era también más divertido.

Hizo saltar la puerta de los goznes de forma que no hubiera manera de arreglarla. Odiaba ser tratado como un camarero, como un cholo, y era así como le habían tratado en el depósito. Nadie le había tratado así en muchos años, nadie desde que se había puesto el uniforme.

A un lado del asiento del conductor había una funda pistolera, vacía, cosida al cuero. En la parte de atrás de la cabina había dos cajas de cartón medianas y dos bolsas de ropa. Vació primero las bolsas. La ropa pertenecía a dos personas distintas. Ropa de buena clase, quizá un tanto vieja, para el bajito, con marcas de etiquetas locales pero caras, o de tiendas de Miami. Extendió unos *bluejeans* y calculó por ellos la altura de su propietario. Era el rubio pendejo que conducía el pickup. Las otras eran de alguien más alto, eran más baratas y demasiado pesadas para el clima del país, y llevaban etiquetas de marcas desconocidas para el oficial. Una chaqueta impermeable le dio más pistas respecto a su propietario. El Corte Inglés, decía la etiqueta en el interior de la misma. Su medio hermano le había traído una vez un regalo en una bolsa con aquella misma etiqueta.

Las dos cajas de cartón tenían toda la vida de una familia: títulos de propiedad en la ciudad y de una finca, pequeña, en el campo; álbumes de familia y viejos libros de dudoso valor, pero sin duda llenos de recuerdos; una Biblia familiar en alemán, que más tarde, al ojearla, resultaría ser un *Mein Kampf* camuflado; cartas y poemas fechados treinta y cuarenta años atrás, que el teniente dejó a un lado porque no tenía nada que aprender de la poesía, y sobre todo de la poesía vieja, pero también por pudor, aunque esto nunca lo reconocería.

Hans había metido en las cajas todos los papeles de valor encontrados en la caja fuerte de su padre. Aquellas casas ya no existían, aquella finca nunca había dado ganancias, aquellos poemas escritos en *altdeutsch* nunca habían sido leídos por él y estaban dirigidos por su abuelo a una olvidada novia, cuyos nietos, algunos de ellos parientes lejanos e ignorados de Hans, debían de estar bebiendo cerveza en Baviera. La *Biblia/Mein*

Kampf —un libro sagrado camuflando a otro, en palabras de Hans— la había comprado en una venta de libros viejos en la iglesia luterana del reverendo Schmidthuber. Sólo en el último momento Hans incluyó sus cartas de amor nunca enviadas.

Acabó por descolgar un par de fotos del despacho de su padre e incluirlas en el lote.

J. R. miró la primera foto. Era un grupo de aguerridos oficiales de bigote fino, sombrero de boy scout (o de marine) y un uniforme que en la foto en blanco y negro se adivinaba claro y era probablemente caqui. Usan guerrera de cuatro bolsillos a pesar de que van al combate, y camisa y corbata debajo de la guerrera a pesar del calor del verano; era en verano cuando se tomó la foto: además, siempre es verano allí para los que llegan de Europa, y hay por lo menos un europeo en el grupo. En el centro de la foto (no sonríe y, sin embargo, se le ve el más seguro del grupo) está Martínez. Alrededor de él hay unos cuantos Hernández, Pérez, López y por lo menos un Stack. Stack es una cabeza más alto que el resto del grupo y está en la segunda línea de fotografiados, con una gorra de plato distinta de las de los demás. Es imposible verlo en la foto, pero es el único que no lleva galones en su guerrera (eso se lo dirá más tarde Hans). Lleva, eso sí, el mismo cinturón Sam Brown que el resto de los fotografiados, y del mismo colgando una .45 americana. Van a salir de guerra, a aplastar la revuelta comunista, la primera revuelta comunista fuera de Europa, y a pesar de sus aires de conquista ninguno de ellos se siente muy seguro de la victoria. Sólo Martínez, a pesar de no sonreír, sabe bien que va a vencer. Es el único soldado en medio de aquella cuadrilla de burócratas uniformados justamente condenados al olvido histórico.

—¿Cúando se tomó esta foto?

—Justo antes de aplastar la revuelta roja. Esta foto estaba en los libros de historia antiguos.

—¿Tu padre está en los libros de historia?

—No es tan difícil.

—Nadie en mi familia lo ha hecho.

—Alégrese. Esta no es una foto de familia. Es una sentencia de muerte.

—No fastidie.

—Si se va a quedar en el país, aprenda a decirlo correctamente. Aquí se dice «no joda». Y sí, sí jodo. Mire esta bonche de oficialitos, todos tan bien vestidos. Nadie se acuerda de ellos... ¿Sabe por qué? Porque Martinces, Pereces, Lopeces y demás gente acabada en e zeta hay docenas en este país, pero Stack, sólo una familia. Ahí está mi padre, corresponsable junto a Martínez de lo que pasó.

—Se veía joven su padre.

—Aún lo era. Mi padre nació el dos.

—¿Y luchó en la primera guerra mundial?

—No. Estaba en la Academia acabando sus estudios cuando llegó el final de la gran guerra... se fue de allí al Freikorps, estuvo en el Báltico, en Berlín y después tuvo que irse de Alemania... Él pensó que se iba por seis meses, y acabó por no regresar a su país nada más que de visita ya en la época del III Reich.

—¿Cómo no se quedó en Alemania?

—Era ya el jefe de asesores de Martínez... Alemania pensó que tenía suficientes soldados y no necesitaba uno más, sobre todo uno que no había luchado en guerras de verdad, y le dijeron que estaba mejor donde estaba.

—En el ejército de este país.

Hans le enseñó la segunda foto. Era un gran salón; no se lo veía entero pero se lo adivinaba grande, de uniforme de nuevo, con unas alas en el brazo de su guerrera, saludando a un Goering satisfecho y feliz.

—Mi padre nunca estuvo en el ejército de este país, fue sólo un asesor. Fíjese que no usa galones ni estrellas como el resto de la gente. Tiene un uniforme para que no lo confundan y le peguen dos tiros por error, pero es todo. Primero le dieron un uniforme y después unas alas de piloto... No, no pilotaba... Todo el mundo me lo pregunta. Se subió en la parte de atrás de una avioneta; instaló, con la ayuda de un herrero, una ametralladora pesada, y la usó para perseguir al enemigo. Mi padre, un herrero de pueblo y un riquito que acababa de regresar de Estados Unidos fueron nuestra primera Fuerza Aérea. Después, mucho después, mi padre pudo visitar a Goering y tratarlo de igual a igual... Mi padre había coleccionado estampas en la primera guerra con la foto de Von Richtoffen, Goering y los demás pilotos, y allí estaba. En Berlín, hablando con su héroe, contándole historias de cómo había barrido medio centenar de jinetes en dos minutos. Fue uno de los mejores momentos en la vida de mi padre... Gachupín, ¿quiere meter algo en mis cajas? —había ofrecido Hans.

—¿Puede guardarme esto? —dijo J. R., y le dio una carpeta que incluía su declaración.

Vio en el fondo de una de las cajas una agenda. Si alguna vez se decidía a cambiar de bando y romper la ley, lo primero que haría sería deshacerse de su agenda.

Después encontró una carpeta llena de documentos de aspecto oficial. Era una declaración policial. ACTA DE DECLARACIÓN DE JOSÉ ROBERTO CALVO MAESTRE. En la parte superior derecha del acta había una pequeña etiqueta con el nombre de un abogado de Barcelona. ¿Un español? ¿Qué se les había perdido a los españoles en su país? Alguien tendría que explicarles que la Independencia había sido declarada ciento setenta años antes.

Habían pasado doce horas apenas desde el atentado y ya sabía el nombre de dos de los participantes, aunque todavía no pudiera probarlo. Bien, apenas pusiera sus manos sobre aquellos chicos podría tener sus declaraciones. Él sabía bien cómo obtener declaraciones. Comenzó por localizar los teléfonos. Llamó al contacto de la Oficina en la Empresa Nacional de Teléfonos y le dio la lista de teléfonos de la agenda. Después llamó a la Oficina de Registro de Vehículos Automotores de la Policía Municipal y dio los números tomados del motor del carro ocupado y obtuvo el nombre del dueño. No había mucha gente con aquel nombre en toda la República, y cuando lo oyó supo por qué algunas de las viejas fotos amarillentas encontradas en las cajas le habían parecido tan familiares. Por lo menos una de aquellas fotos aparecía en todos los libros de historia de la República. Martínez y su Estado Mayor celebrando una primera reunión antes del aplastamiento de la revuelta de mil novecientos treinta y dos. ¿Dónde estaría ahora el propietario del pickup?

Hans estaba recogiendo un pasaporte extra que tenía escondido, y nadie lo sabía, en casa de una de sus tías lejanas, y se preparaba para irse del país. Iba a ver si J. R. estaba en situación de viajar y, de ser así, se lo llevaría, pero no tenía intención de permanecer en el país ni un día más. Había avisado al Licenciado que su carro estaba en manos de la policía y se había despedido. No era el único. Media banda estaba ya en camino hacia Guatemala, y el mismo Licenciado, después de ver a su médico y repasar las heridas de su tropa, había cambiado de casa, sin moverse todavía de la ciudad. Los teléfonos sonaron por horas desde su casa de seguridad en Ciudad Nueva a Ciudad de Guatemala, desde Ciudad de Guatemala a la Asociación Cafetalera, de la Asociación en Ciudad Nueva a los últimos contactos militares de la derecha todavía en el Estado Mayor.

—¿El Licenciado cree que el gachupín pueda viajar? —preguntó Hans.

—El médico dice que no, pero no creo que tengamos que moverlo. Nadie conoce esta casa.

López Contreras revisó los teléfonos de la agenda y los contrastó con la guía. Encontró que varios de ellos estaban recién instalados. Tres líneas nuevas instaladas varias semanas atrás en una casa de la Colonia Viuda de Escamilla, uno de los barrios más exclusivos años atrás, y otras dos líneas instaladas menos de tres días antes, en una casa de la Colonia Miralmonte. Las dos casas en las que habían sido instalados estaban en barrios distintos, pero dejando a un lado los dos números iniciales que indicaban el área, los teléfonos eran consecutivos. López Contreras sabía lo difícil que resultaba instalar un teléfono incluso para un oficial, y se preguntó cómo aquella gente había logrado instalar líneas dobles y triples cuando había cientos de teléfonos más importantes todavía desconectados por el terremoto. Miró las direcciones. La primera de ellas pertenecía a una vieja familia cafetalera que había tenido una sola línea hasta pocos días atrás; la otra era una casa recién contruida, antes de la guerra, en una urbanización semidesierta.

Al llegar la tarde, apareció en todas las emisoras de televisión una nueva declaración del ministro del Interior deplorando el asesinato de su colega, cometido por fuerzas terroristas de carácter internacionalista y antipatriótico, seguido por otro de la Democracia Cristiana que contradecía en algunas partes la anterior y sumaba más confusión a la ya existente.

La lucha por el poder dentro del Partido Demócrata Cristiano había dejado suficientes muertos como para que comenzaran a correr rumores respecto a la autoría del atentado. En la década anterior, la causa principal de muerte entre los dirigentes demócratacristianos había sido otro demócratacristiano, y todo el mundo en el país lo sabía.

Ring.

Primero devolvió la llamada al ministro civil y consiguió su apoyo. Odiaba ponerse a las órdenes de un civil, pero tenía entre manos la posibilidad de hacer una buena redada y deseaba estar seguro de que nadie iba a interrumpirle a medio trabajo.

Ring. Ring.

Le llamaron de la Empresa Nacional de Teléfonos para darle los nombres y direcciones de los titulares de los teléfonos encontrados. Le consiguieron también una lista de las llamadas efectuadas durante la última semana desde aquellos teléfonos.

Ring. Ring. Ring.

Se puso en contacto con el secretario del ministro militar y le hizo saber que los teléfonos de varios oficiales, retirados, estaban entre los encontrados en la agenda de uno de los supuestos terroristas implicados en el atentado al ministro, trágico atentado tan lamentado por todos. Desde luego que eso no significaba nada concluyente, el país era pequeño, las familias eran grandes, inevitables los contactos dentro de una misma clase social, la discreción de la Oficina de Coordinación era total y nadie se atrevería nunca a empezar ninguna investigación en base a aquel triste azar que comprometiese el nombre, buen nombre, de la Fuerza Armada. Nadie tenía por qué saber nada y nadie sabría nada, pero sería bueno que el coronel retirado don Julio le llamara para aclarar unas cuantas dudas respecto al comportamiento y las amistades de su hijo, sobre todo teniendo en cuenta que había evidencia de que éste había estado en contacto telefónico con varios de los investigados menos de veinticuatro horas antes del atentado.

Ring. Ring. Ring.

Llamó a sus escasos contactos en la ciudad para reunir su grupo de trabajo. No quería emplear a agentes de la oficina, pero al final tuvo que hacerlo, porque no había traído a suficientes de sus antiguos soldados y no quería que nada saliera mal.

La casa de la Colonia Viuda de Escamilla, la de las tres líneas, fue la primera en ser allanada. Según el Registro de la Propiedad pertenecía a una tal María Eugenia Báez, pariente lejana de su padre, lo que era cualquier cosa menos una recomendación en lo que a él respectaba.

Entró en la casa rompiendo las puertas. Desde el otro lado de la calle oyó los gritos de una criada a la que no hizo caso. En medio del registro la vería llegar, acompañando a su patrona, tan amenazadoras la una como la otra.

—¿Qué se creen que están haciendo en mi casa?

—¿Vive usté aquí?

—No, yo vivo del otro lado de la calle pero ésta es también mi casa... ¿Quiénes son ustedes?

—Somos los que hacemos las preguntas. ¿A quién se la tenía alquilada?

La mujer lo miró como quien ve a un fantasma. ¿Desde

cuándo tenía ella que contestar aquel tipo de preguntas? Dio la espalda al oficial y se fue.

—Wilson. Tómeles los datos a esas dos viejas antes de que se vayan —ordenó en voz suficientemente alta como para que ellas lo oyeran.

—Como ordene, mi teniente.

Sabía, desde luego, quiénes eran, y deseaba que al menos la patrona, la única que importaba, no se fuera del país.

En aquella casa habían vivido por lo menos una docena de personas, todos hombres. Todos los cuartos habían sido usados y había colchones por los suelos. Las camas estaban frías y nadie las había usado aquel día. Un periódico con fecha de dos días atrás estaba abierto en la mesa del comedor con un crucigrama a medio resolver. En la pared de la cocina y junto al teléfono vio varios números escritos y reconoció dos de ellos. Eran números de gente de su pueblo natal: uno de ellos era el de su medio hermano, y el otro el del doctor Geissman, un viejo exiliado alemán que era el médico de la finca en que había nacido. Dudó un momento y después, todavía sabiendo que actuaba en contra de todos los reglamentos, arrancó el trozo de papel de la pared en el que se podían leer. A fin de cuentas, aquel era el doctor que les había traído al mundo, primero a su madre y después a él.

No sólo los ocupantes de la casa eran hombres sino que, además, no estaban acostumbrados a vivir en la ciudad. Los muebles y el baño estaban bastante maltratados, el refrigerador lleno de latas de botellas de cerveza llenas, y el cubo de la basura de botellas de cerveza vacías.

¿Cómo había entrado en Ciudad Nueva una docena de hombres armados sin llamar la atención de los servicios de información? A poco apoyo que le dieran en la Junta, les iba a apretar bien las partes al viejo don Julio, a su hijo y a toda la vieja escuela.

Volcó uno detrás de otro los cubos de basura en la alfombra del comedor y aplastó un resto de col a medio pudrir con el tacón en medio de ella.

—Podríamos hacerlo en la cocina, mi teniente.

—Tenemos mejor luz aquí...

Había papeles a medio quemar entre las latas de comida preparada, las botellas vacías y los restos de fruta a medio pudrir.

—Consiga unos guantes de goma en la cocina y tráigamelos.

Se estaba comenzando a divertir en aquel caso. ¿Cuánto valdría aquella alfombra? No importaba. Aplastó con su bota otro trozo de comida podrida sobre ella.

Vio las palabras TASK FORCE al principio de una de las páginas a medio quemar y se detuvo antes de seguir leyendo. Tal vez aquello era más grande de lo que él creía. Tal vez estaban metidos allí los norteamericanos. El documento, empezando con las palabras en inglés, seguía completamente en español, con las pequeñas manías y modismos del país y, al leerlas, se sintió más tranquilo.

Al Licenciado le gustaban las palabras inglesas. Antiguo alumno de una universidad privada estadounidense, asociaba el idioma de sus profesores con toda una serie de virtudes que no encontraba en su propio país y en su propio idioma, como la eficacia, la precisión, la concisión, y por eso lo prefería a la hora de pensar en términos políticos. Lo preciso del inglés le impedía escaparse de la realidad. Escribió pues TASK FORCE en lo alto del documento que iba a enviar a sus amigos cafetaleros. TASK FOR-CE era un nombre con resonancias militares, y él, como tantos otros de su grupo, había soñado con el uniforme, aunque no, desde luego, con el uniforme de su propia Academia Militar, aquel refugio de arribistas, aquella escalera por la que tantos muertos de hambre habían ascendido a los más altos puestos de la República, para pasar a vivir del presupuesto nacional duran-te el resto de sus inútiles vidas. TASK FORCE sonaba mejor que *grupo de autodefensa* o *milicia privada,* y tenía resonancias holly-woodianas. TASK FORCE sonaba, desde luego, mejor que *Escua-drón de la Muerte.*

El Licenciado se detuvo después de las primeras palabras. Tenía que pensar bien su protesta de trabajo conjunto. Se acabó el dar favores a cambio de nada, el dejarse pagar con una palma-da en la espalda, el cambiar sangre propia y ajena por palabras, el salvar pendejos que la próxima vez que lo vieran en una fies-ta de la Asociación fingirían no reconocerlo. Tal vez los guerri-lleros tenían razón, no toda la razón desde luego, y el grupo de idiotas de la Asociación Cafetalera se merecía una patada en el culo que lo despertara. Conocía bien a sus pares: llenos de du-das, dispuestos a sacrificarlo todo por sus cafetales, menos las buenas maneras, demasiado acostumbrados a la paz como para no darse cuenta de que no podían conservar sus buenas maneras y la paz al mismo tiempo, demasiado cobardes como para no sentirse felices de delegar en los generales sus responsabilidades políticas y en sus abogados sus responsabilidades morales. Él no era un pistolero anónimo, ni un caporal que pudiera ser contra-tado para una cosecha, ni un abogado mercenario. ¿Los cafetale-ros querían anticomunismo armado, paz social y orden público?

Que lo pagaran. Armas, carros y munición costaban plata, y plata ya no le quedaba al Licenciado en su cuenta bancaria.

La gente del Licenciado era patriota y se moría de gratis, pero no podía vivir de gratis, y si los hijos de los ricos preferían irse a estudiar en Houston o Miami, dejando que la guerra la lucharan los hijos de los pobres, lo menos que podían hacer es que éstos estuvieran bien alimentados en el momento de entrar en combate. El Licenciado tenía que alimentar a sus muchachos, y los frijolitos, las tortillas de maíz, el guaro hecho de caña, la carnita y todo lo demás costaban plata. Y el Licenciado no creía que sus muchachos tuvieran que conformarse con carnita y tortillas de maíz, con guaro, pudiendo comer bistec y beber whisky de cinco años. Si aquella era una guerra para impedir que los rojos se cogieran a la República, la bandera, los libros de texto y los próceres patrios, era también una guerra para impedir que los ricos acabaran siendo espaldas mojadas en Los Ángeles o lavando platos en Miami.

El Licenciado escribió: *A los muy honorables miembros contribuyentes de la Gran Cruzada Patriótica de Salvación Nacional.* En inglés el encabezamiento habría sido más breve, pero el idioma, sobre todo el idioma político, del Licenciado, era, por mucho que le molestara, el español ampuloso de los oradores patricios de principios de siglo.

—*A los muy ho-noraa-bles mieem-bros con-triibuyentes...* el resto del papel está ilegible, mi teniente —leyó Wilson.

—No se preocupe. Estoy seguro de que ya conseguiremos otras copias.

López Contreras le arrancó su copia a su medio hermano antes de que acabara el día. Su medio hermano era de los que recibían todo tipo de propaganda de la oposición de derechas. Al final, se trataba sólo de una carta recordando los sacrificios de algunos patriotas y cómo éstos no se veían correspondidos por quienes más se podían beneficiar de los mismos. Había una nota agria de amenaza apenas velada en aquellas líneas, y el teniente pensó que por allí podía llegarle alguna ayuda.

—Se les escapó de las manos. Confiese, que aunque ustedes estaban en contra del *hijueputa*...

—¿El *hijueputa?* —interrumpió el medio hermano del oficial.

—El muerto. Usté me entiende... Aunque ustedes estaban en contra del pendejo —reinició López Contreras—, no deseaban que lo matara.

—No diga estupideces. Todos hemos salido ganando con su muerte. Papá lleva todo el día borracho para celebrar su muerte... Y si usté tuviera un cerebro también estaría celebrando... El *hijueputa* estaba pactando con la guerrilla.

—Eso dice Del Valle.

—Vale verga lo que diga Del Valle... tenemos pruebas. El *hijueputa,* ¿es así como lo llamaban en su Oficina?, estaba cerrando un pacto con la oposición... ¿qué cree que hubiera pasado con usté si los guerrilleros hubieran entrado en el Gobierno? Recuerde, hermanito, cómo se las arregló usté en la región oriental... Es usté un criminal de guerra; ¿cuánta gente interrogó allá? Si esos hijueputas que están ahí arriba, en la montaña, ganan, se jodió usté.

López Contreras recordaba perfectamente su trabajo en la región oriental. Sabía lo que era, y era un policía.

—Tengo que resolver este caso.

—Es usté un idiota.

—Estoy intentando darles una salida.

—No necesitamos una salida. No hemos sido nosotros... Mire, hermanito, no se meta que no sabe bien lo que puede pasar.

López Contreras reconoció el tono en que le hablaba su hermano. Era un tono de voz que él sabía sincero, el mismo en que le daba consejos cuando todavía no tenían el mismo apellido, cuando su padre todavía no le había reconocido y su hermano era el único de la familia que le dirigía la palabra.

—Sé cuidarme.

—Pruébelo, porque no lo parece. Olvídese del caso... es un jodido caso y usté no está tan protegido como cree.

—Alguien de la Asociación Cafetalera ha soltado plata para que ese cabrón trajera aquí su ejército privado, y a ese alguien voy a joderlo...

—¿Incluso si es papá?

No se habían visto durante casi dos años. Cuando eran más jóvenes, su medio hermano era el reformista de la familia, y el teniente sabía que si llevaba el apellido familiar era gracias a él. Su padre tenía docenas de hijos bastardos sembrados en sus antiguas propiedades, pero sólo a él le había dado su apellido y sólo tres personas en el mundo sabían el porqué. Odiaba a su padre por todo lo que había sido y tenido que pasar antes de cumplir los catorce años, pero le debía mucho a su hermano y no haría nada que pudiera dañarlo en la investigación. A veces lo había olvidado, pero su hermano era una de las pocas personas a las que no odiaba o despreciaba. Reencontrarlo y, sobre todo, reencontrarlo convertido en un ultraderechista, fue para él una sorpresa.

—Incluso si es papá... ¿Fue papá?

—No. Esta vez no fue dinero de papá, pero podría haberlo sido… y si no es esta vez, será la próxima.

Aparte de la circular pidiendo dinero, López Contreras encontró otros papeles que no le fue tan fácil descifrar: diagramas y líneas mal trazadas, puntos que se desplazaban de un dibujo a otro. Había visto algo así en la Escuela de las Américas, en la pizarra del gimnasio, justo antes de cada partido de fútbol. Allá las equis y los círculos representaban jugadores propios y contrarios, y las flechas, el movimiento de los mismos sobre el terreno. Aquí López Contreras no conocía el terreno y no estaba seguro de que se tratara de un juego.

5. EL PLAN.

El Licenciado tenía dos planes extendidos sobre su mesa de trabajo. Era como cuando estaba en la Universidad y jugaban al fútbol. Uno de los planos era de la ciudad, y allí estaba acotada una zona no muy lejana de la casa de Hans; el otro, trazado a mano, toscamente, con crayones infantiles, representaba los alrededores de la Embajada de la República Federal de Alemania.

—Vengan y vean. Esto hay que hacerlo bien a la primera. Vean bien los mapas.

Era la primera vez que se reunían desde la fiesta; era también la primera vez que Hans y J. R. habían dejado la casa desde la muerte del Gallo.

María Eugenia había estado en el funeral. Era en realidad una de las pocas personas que lo había hecho. La mayor parte de la familia del Gallo estaba ya fuera del país, y su padre había presidido el duelo en solitario. Hans y J. R. no habían ido por miedo a ser identificados por la policía; la mayor parte de los amigos de infancia y juventud del muerto ya estaban fuera del país.

María Eugenia había perdido con aquella muerte un buen amigo y todos sus discos de Lou Reed, que ya nunca recuperaría.

—Ni siquiera vino Julio —se quejó después.

—Creo que tuvo problemas con su tatá —dijo Hans.

—Incluso así... ustedes estuvo bien que no fueran, porque tienen un muerto reciente y estaban escondidos, pero Julio no tiene excusa para no ir.

Hans y J. R. cruzaron sus miradas. Ninguno de los dos había hablado con ella sobre la ejecución.

—No me miren así... todo el mundo lo sabe... a mí me lo dijo mi tía. En este pueblo no hay secretos. Y volviendo a Julio..., ¿dónde está ese pendejo? Hace una semana que no lo veo.

—Me dijo que tuvo problemas con su tatá. El viejito es todo tradición militar, pero hará lo que sea para mantener a su hijo fuera de la línea de fuego.

*   ☠   *

—Todos ustedes saben de qué trata la operación. Tenemos que agarrarlo vivo, al principio, para que la gente se crea que fue la guerrilla. El tipo, a partir de ahora su nombre clave es el Cerdo, sigue con la rutina de siempre a pesar de que le han ascendido —siguió el Licenciado—. Primero lleva un carro controlando la ruta, y después dos carros más con él y su escolta.

—¿Carro blindado? —preguntó un pistolero con acento nicaragüense.

—No. No le han dado una blindada. El tipo que reparte los carros a prueba de balas no se lleva bien con el Cerdo. Aquí están sus posiciones —su dedo se desplazó sobre un plano.

—Raúl es el número uno, Nelson el dos, Apache el tres... ustedes son el grupo primero y tomarán posición del lado oeste de la calzada. Los quiero humilditos, como si fueran empleados del Departamento de Parques y Jardines. No me usen ropa demasiado nueva. El carro pasa a las ocho de la mañana, así que a las seis y media ustedes ya están cortando la hierba del terreno baldío, avanzando hacia la zona de la emboscada... poco a poco, sin prisas. Párense a oír la radio y a fumar un cigarrito de cuando en cuando... actúen como si tuvieran todo el tiempo del mundo, sean vagos e incompetentes, como auténticos empleados municipales.

—¿Tenemos que llevar algún distintivo de Parques y Jardines?

—No. Demasiado riesgo. Ninguna insignia oficial. Si les paran, digan que trabajan para el dueño del terreno, pero no saben el nombre porque les contrataron en la calle, y si no les preguntan, no digan nada. Pero aunque no lo digan, parezcan empleados municipales. Sigamos con el pinche plan... Yo soy el cuatro, Nica el cinco. Somos el grupo segundo. Yo voy al volante y vos, Nica, en la caja con el M-16. Aparcamos el carro aquí, en la curva de la Embajada, y sólo cuando el ministro salga de su casa. Guicho les avisará con la radio. Quiero que todas las radios estén en la frecuencia de los cuerpos de seguridad.

—La cambian todos los días, patrón.

—Ya lo sé... no se preocupen que la sabremos el día anterior.

*   ☠   *

Ring.

La voz del informante anónimo sonaba forzada a través del

teléfono. El informante le dio la frecuencia y el Licenciado le dio la seguridad de que su hijo no sería aceptado como voluntario en la misión. Aquello fue fácil para el Licenciado, ya que el muchacho no se había presentado voluntario. El informante le deseó suerte con demasiadas palabras y siguió hablando. Conocía a su padre, admiraba su dedicación a la Patria y sentía que no hubiera más gente como él en las Fuerzas Armadas, antaño garantes de la dignidad nacional. Ya nada era como en su época...

Había gente que nunca serviría para el clandestinaje.

—Lorca el seis, Zeque el siete. Ustedes forman el grupo tercero. Lorca, pinte la camioneta de forma que quede discreta, como un busito o algo así. Su camioneta no va a estar en la curva de la Embajada, sino aquí, y lo estará antes de las siete.

—Tranquilo, Licenciado, que mi camioneta va a ser invisible pero sólo si podemos conseguir pintura verde. Y quiero una Volkswagen, nada de carritos japoneses o gringos.

—No me gusta el verde —se quejó el Licenciado—. El verde es el color de los demócratacristianos.

—Créame, patrón, que ya verá cómo esta vez le gustará...

—Lo malo de matar a un hombre no es matarlo, sino todo lo que hay que hacer antes: los carros, el médico, la casa por si hay problemas, los papeles de circular, las armas... Es bueno tener un jefe. Con un jefe todo es mejor y más fácil, y cualquier pendejo con un cuarto grado de la elemental puede bajarse a Superman.

No era la primera vez que J. R. oía aquel monólogo, y todavía volvería a oírlo otras muchas veces. De entre todos los hombres del Licenciado, Lorca era el único que tenía un negocio propio. Lorca pintaba carros, y a la mañana siguiente de la reunión ya le habían conseguido una Volkswagen nueva.

—Apártense.

Se cubrió la cara con una máscara y apuntó con la pistola de presión sobre la camioneta robada.

—Sonrían, que este es un vancito que nadie va a detener.

Cuando la pintura verde acabó de cubrir el vehículo, éste quedó automáticamente invisible para la policía. El Volkswagen era de un verde esmeralda idéntico en todo a los de los asesores técnicos.

—Ya sólo queda ponerle placas nuevas.

*   ☠   *

—Hans el ocho, el gachupín el nueve. Ustedes cogen el jeep aquí —señaló un punto en el mapa.

—Bien. Puedo dejar mi carro aquí y en cinco minutos estamos fuera del barrio —respondió Hans señalando otro punto en el plano.

—Haga lo que quiera, pero les quiero aquí... y pasen desapercibidos. Tíñase ese pelo suyo. Y usté, gachupín, no abra la boca que tiene usté unas zetas y unas eses que no engañan a nadie.

—Guicho es el diez, y si él no da la señal, no se mueve nadie. Guicho llevará el taxi y no se mezclará en el tiroteo... sólo dará la señal. Mírense en el plano y no se olviden de las posiciones de partida... El ministro abandona su búnker para ir al ministerio, o a la Casona en caso de consejo de ministros, siempre a la misma hora. El jueves habrá un consejo extraordinario, lo que significa que puede seguir tres rutas: la avenida aquí, pero está cerrada por obras después del terremoto; la carretera Nueva, que le costaría quince minutos, o la curva de la Embajada...

—¿Seguro?

—Seguro —insistió el Licenciado.

*   ☠   *

Seguro, confirmó la voz a través del teléfono. La voz del informante seguía hablando, insistiendo en recordar los días de la vieja Academia Militar, tan distinta de la actual, pero al fin le pasó la información necesitada por el Licenciado. *Va a ir por la curva de la Embajada*.

*   ☠   *

—Primero va un pickup recorriendo la ruta, de explorador. Cuando ustedes lo vean pasar sabrán que todo está en orden y que el blanco se acerca. Entre el paso del pickup y la llegada de los carros del ministro es cuando aparcan ustedes los suyos. Llegará en dos carros: él siempre va en el primer carro y al volante. Le encanta conducir y, además, no le parece popular usar un chófer. A veces lleva escoltas con él y a veces no. Detrás lleva un carro de escolta arreglado para que sus guardaespaldas se puedan mover cómodos dentro. Cuando el primer carro entre en la curva, Guicho les avisará. Nada con el claxon... el claxon es muy evidente.

—Pondré la radio a todo volumen —dijo Guicho.

—Vae pues... Y entonces.

El Licenciado extendió otro plano sobre la mesa, coloreado con crayones infantiles. Cada tirador tenía un color, y el de J. R. era el morado, correspondiente con un miembro de la escolta y una línea de fuego.

—Todo tiene que durar menos de un minuto. Nada de fuego automático sobre el carro del Cerdo. El ministro sale vivo de ahí...

*   ☠   *

Después había que trasladar al secuestrado, y de eso se ocuparía Lorca. Cuando el Licenciado vio la camioneta de Lorca se quedó parado sin saber qué decir.

—Está perfecta.

—Todavía no, patrón. Mañana la arreglaré por dentro.

—¿Qué le va a hacer?

—Un perno con una argolla en el suelo para asegurar los grilletes, polarizamos las ventanas y quitamos uno de los asientos traseros de forma que el secuestrado pueda quedar acostado en el suelo. No queremos que se nos escape en el camino.

Y después había que conseguir un lugar donde esconderlo.

—Gachupín, venga aquí —le llamó el Licenciado al final de la reunión.

—Sí, Licenciado.

El Licenciado necesitaba un par de casas aparte de la que ya tenía, y necesitaba alguien para alquilarlas que no fuera del país.

J. R. alquilaría la primera casa, la de seguridad, junto a María Eugenia. La segunda la alquilaría él solo. Para la primera casa se disfrazaron de parejita joven y eran una pareja y eran jóvenes, y al menos el interés de ella no era fingido aunque J. R. no acabara de comprenderlo.

El dueño de la casa era amable pero desconfiado. No le gustaban los jóvenes, y consideraba a cualquiera de menos de treinta años como automáticamente sospechoso.

—Ustedes saben, este es el tipo de casa que alquilan los subversivos como casas de seguridad.

—No, no creo. Además, es demasiado chiquita... queremos espacio para cuando tengamos niños... y el alquiler es muy alto. Si fuéramos guerrilleros a lo mejor podríamos pagarlo y no necesitaríamos más espacio en los closets...

María Eugenia mareó al dueño de la casa, que a partir de su largo monólogo los trató de forma más tranquila, pero también con una sombra de desprecio. Allá estaba él, un honrado casero, tratando de ganarse la vida gracias a su casa, comprada con el mayor de los esfuerzos, preocupándose de la subversión que amenazaba al país, y aquella niña descarada trataba de usar su preocupación cívica para obtener un mejor precio en el alquiler. Decididamente, se trataba de una parejita si no decente (ella usaba anillo de casada y él no), sí más o menos normal.

Más adelante el casero recordaría que el muchacho no había hablado apenas, y que cuando lo había hecho había hablado sólo con ella y había hablado en voz baja y con aquel acento silbante con el que murmuran los españoles.

—¿Por qué he de ir yo a alquilar la casa?

—Es usté extranjero y nadie lo conoce.

—¿Pero y mi acento? ¿Qué pasó con *gachupín no abra la boca*?

—Su acento es perfecto para alquilar la segunda casa. Todo

el mundo sabe que la guerrilla tiene docenas de subversivos jesuitas vascos en sus filas. Para la primera casa hable lo menos posible y trate de no pagar demasiado... Mucho dinero siempre es demasiado malo en estos días. Para la segunda casa quiero que hable mucho y con su mejor acento español, y diga muchas cosas como *por Dios hijo mío* o cosas así de clericales. Y en la segunda casa no quiero que discuta el precio. Pague a la primera, sobre todo si están abusando de usté.

—Ya en la frontera me tomaron por jesuita.

—Ya me lo contaron.

En la primera casa tenían que ocultarse los heridos propios si los había. En la segunda casa tenía que descubrirse el cadáver del ministro secuestrado, y el Licenciado estaba convencido de que tendría que ser él mismo el que se autodenunciara para que la policía lo encontrara. Sin embargo, J. R. no tuvo tiempo de alquilar la segunda casa.

—Sobre todo que no llame la atención en la primera —dijo el Licenciado

—Vaya con María Eugenia y finjan que son novios o algo así —le recomendó Hans.

«Es verdad. Ella es del país. Nadie se fijará en ella», se dijo J. R.

Dos horas después de acabar el registro de la casa de seguridad, López Contreras ya tenía a María Eugenia en su despacho. Le dijeron que la detenida parecía nerviosa y estaba intranquila, lo que era normal porque había nacido en una clase que no sabía cómo eran por dentro las comisarías. Su ayudante le dijo que al contrario de lo que le habían dicho los testigos, la detenida a veces era capaz de usar sostenes.

Había una tía iracunda y de clase alta con dos abogados, demasiado bien vestidos para la clase de dinero que ganaban los abogados en aquel país, esperando por él, y por su detenida, en la sala de espera. Habían llegado antes de lo que él esperaba. No había tenido tiempo de interrogarla. Dejó esperar a María Eugenia y miró a los abogados. Estaban entre él y su despacho. Reconoció a la tía. Había registrado su casa el día anterior.

—¿Saben quién soy? —murmuró a su ayudante.

—No creo.

—¿La detenida sabe que están aquí?

—No.

—Que nadie les diga mi nombre... Dígales que llegaré en una hora... y no les permita ver a la detenida antes de que yo llegue... Antes de que llegue oficialmente.

—Vae pues.

Se quitó la guerrera de oficial y cruzó al lado de ellos con la cabeza baja y una carpeta debajo del brazo sin que le prestaran la más mínima atención. Para ellos era sólo otro indito más. Incluso la tía, que lo había visto en el registro de la casa, lo dejó pasar sin fijarse en él.

*   ☠   *

El casero también se fijó que ella no usaba sostenes.

—Pensé que sería una esposa infiel o algo así, pero lo de los sostenes me dio que sospechar. He leído que los guerrilleros, y las guerrilleras, no usan ropa interior —dijo el casero cuando López Contreras fue a pedirle la llave de la casa.

—¿Y no nos avisó? —preguntó nada divertido el teniente.

—En estos días nunca se sabe quién puede ser un comunista disfrazado y quién una persona de bien. Incluso en el Gobierno se han infiltrado. ¿Ha oído lo que ese mayor, Del Valle se llama, anda diciendo de los demócratacristianos del Gobierno...? y ese ministro que se bajaron ayer... seguro que se lo merecía. Dicen que andaba hablando con la guerrilla y después los mismos subversivos se lo bajaron... Se lo merecía, si no por subversivo, sí por pendejo.

Si el casero hubiera sabido a quién buscaba López Contreras probablemente no habría hablado con tanta libertad. Como tantos otros pequeños propietarios, no tenía a dónde huir si los izquierdistas vencían. López Contreras no se sentía con ánimos de darle ningun tipo de explicación. Si su primer día de investigación había sido magnífico, no pasaba lo mismo con el segundo. Durante toda la mañana los teléfonos habían vuelto a sonar.

Ring.

Primero, su hermano le había advertido que le iban a cambiar de destino, y había tratado de convencerle de que no ganaba nada resolviendo el caso, recordándole viejas deudas de amistad y gratitud.

Después, el retirado don Julio le había devuelto su llamada para hacerle saber que el teléfono ocupado en la agenda de un supuesto terrorista no era suyo sino de su hijo, aunque él lo pagara, y que no, no podía interrogarlo. Su hijo llevaba tres días en Chile, un país de larga tradición militar en donde los oficiales subalternos no hacen llamadas amenazadoras a los oficiales superiores.

Si el hijo llevaba tres días en Chile, y eso era algo que López Contreras dudaba, sólo una persona podía haber hecho la llamada registrada el día anterior al atentado.

A su hermano no le dijo que no le había interesado descubrir el caso hasta que no le ordenaron lo contrario, o que incluso entonces, si se lo hubieran ordenado correctamente y como a un oficial, y no como a un cholito, lo habría hecho.

Al coronel no le dijo lo cerca que estaba de solucionar el caso, tal vez porque él mismo no lo sabía todavía.

López Contreras reunió a su gente (varios de los miembros de la Oficina de Coordinación se excusaron, sabiendo que ya le quedaba poco tiempo al frente de la misma) y se dirigió a la segunda casa con teléfonos recién instalados. El dueño de la casa vivía del otro lado de la calle y estuvo dispuesto a ayudarlo. Había un taxi golpeado aparcado frente a la puerta principal (la licencia del taxi resultó ser falsa) y una camioneta verde abandonada en la esquina de la cuadra. La camioneta era idéntica a las usadas por los policías venezolanos, pero sus placas no se correspondían con las falsificadas y distribuidas por el Ministerio del Interior. El teniente rodeó la casa antes de entrar en ella. Habían pasado sólo dos días desde el atentado.

El dueño de la casa les había dibujado un plano a los policías, mirando con temor aquellas ametralladoras, aquellas hachas, preguntándose, antes de que sonara el primer tiro y se hundiera la primera puerta, cuánto le costaría reparar la casa.

—La verdad es que la parejita esa de jovencitos tenía un aspecto raro...

—La próxima vez que eso le pase, que una parejita de aspecto *raro* trate de alquilar un apartamento, quiero que me avise.

El casero hizo algo mejor que eso. Fue el casero el que cuando ya se iban de la casa vio el coche de María Eugenia aparcado a tres cuadras de la misma y lo identificó.

—No me haga mucho caso, pero creo que era ése el carrito que conducía la muchacha.

*   ☠   *

El teniente tenía todo lo más una hora. Con una hora no habría ni podido comenzar a trabajar con una guerrillera. Pero aquella no era una guerrillera. No estaba preparada para resistir un interrogatorio, o al menos eso deseaba pensar López Contreras.

Ella lo miró sin verlo cuando entró en el cuarto de interrogatorios. Era un cholo. Permaneció sentada.

—¿Va a tardar mucho en venir su oficial? No me han dicho por qué me trajeron aquí y ya tengo ganas de irme. Tengo cosas mejores que hacer que estar aquí.

—Usté se va cuando yo se lo diga. ¿Y quién le ha dado permiso para sentarse en mi despacho? Póngase de pie.

Ella no se movió. Su inmovilidad no era un gesto de desafío sino de sorpresa. ¿Ese era el aspecto que tenían ahora los oficiales de la República? Ya no le extrañaban tanto las continuas quejas del padre de Julito. El oficial le sonrió, se acercó a ella y pateó la silla en la que estaba sentada. Ella estuvo a punto de caerse.

—Ahí. Quieta. De pie. Declíneme las generales.

—¿Las qué?

—Nombre, dirección y todas esas mierdas

De nuevo ella se quedó callada. No acababa de comprender que aquello le pasara a ella. Era como la propaganda de los subversivos cuando hablaban de la represión policial y todas esas cosas. Esperaba que no todas las historias repetidas por la radio de la guerrilla fueran ciertas.

El oficial le hizo un gesto con sus dedos, como llamándola, y ella se inclinó hacia él. López Contreras tomó la distancia por encima de la mesa y lanzó una bofetada. El golpe la alcanzó de lleno en la cara. Esperó que ella llorara y esperó en vano. Ella lo miró decididamente sorprendida. Estaba tan sorprendida que ni siquiera le dolió. Se pasó, sin embargo, la mano por la cara. Sonrió incluso porque aquello no podía ser real.

—¿Nombre? —insistió él.

Ahora era él el sorprendido.

—¿Dirección?

Ella contestó.

—¿Alquiló usté una casa junto a...?

No tuvo mucho tiempo de hacer preguntas ni de explorar entre el mundo de medias verdades y mentiras con que ella le contestó. Alguien le había traicionado en su Oficina, y los dos abogados lograron abrirse paso a través de sus subordinados hasta él. Una de las grandes ventajas de interrogar a subversivos era que también podía detener a sus abogados. Aquellos dos, por el contrario, pertenecían a la clase de los no detenibles, de los que tenían padres en el Tribunal Supremo y oficinas y cuentas corrientes en el extranjero.

Tuvo que acabar el interrogatorio en presencia de los abogados y de una forma correcta y civilizada.

La detenida sí había alquilado una casa en compañía de un amigo extranjero, un posible inversor interesado en el futuro del país. *¿Qué va a invertir ese desgraciado?*, preguntó el oficial sin obtener una respuesta clara. La detenida ignoraba que el detenido tenía antecedentes criminales en su país de origen. La detenida era mayor y libre de acostarse con quien quisiera, y las insinuaciones del oficial respecto a su moralidad no le afectaban. La detenida, después del más amable interrogatorio jamás conducido por el teniente López Contreras, se vio en la puerta de la Oficina de Coordinación y, además, libre, puesto que su conducta, aunque imprudente, no era criminal, o en todo caso no se podía probar como criminal, y con el compromiso de declarar en un futuro lejano en un eventual juicio que tal vez, a lo mejor, se celebraría —o no— en un muy incierto día futuro. Antes de irse, los abogados protestaron por el hecho de que su joven cliente, perteneciente a una vieja e ilustre familia de la República, hubiera sido sujeta a violencia física. No añadieron, ni lo necesitaban, que consideraban particularmente humillante que la violencia la hubiera ejercido un cholo que sólo por accidente tenía un apellido tan ilustre como el que llevaba. Antes de que acabara el interrogatorio, llegó Zumárraga con una orden llena de sellos y firmas por las que pasaba a ocuparse de la detenida. Su mirada se cruzó con la de López Contreras y éste se sorprendió al ver que su colega no le miraba con aire de victoria, sino de comprensión. Yo también he estado en esa silla y sé lo que está pasando. Tal vez a otro esa mirada le hubiera calmado, pero López Contreras odiaba ser compadecido.

El teniente se quedó en su despacho y con dos dudas: la de saber si las mujeres de extrema derecha sabrían o no resistir los interrogatorios tan bien como las de extrema izquierda, y la de saber cuántos de sus subordinados lo estaban traicionando.

*   ☠   *

Ella sí le había ayudado a alquilar la casa.

J. R. y María Eugenia habían recorrido la casa, primero con el dueño y después solos.

—Mire. Los muelles están buenos —dijo ella sentándose en la cama.

J. R. miró en otra dirección y evitó la mirada de la mujer.

—María Eugenia está preocupada con usté... ¿Usté no será del otro lado? —le preguntó Hans aquella misma tarde.

J. R. no era del otro lado. Era sencillamente tímido, y si hubiera podido hacerlo con una mujer sin explicarle su vida y sin ofrecerle un amor que no se sentía capaz de dar, probablemente ya lo habría hecho con ella. Además, como Hans le había recordado tan oportunamente, no tenía ni un centavo, ni un lugar donde caerse muerto, ni se sentía capaz de crear una familia, ni de... Naturalmente, no le dijo nada de eso a Hans, porque por fin podía ser confundido con un hombre duro, y los hombres duros saben resistir a ese tipo de tentaciones y no necesitan una familia.

*   ☠   *

Ella no lloró durante el interrogatorio. No la hizo llorar la bofetada; ni las bromas de doble sentido que aquella bestia le lanzaba, aquel pinche cholo al que algún día su familia ajustaría las cuentas, la avergonzaron.

¿Así que eso era ser militante? Se preguntó qué habría sido del español y de Hans, y por qué el oficial sabía más acerca del español que ella misma.

Antes de dejar la oficina policial prometió de forma solemne a todas las autoridades competentes que no se movería de su casa, y que permanecería allí a disposición de las autoridades, y a continuación se dejó llevar por su tía hasta un aeropuerto privado y embarcar en él hacia Miami. *Tienes el pasaporte en el avión y aquí tienes algo para tus gastos... No me lo agradezcas... ya me lo pagará tu padre.*

Hasta que los abogados no se lo dijeron, y no lo hicieron hasta semanas después, no supo que la casa que había ayudado a alquilar había sido mencionada en la investigación del asesinato del ministro, y entonces se sintió a un tiempo traicionada, no le habían dicho nada, como si no mereciera confianza, y aliviada, sus artes de aspirante a terrible seductora no le habían fallado, sino que el gachupín se había mantenido aparte para no implicarla más todavía. Decidió que, en el fondo, el que él no se hubiera acostado con ella era una muestra de amor y de respeto. Su mundo volvía a ser perfecto, ella volvía ser perfecta y todo el mundo la quería.

*   ☠   *

—Confío en que todo salga bien. Como siempre, estaré con ustedes en primera línea —acabó el Licenciado la lectura de sus planes—. Ahora, recemos para que todos salgamos bien y con vida de esto.

J. R. comprobó con sorpresa que el Licenciado realmente estaba rezando.

*   ☠   *

—En esta cama se puede uno morir —dijo ella cuando alquilaron la casa.

—Gachupín, no se muera —dijo Hans cuando le depositó sobre ella después del atentado.

Como si a J. R. le importara o no el morirse.

* ☠ *

—No parece haber nadie en la casa, mi teniente —dijo Wilson.

—Procedamos con cuidado.

Los policías reventaron la puerta de la casa.

¿De dónde viene ese fascista?

1. EL CORRIDO DEL CABALLO BLANCO.

Si le preguntaran a J. R. qué había ido a hacer a Centroamérica, podría decir que había ido a morir. Pero eso era algo que todavía no había descubierto. No lo descubriría hasta el mismo día del atentado.

Cada vez los sueños de J. R. eran más reales.

Los cines baratos de Ciudad Nueva en los que se refugiaba le habían devuelto toda una mitología casi olvidada con la que se había encontrado de forma accidental, cuando todavía era más joven, en el bolsillo de un rojo golpeado en una esquina del Barrio Gótico. Era un casete de corridos de la Revolución mexicana. Después de aquel primer casete vinieron otros, ya comprados, e incluso un par de películas clásicas de las del Indio Fernández, con indígenas estáticos, y nopales y cielos fotografiados por Figueroa, vistas en la Filmoteca de Barcelona, y a las que siguieron otras, menos clásicas, de Pedro Infante, Jorge Solís y Jorge Negrete. Ya en Centroamérica llegaría a ver las de Vicente Fernández, y hasta las de los hermanos Almada.

—¿De veras le gustan esas películas? —le preguntó una vez María Eugenia.

—Sí.

—No puede ser. Si son horribles. Cada diez minutos, pase

lo que pase, la acción se detiene y un machito que presume de macho le canta una canción de amor a su caballo, que los tiene más grandes que él, o a su gallo de pelea, que es más listo, animales que le son, desde luego, más fieles que la mujer de su vida, a la que ama pero a la que no podrá perdonar, nunca, cualquier pequeña bobada.

—También me gustan las canciones.

—¿Está usté seguro de ser europeo?

—Sí.

—Pues felicitaciones, porque se ha integrado de lo más rápido en la vida de este país.

Las canciones que J. R. recordaba tenían que ver con caballos blancos, gallos de pelea negros, mujeres infieles y hombres muy machos. ¿Qué hacían aquellas canciones en el bolsillo de un rojo? De cuando en cuando aparecía en ellas la palabra revolución, pero incluso eso no las hacía canciones de rojo. La revolución cantada en las cintas era una de ciudades tomadas al asalto, a caballo, de tiros dados en la frente y no en la nuca, de sol, de trago y de mujeres más que de ideología.

> *Carabina treinta-treinta que los rebeldes portaban.*
> *Gritaban los maderistas que con ellas no mataban...*

Una treinta-treinta puede matar no ya a un hombre sino incluso a una familia numerosa a condición de que se ponga en fila india.

En España los corridos villistas eran algo divertido, exótico, viril y lejano. Algo que no se asociaba al mundo real, tal vez porque llegaban pocas películas mexicanas a España. Pero en Centroamérica las viejas películas volvían a ponerse una y otra vez en los cines más baratos que no podían permitirse pagar y pasar los nuevos filmes llegados de Estados Unidos.

Eran cines muy baratos. Dos pesos para ir al piso de arriba y uno por ir al de abajo. Cuarenta centavos de dólar costaba ir a un cine en el que la programación estaba compuesta a partes iguales de películas de las series B y C de los peores estudios norteamericanos, viejas cintas *softcore* semipornográficas italianas e, incluso, españolas de la década del setenta y películas mexicanas de los años cuarenta y cincuenta: de Pedro Infante y los demás charros cantantes.

Aquel era un sueño que todavía podía hacer real. Jamás sería un camisa negra, había llegado demasiado tarde, pero estaba a tiempo de ser un pistolero charro, de beber a fondo, de imponerse e imponer un código hecho a partes iguales de honores y fidelidades, podía aspirar a tener una chamarra de cuero como la del Licenciado y una pistola de cachas de nácar como la de Aguilares, y una reputación como la de los pistoleros de la Mano Blanca.

En sus nuevos sueños tenía ya la pistola pavonada, y era un ex comando de la EEBI nicaragüense como el Nica, y había ido a entrenarse a Panamá y North Carolina como Cheque. En sus sueños tenía una chaqueta de cuero color vino, bien gruesa, y un cinto Sam Browne de esos que son tan prácticos para colgar de ellos el peso de una pistola.

En sus sueños, las dueñas de los burdeles le conocían por su nombre, la gente le temía, los mariachis de las cantinas —pobres copias locales de las de los mexicanos— le cantaban sus canciones favoritas.

En sus sueños había llegado a tiempo para marchar con el

Licenciado sobre Nuevo Hamburgo, y una marcha de ese tipo todavía era posible repetirla.

En sus sueños ya no necesitaba matar porque ya lo había hecho en el mundo real. Por primera vez en su vida, lejos de su familia, de sus libros, de su país, de la demasiado civilizada Europa, en la que ya nada podía pasar, y unido a gentes que no hablaban sino que actuaban, armado con una pistola vieja, en plena guerra civil, enfrentado a guerrilleros de verdad —o con la posibilidad lejana de hacerlo—, enfrentado a rojos con cojones y pistolas y no a pobres chicos apaleados al azar en una tarde de domingo aburrida, J. R. era feliz.

En sus sueños podía incluso citar a Nietzsche sin sentirse íntimamente avergonzado. *¿Vosotros decís que una buena causa justifica la guerra? Yo os digo que: la buena guerra es la que justifica toda causa.* Podía incluso citar a Nietzsche y ser tomado en serio.

A veces J. R. soñaba, y sus sueños tenían el poder de ser las pesadillas de otras personas.

En lo que a él se refería, ya era hora.

2. EL PRIMER GOLPE.

—Lo malo de matar a un hombre no está en hacerlo, cualquiera sirve para matar, sino en todo lo que hay que preparar antes, porque cualquiera puede matar, pero matar bien cuesta. ¡Carajo, qué cuesta matar a un cabrón! Los carros, el médico en casa por si algo sale mal, los papeles para poder circular, ¿vos, gachupín, ya tenés papeles?, y no hay que olvidar las armas... Es bueno tener un jefe. Con un jefe que piense todo se hace más fácil.

El nuevo pistolero tenía también la boca dorada, le faltaban los dientes delanteros y los huecos en la dentadura estaban cubiertos por oro barato.

—¿Mató usté mucho? —preguntó J. R.

—Lo normal no más... usté sabe. ¿Y usté qué tal mata?

—El del otro día fue el primero.

—¡Ah, cabrón! Ni de los amigos se fía... hace bien.

Miró al pistolero y supo que tenía razón. Toda aquella gente a la que no conocía un mes atrás y con la que iba a ir a la guerra eran sus amigos. Por lo que él sabía, podían llegar a ser sus últimos amigos.

—¿De veras no mató antes? Pues ya es usté mayorcito para eso.

—Déjenlo en paz. Yo estaba allí. Este es de los tranquilos —dijo Hans, uniéndose a la conversación.

—Bueno, usté lo vio matar.

—Sí. No podía ser el primero. Yo en mi primer muerto vomité.

—Gachupín, ¿cómo fue su primer comunista?

—Ya se lo conté a Hans.

—No a nosotros.

—Tenía los ojillos inyectados en sangre, debajo de unas gafitas redondas de esas de intelectual...

—Mala gente los intelectuales —dijo Hans, irónico.

—Los peores, Licenciado. Nunca hay que fiarse de gente que prefiera las ideas a las personas... cuanto más sinceros, peores son las canalladas que hacen —añadió el pistolero de la boca de oro.

—... él sacó un cuchillo y yo le abrí la cabeza con una barra de hierro.

—¿Cuchillo y barra de hierro? Están ustedes bien atrasados allá en Europa. Matar así tiene que ser cansado.

J. R. no había matado en España y no por falta de ganas,

pero no se molestó en desengañar a su nuevo amigo. Tampoco el golpeado tenía ojos inyectados en sangre, ni un cuchillo, ni fue golpeado con una barra de hierro sino con un mango de martillo. J. R. lo recordaba todo al revés.

—El rojo que describió usté se parece mucho al venezolano del otro día —le dijo Hans después de que dejaran al resto del grupo.

—Yo ya sabía que ese cabrón me recordaba a alguien.

—¿Seguro?

Llevaba muy pocos meses de fascista activo cuando tuvo su primera oportunidad de golpear a un rojo. Llevaba toda una vida esperando la oportunidad de hacerlo. Los soñadores solitarios llegan a ser peligrosos. Años más tarde, en sus raras discusiones de tipo político, afirmaría que la pasión precede a la acción, haría bromas pesadas sobre los informes de Vila y se reiría de los cuentos de Castellón, pero en realidad hubo muchos libros, más libros que pasión, en su camino al fascio, y las pocas pasiones que tuvo no fueron tan puras como las que confesó.

El difunto al que le había comprado su arma se había puesto nostálgico y pesado a la hora de contar sus historias de viejo. También años atrás, el ex guardia de Franco que le había vendido su primera pistola había contado por horas viejos cuentos de la guerra civil. Era el drama de su vida: tener que oír historias ajenas en espera de contar las propias. En cinco años, cuando volviera, él también se sentaría en un bar y sus historias serían mejores que las del muerto, y mejores que las de aquel otro al que le compró su primera arma. Aquella primera arma que nunca salió de su casa.

Años más tarde, después de su detención, su padre registró la casa, con más tiempo y cuidado que la policía, y se desembarazó de la pistola: *Y no me digas que no esperabas a la policía, porque la pistola estaba en una cañería y las pistolas no crecen en las cañerías.* ¿Cómo había podido encontrarla su padre?

Primero tendría que encontrar a alguien que quisiera escucharle, y eso no sería tan fácil. Toda su vida había sido un ser solitario que tenía camaradas pero no amigos; toda su vida había buscado un jefe al que obedecer, compañeros junto a los que luchar, un uniforme que vestir, pero nunca había buscado un amigo con el que hablar, porque ya sabía, más allá de toda duda, todo lo que debía saber. Toda su vida había sido el reflejo de su jefe de turno: había estado a favor de la violencia sagrada y del ataque frontal al sistema con Bosque; se había leído larguísimos análisis que parodiaban, involuntariamente, la forma de los de la extrema izquierda, con Vila; había intentado incluso escribir durante el tiempo que había compartido con Clos. Si alguna vez J. R. perpetrara una novela, Clos sería uno de los culpables.

Se había unido a Vila a la caída de Bosque. Con Vila todo tenía que estar planeado, todo tenía que estar sujeto a una estrategia predeterminada. Vila había coqueteado con el anarquismo primero y con el maoísmo después, antes de convencerse de que era nazi y moriría nazi. *En última instancia, el maoísmo es un nacional-socialismo a la china más que una variante del marxismo... ¿Sabías que Mao nunca leyó* El capital? Sin embargo, a pesar de los años pasados desde su experiencia izquierdista, Vila todavía se sentía inferior a la hora de usar el lenguaje fascista, se daba cuenta de que no tenía el peso supuestamente científico del de la extrema izquierda. Fue bajo la tutela de Vila que J. R. se creó su propio *Weltanschauung*, palabra terrible que significa *conciencia del mundo* y obliga a referirse por fuerza a filósofos como Kant, Hegel, Schopenhauer y Nietzsche, a los que él sólo conocía de pasada y al nivel básico de un estudiante de COU.

¿Conciencia del mundo?

J. R. no era franquista, aunque con el tiempo llegaría a odiar a los enemigos de Franco. A Franco, al franquismo, lo conoció tarde y mal, cuando ya no quedaba nada que admirar a los ojos de un muchacho de diecisiete años. La de Franco era una vaga dictadura paternalista y burocrática, un pesado bostezo que garantizaba orden, e incluso pan, a cambio de aburrimiento y obediencia, y J. R. era capaz de obedecer, pero odiaba aburrirse.

J. R. tampoco fue falangista. No practicó los rituales vacíos de la Revolución eternamente Pendiente. Además, ¿qué era Falange? ¿Hedilla en la cárcel y condenado a muerte, o Fernández Cuesta secretario general del Movimiento?

J. R. se hizo fascista en la década del setenta en un país en el que no había habido fascistas ni en la década del treinta, y cuando tuvo que justificarlo se inventó una falsa pasión por el Siglo de Oro, Felipe II, los griegos de la Antigüedad, la Roma de los Césares. J. R. no tuvo una infancia digna de ese nombre, ni una adolescencia de billares, bailes, discotecas y novias. J. R. pasó su juventud soñando con Roma, y Roma era César, y César era Mussolini. O, al menos, eso les explicó a sus compañeros cuando por fin los tuvo. J. R. había leído muchos libros de mitología clásica antes de los catorce años.

J. R. había sido un niño solitario; los niños que tienen amigos no leen la *Ilíada* cuando pueden estar jugando al fútbol. Los niños que tienen amigos no se rapan la cabeza a los diecisiete años y salen a la calle con una insignia plateada en la solapa.

La insignia la compró en una tienda de la calle Canuda. La pidió tímidamente, se la dieron sin problemas, y dudó antes de ponérsela en la solapa.

Y después de la insignia en la solapa, todo lo demás fue fácil: la porra de cuero con ánima de acero, el cuchillo, la pistola de segunda mano, los guantes de cuero negro, los nudillos de acero, la muerte ajena y la propia.

—¿Cómo fue su primer rojo? —le preguntó Hans.

—¿Todavía está con eso?

—Sí. ¿Cómo era?

J. R. no lo recordaba. Era sólo un recuerdo borroso en una noche que querría olvidar. Además, había perdido las gafas mientras corría en medio de la pelea. Ese era un detalle que no revelaría a Hans. ¿Perder las gafas? Esa no es forma de comportarse un fascista. Inventó sobre la marcha.

—Tenía ojillos de loco detrás de unas gafas a lo Trotski.

—¿Iba armado?

—Tenía una barra de hierro y yo saqué mi navaja de muelles y...

—La última vez que lo contó era al revés: él tenía la navaja de muelles y usté la barra de hierro.

Es difícil mentir a alguien con buena memoria.

Pobre rojo sin nombre ni cara. Creía que lo golpeaba un fascista callejero, y eran Homero y dos mil años de cultura europea, no muy bien digeridos, los que le abrían la frente de un porrazo. Homero, que a lo mejor no había vuelto a inspirar un golpe desde que lord Byron fue a Grecia con un casco de atrezzo en el equipaje, golpeaba de nuevo.

—¿No me va a hablar de cuando era niño? —le pidió una vez María Eugenia.

—No recuerdo bien mi infancia.

—Yo le hablé de la mía.

La infancia de ella había sido una de fiestas en las infinitas casas familiares, de decenas de primas intercambiando secretos por teléfono, de *pajamas parties*, *slumber parties,* fiestas de quince, viajes de graduación y noviecitos controlados de cerca por una larga guardia de criadas de confianza, tías solteras y primas medio chismosas y medio cómplices, en la que la única sombra existente era la ausencia de hermanas. Una infancia a medio camino entre la de la muchacha de clase alta tradicional latinoamericana y la muchacha estadounidense de clase media en la que, por no faltar, no habían faltado ni los *drive inn restaurants* con la bandeja de la comida apoyada en la ventanilla del carro y las camareras con patines, ni una primera vez apresurada en la parte trasera de un vehículo.

—No recuerdo mucho de cuando era niño.

—No exagere. No puede haber sido una infancia tan mala. Yo todavía me acuerdo del *kindergarden* y de mi primera maestra.

—Yo, no.

3. ESAS MALDITAS DUDAS.

Quizá J. R. se hizo fascista por error. Quizá fue allí en busca de certezas.

Y J. R. tuvo ocasión de tenerlas, pero también de envidiar. Envidiaba a sus camaradas, capaces de ser duros de verdad y para los que la dureza no era máscara sino un rostro. Había intentado ser duro sin lograrlo.

Sus camaradas vivían en el mejor de los mundos posibles. Tenían su propio universo, en el que los valores eran totales y estaban férreamente jerarquizados, dando sentido a sus vidas.

Sus camaradas vivían en la luz y estaban convencidos de que Dios, o la Patria, o la Raza, guiaban sus golpes en las peleas, y algunos, los más afortunados, podían incluso ver sus golpes guiados por Dios, la Patria y la Raza a un tiempo.

Él tenía dudas, aunque nunca las manifestó en voz alta. En las largas noches sin sueño dudaba de ser capaz de ser un fascista, luchaba contra su formación liberal, contra la biblioteca reunida por tres generaciones de Calvos; dudaba y se preguntaba si un sueño de veras merecía ser bañado en sangre. No eran dudas muy graves, porque bastaba que sonara una marcha, se coreara un himno o se alzara una bandera para que su corazón volviera al lugar correcto y se tirara a la pelea. Ni en sus peores momentos de duda dejó de odiar a quien debía o de respetar su Causa, y, sin embargo, hay gente que no sirve para fascista por más que lo intente.

Había derrotado las dudas a base de largas lecturas, de las que no se sentía particularmente orgulloso, de teorías, de racionalizaciones. Los rojos eran malos porque... luego tenía que... ¿razonar un acto no es ya traicionar su pureza?

Hay gente que no sirve para fascista. Para ser fascista hay que creer en el destino propio, despreciar la suerte, pisar fuerte, hablar alto, mirar recto, amar sin matices y, sobre todo, bajo ningún concepto, dudar de que la razón, y además toda la razón, está del lado propio y que en consecuencia el enemigo es, por el simple hecho de existir, un canalla, un loco o un estúpido al que hay que aplastar como la escoria que es. Un fascista es aquel que nunca se pone en el lugar del enemigo, y J. R., por desgracia, era demasiado capaz de comprender a sus enemigos, demasiado incompetente a la hora de apalearlos.

También por eso había ido a Centroamérica. Había ido allí a resolver sus dudas entre gente que no se le pareciera, con la que no tuviera problemas personales, con la que no hubiera compartido un mismo libro de texto, unas mismas calles. En Centroamérica las mujeres eran distintas y nunca serían su maestra de párvulos, y podía acostarse con ellas en vez de mirarlas con miedo, los hombres tenían otro acento y otro pasado, y en muchas ocasiones otra piel, y en consecuencia podía matarlos sin grandes dudas. Había ido a Centroamérica a saber si era o no un cobarde.

—¿Cúal es su problema con las mujeres? —le preguntó Hans por sorpresa.

—¿Qué?

—María Eugenia me ha preguntado si no será usté del otro lado.

—No. Claro que no.

—Pues demuéstreselo.

—Dígale que no soy maricón.

—Me alegro... no sé si la tranquilizará a ella, pero sé que me tranquiliza a mí que le tengo en mi casa —acabó riéndose.

—¿Sabe ya qué va a hacer con ella? —le preguntó más tarde.

—No.

Los planes de J. R. respecto a ella cambiaban de día en día, de hora en hora. No debería de haberse mezclado con aquella mujer. No tenía nada que darle, y poco en común incluso en política.

—No son ustedes tan distintos de los subversivos —le dijo ella una vez.

—¿De veras?

—Sí.

—¿Por qué?

—Usté y Hans, y algunos de los otros, son como los subversivos, pero al revés. También ustedes esperan ganar la guerra y decirnos cómo conducir el país.

—¿Y eso la asusta?

—Sí. Yo lo que quiero es que todo vuelva a ser normal. Elecciones cada cuatro años, libre empresa y paz... y todo eso.

Las palabras *libre empresa* eran nuevas en su vocabulario y hubieran debido demostrarle que ya nada podría ser como antes en su país, si hasta las muchachas de su clase comenzaban a usar términos políticos y económicos.

—No creo que nada vuelva a ser igual al final de la guerra. ¿Eso te asusta?

—No. Pero cuando la guerra acabe no espere muchas simpatías en este país... incluso si gana.

—¿Si gano? Si ganamos... sería más correcto. Estamos en esto juntos.

Ella ya había ayudado a alquilar la casa.

—... si ganan. Creo que el país ya se está cansando de salvadores y de tiros. Un salvador más para ver si se acaba lo de los subversivos y ya está.

—¿Y qué haces ayudándonos?

—Defiendo mi casa y ayudo a que el Licenciado la defienda. No he dicho que todos ustedes sean iguales. ¿Y usted qué hace aquí?

—Es muy largo de explicar.

A veces J. R. se miraba en un espejo y no era un hermoso espectáculo el que veía: un falso duro con una pistola de segunda mano y un pelo cada día más largo, sudando alcohol barato por cada poro de su mal afeitada cara.

A veces J. R. soñaba despierto y soñaba con la muerte. Y, esta vez, era su propia muerte la que se le aparecía.

Sabía que ella tenía razón y que algún día sobraría. Sería necesario por un tiempo más, al paso al que iba la guerra quizá cinco o diez años más, y después la guerra terminaría y los que sobrevivieran serían sólo recuerdos incómodos de un mal tiempo, de una era a olvidar. Hans tenía un apellido, el Licenciado también, pero J. R. era un extranjero indeseable y tendría suerte si no lo expulsaban del país. Y el resto de la banda. ¿Qué pasaría con los pistoleros de dientes dorados y pistolas pavonadas? Si eran derrotados, morirían, pero incluso si vencían a lo más que podían aspirar era a un pequeño puesto de funcionario en un ministerio de segunda, un pequeño puesto de funcionario que les permitiría sobrevivir, con deudas, hasta fin de mes, mientras contaban sus historias hasta el aburrimiento, mientras usaban sus pequeños contactos en pequeños negocios antes de morirse de una muerte mediocre y pequeña.

El descubrimiento de que una vida fascista no bastaría para liberarlo de la mediocridad le golpeó por sorpresa, como si el triste destino de los viejos soldados no hubiera aparecido ya innumerables veces en las novelas de su autor favorito. También los pesados burócratas del último Movimiento Nacional, con sus bigotitos de ex combatiente y sus vidas monótonas, habían sido jóvenes violentos y estado en su día en batallas más mortíferas que cualquiera de las celebradas en aquel país.

La muerte no era una mala alternativa.

4. LA MUERTE DEL HÉROE.

Su muerte, la de sus sueños, no tenía nada que ver con su cadáver tendido en el depósito. Algunos tipos de muerte no formaban parte de su mitología. Su muerte iba a ser rápida y limpia. Pero no tan rápida que no le diera tiempo a decir algo memorable a los testigos, porque tenía que haber testigos ya que morir en solitario es demasiado triste.

En sus sueños, su cadáver no estaba desfigurado, no había sido golpeado; nadie lo dejaría sufrir sin darle un tiro de gracia, nadie lo torturaría, nadie lo castraría, nadie lo decapitaría con un machete mal amolado. Sus sueños no tenían nada que ver con el mundo real.

Hans también estaba convencido de que iba a morir, pero en su caso no era un sueño, sino una pesadilla. Hans estaba cansado, y en sus pesadillas volvía a la Centroamérica de los años treinta.

—Me van a matar.

—¿Cuándo?

—Pronto.

—¿Por esto?

—No. Me matarán tarde o temprano por mi apellido. Mi padre mató cincuenta mil indios el año treinta y dos.

—¿Él solo?

—No. No solo, pero los otros no cuentan…

A veces, J. R. podía ver su cadáver y no estaba apilado en un sótano húmedo, sobre un montón de viejos periódicos, ni medio podrido en una cuneta con los dedos devorados por los cerdos semisalvajes. Su cadáver estaba en una caja de roble, y la noticia de su muerte alcanzaba a sus amigos en el mediodía de un día de clases, y recorría el bar de su facultad, y podía ver a sus amigos comentarla con admiración, sorpresa y dolor, y se atrevía, incluso, a adivinar lágrimas en los ojos de aquella chica a la que nunca se atrevió a declararse.

Y luego venía el funeral. No sabía cómo, pero sí sabía que no quería ser enterrado en un país en el que los terremotos podían sacarlo de nuevo a la luz. No sabía cómo, aunque sí que su funeral sería en España, pero no en un cementerio típico español, sino en uno de esos de corte angloamericano de suaves céspedes, árboles tupidos y lápidas a flor de tierra. Iba a llover ligeramente y sus amigos estarían juntos, debajo de una masa negra de paraguas, y le dirían adiós cerca de un sauce de amplias ramas.

Allí, así, J. R. soñaba que sería por fin tomado en serio.

Hans nunca soñaba.

Hans sabía que demasiada gente había muerto en su país, y que él era parcialmente culpable de ello, y conocía suficiente historia como para saber que un muerto es rara vez recordado. Hans sería feliz si al menos supiera que su muerte iba a ser rápida e indolora, pero ni siquiera eso se atrevía a soñar.

Final con muertes

> Por eso ahora, conociendo mejor que
> yo mi hora confidencial y lenta, dice ata-
> cando lo más quebradizo de mi espíritu:
> —Uno se lo explica todo cuando dispara el
> primer tiro.
>
> *Eugenio o la consagración de la primavera*
> RAFAEL GARCÍA SERRANO

1. HOTEL FLORIDA.

—No se mueva —le pidió Hans. Habían llegado a la casa de seguridad por fin.

—No, no creo que se pueda mover ya mucho —dijo el falso taxista.

—Ayúdeme a quitarle la ropa.

—Como si eso fuera a ayudarlo en algo. Mire cómo lo balearon.

—Ayúdeme, por favor...

La sangre había pegado la ropa al cuerpo de J. R. Había mucho de patético en aquel cuerpo demasiado delgado para su estatura y demasiado blanco para el clima, que ahora estaba caído sobre la cama.

Hans vio que respiraba con problemas. El médico que esperaba en la casa de seguridad lo examinó rápidamente. *No está tan mal como parece,* dijo sin referirse a nadie en concreto. *¿Usté es amigo de él?,* preguntó dirigiéndose ya a Hans.

Hans no estaba del todo seguro de si eran o no amigos. Sabía que el español, a veces, muchas veces, le irritaba, y sabía también que era su responsabilidad. Él y sólo él le había llevado a participar en aquel atentado. Sin Hans, el español no habría logrado entrar en la extrema derecha del país y estaría sano. O tal vez, sin Hans guiándolo, lo hubieran matado antes, pero incluso así eso no hubiera sido su responsabilidad.

—Sí. Somos amigos.

Y, sin embargo, el día había empezado tan bien. Habían pasado su última noche en un hotel de mala nota.

*   ✠   *

—¿Dónde vamos? —le había preguntado J. R.

—Se adelantó el golpe y no voy a dejar que se vaya sin probar la carne del país. Nadie debe morirse sin saber lo que es estar con una mujer de verdad... Le voy a presentar a una que... —dejó la frase sin acabar.

J. R. recibió la noticia del tiroteo con alegría excesiva. Así que, al final, todo se iba a resolver bien e iba a tener su oportunidad.

Se había adelantado el golpe de mano. El consejo de ministros iba a tener una reunión especial con pretexto del terremoto. El Licenciado sabía que ese no iba a ser el tema más importante de la jornada. El mayor, desde Guatemala, les había mandado una nueva cinta. Hans y J. R. no sabían nada, excepto

que tenían que estar listos en sus lugares a las siete de la mañana y que no era un ensayo.

No había habido tiempo de ensayar la operación, ni de alquilar la segunda casa de extra, ni de completar los detalles de
la camioneta.

—No importa —dijo Hans cuando se enteró.

A Hans nadie le había dicho nada, pero todos esos detalles
le dijeron que aquello no iba a ser el secuestro previsto.

—¿Y dónde lo metemos cuando lo agarremos? —preguntó J. R.

—Estoy seguro de que el Licenciado debe tener algún lugar
en el campo donde meterlo. A lo mejor en la misma casa que le
han prestado... a lo mejor en la que usté alquiló. Tenemos dos
casas, así que ya no se preocupe y deje que sus jefes organicen
todo que para eso son los jefes. Estamos en buenas manos.

Hans mentía en cuando al secuestro, pero deseaba estar en
lo correcto en cuanto a su jefe. Un sudor frío le cubría al pensar
en lo que pasaría si fallaban. En aquel tipo de cosas era tan no-
vato como su amigo español.

—Téngalo todo listo desde ahora y nos vamos esta noche a
la casa en que trabaja Trinidad.

—¿Quién?

—Mi amiga de la noche del terremoto. Hay que despedirse
bien de la ciudad. Vamos a beber unos tragos y de postre le in-
vito a que pruebe carne morena. Considérelo así como una vela
de armas... Mañana a esta hora a lo mejor está usté muerto, así
que considero mi deber, como patriota, como camarada y como
vieja guardia del Partido, asegurarme que esta noche sea usté
un poco más hombre.

J. R. se preparó. Guardó en una bolsa, pegada en la pierna, el pasaporte con la esperanza de que avisarían a su cónsul si le pasaba algo. Guardó en su cinturon los dólares que le quédaban y metió todos los documentos de su proceso en un sobre.

—¿Se lo guardo? —le ofreció Hans.

—Seguro.

Hans había sacado todos los papeles de la familia de la caja fuerte del despacho. Allí estaban todos los títulos de propiedad, todos los archivos familiares, las cartas de su abuelo materno con Pearse y los nombramientos oficiales y condecoraciones de su padre. Dobló el uniforme del padre y lo guardó en el doble fondo del armario, donde habían estado escondidas sus armas, en la esperanza de que no lo encontraran en caso de registro. En el último momento incluyó el retrato de boda de sus padres y se dio cuenta de lo mucho que sentía no poderse despedir de su madre. Se sentía mal pero no estaba asustado. Trató de recordar la última vez que se había sentido así y recordó que había sido en la última de sus vidas anteriores. J. R. interrumpió su pensamiento.

—¿Le pasa algo?

—No.

—Ahora eres tú, es usté, el asustado. ¿Vio que ya comienzo a saber hablar con el usté y el vos como acá?

—Sí. Y en cuanto pierda el acento, aprenda a usar los modismos, consiga papeles falsos de veras buenos y vista como la gente de acá, estoy seguro de que pasará completamente inadvertido.

—Hoy está usté irritable.

—No. No más que otras veces.

Hans no estaba asustado, pero intuía que algo iba a salir

mal. Era como en 1923, cuando le dijo a Hitler que aquella idea suya del putsch era posible que tal vez, a lo mejor, no funcionara. En aquella ocasión había muerto. Hoy también las cosas iban a torcerse. Bueno, si lo mataban ya lo haría mejor en la próxima vida. Era bueno creer en la reencarnación.

—¿Todo listo?

—Parece usté contento.

—Sí. Esto va a ser grande —dijo J. R. En realidad, J. R. parecía feliz hasta la histeria.

A medida que recordaba el comportamiento de J. R. se daba cuenta de que le había irritado de verdad. Si J. R. sobrevivía a sus heridas podría presumir de haber estado en un atentado, era el tipo de idiota que presumía, y de haber estado con el Escuadrón de la Muerte y de haber pintado una mano blanca en el dintel de una puerta mientras todos los demás que hubieran estado con él estarían ya jodidos, tanto los vivos como los muertos. Hans sabía que no quería ser un héroe nietzscheano, ya lo había sido en una vida anterior y la experiencia no había sido del todo satisfactoria, sino un abogado de pueblo y estar casado con una chica que quería ser periodista y que sabía que nunca se casaría con un asesino.

—Esta vez entramos en la historia —insistió J. R.

Hans sabía que no quería entrar en otra historia más. Comenzaba a cargarle la insistencia de su amigo.

—¿Recogiste todo? —le preguntó J. R.

—Sí.

También aquello era entrar en la historia, tener que guardar toda una vida en dos cajas medianas y huir.

—Ese sitio al que me va a llevar, ¿cómo se llama?

—Hotel Florida... El Adolfo Hitler para los amigos.

Tuvo, desde luego, que explicar el porqué de la clave.

Hotel Florida tiene exactamente las mismas letras que Adolfo Hitler, pero a nadie se le hubiera ocurrido relacionar ambos nombres sin la presencia en su hall del propietario. El dueño del local era un alemán inmenso, una cabeza más alto que J. R. y tres veces más pesado, dotado de unos mostachos de mosquetero y un corte de pelo de SS a lo Erich von Stroheim.

Los jóvenes de la extrema derecha local le habían atribuido cien identidades falsas que iban desde Goering —pero el *Generalfeldmarshall* era más delgado— hasta Martin Bormann o Joseph Mengele, cuya familia había vendido maquinaria en la región durante los últimos veinte años. *Pónganos otra copa, criminal de guerra...* era el grito de batalla de muchos sábados por la noche, y el alemán lo recibía con risas. Tenía sólo catorce años al final de la última guerra mundial, pero eso no le había impedido ser reclutado para el *Volksturm* y combatir en la misma unidad que su abuelo. Mil novecientos cuarenta y cinco había sido para él un mal año, pero no tan malo como los de la posguerra y la paz.

—Disfruten de la guerra... la paz puede llegar a ser terrible —les murmuró un día que estaban los tres borrachos.

A las cuatro de la mañana los mariachis habían callado. Las puertas metálicas que protegían el local estaban bajas y el comedor del hotel vacío. Cerrar los bares con los clientes dentro era una costumbre que había empezado con el toque de queda y permanecido en uso en muchos hoteles. Sobre todo, en los hoteles que alquilaban habitaciones por horas y no llevaban al día el registro de clientes.

J. R. estaba solo en una de las mesas; en el otro extremo se sentaban un par de putas todavía jóvenes, vestidas más discretamente de lo que parecía pedir su profesión. Hans le estaba haciendo esperar, y tardó todavía tiempo en reunirse con él. J. R. lo vio llegar, cruzando el patio interior con paso cansado. El cansancio no le impidió a Hans pedirle al propietario que pusiera un viejo disco de marchas del ejército austro-húngaro de la gan guerra. El alemán sabía de las anteriores reencarnaciones de Hans, y mientras eso no afectara a su negocio no le importaba.

—¿Qué tal le fue? —preguntó Hans.

—…

—¿Tristeza poscoito? —preguntó en broma Hans.

—No, no es eso.

La vela de armas anterior a la gran batalla había sido una rubia teñida que compensó su inexperiencia con más entusiasmo del justificado por su precio. En aquellos momentos sentía haberle confesado a Hans su inexperiencia, le avergonzaba su no del todo voluntaria castidad y le asustaba el hecho de cometer algo impuro en la víspera de lo que deseaba que llegara a ser su momento en la historia.

—No, no es eso. Estoy preocupado.

—Va a matar a un hombre... Es normal.

—Ya lo sé...

—¿Cómo fue su primera vez?

—Hace una semana... Estábamos juntos.

—No esa primera vez... lo otro...

—Hace unos minutos... ahí adentro... ¿No querra usté detalles?

—Claro que no. Me refería a su primera pelea y esta vez me gustaría que me dijera la verdad...

—Todo el mundo inventa detalles cuando cuenta su primera pelea.

—Sí, pero no tantos como usté.

—Fue en septiembre del setenta y cinco. El treinta de septiembre de aquel año, a las seis de la tarde. A esa hora estaba yo parado en la esquina, como una de esas putas que recogió ahí afuera...

—¿No lo pasó bien?

—Sí.

—Pues no las llame putas...

—Lo son...

—También es verdad. Siga. Estaba usté parado en una esquina, como una puta...

—En una esquina, vestido más decentemente que una puta...

*   ✠   *

—Tenemos que irnos —le dijo el médico a Hans.

—¿Qué pasará con el gachupín? —preguntó Hans.

—Está estable... pero no podemos moverlo. Escuche... es usté su amigo y sabe que no podemos dejarlo detener... Tal como está no va a sentir nada...

—Lo siento, J. R.

—No se moleste en explicárselo, no puede oírle. Mejor les dejo solos...

Hans sabía desde luego lo que tenía que hacer. Se quedó por un momento al lado de la cama, y después puso una almohada por encima de la cara de su amigo. No importa lo irritante que hubiera sido el español, no podía dejar que lo detuvieran. Se justificó diciendo que en el fondo era por su propio bien, que lo pasaría peor si lo detenían, pero al final no apretó la almohada ni le disparó a través de ella, sino que se limitó a dejarla encima de la cara.

Salió del cuarto.

—No oí nada —le dijo el conductor del taxi.

—Lo acabé con una almohada —mintió Hans.

El médico se asomó a la puerta sin acabar de entrar y vio la figura inmóvil del español, se santiguó y se fue.

Estaban sólo a cuatro cuadras de distancia cuando López Contreras llegó a la casa.

2. BARCELONA. 30 DE SEPTIEMBRE DE 1975. I.

Estaba en una esquina, esperando al resto de los camaradas, y a las seis el amigo de Bosque todavía no había llegado. Tampoco había allí ningún otro conocido que pudiera identificarlo, y estaba muy nervioso. No era el único, y a pocos metros de él se encontraban media docena de habituales de las manifestaciones patrióticas que no parecían reconocerlo. Era evidente, por la forma en que lo miraban, que para ellos J. R. era otro rojo más como los que se amontonaban en la puerta de la iglesia, mirando con aprensión a los recién llegados jeeps de la Policía Armada.

La policía estaba allí y eso ponía nervioso a J. R., que sabía que iba a romper la ley y estaba convencido de que iba a ser perseguido por ello con la misma severidad que los rojos.

Los policías tenían la expresión de cabreo propia de su oficio. J. R. todavía no lo sabía, pero aquella misma tarde había sido asesinado otro policía.

Ya estaba a punto de irse cuando vio llegar al amigo de Bosque. Tenía la cara iluminada por una sonrisa que le iba de oreja a oreja. Le acompañaban otros dos ultras, más jóvenes y de la edad de J. R.

A las seis y media ya la noche tenía el color de sus camisas, y eran de quince a veinte en aquella esquina. J. R. era de los más jóvenes del grupo y seguramente el más nervioso.

—¿Y ahora qué? —preguntó sin dirigirse a nadie en concreto.

—Tranquilo, mira quién está ahí —le dijo uno de los acompañantes de Bosque.

J. R. no sabía quién estaba ahí. No lo conocía. Creía haberle visto en su primera manifestación patriótica meses atrás pero no sabía su nombre. Era un hombre de pelo rizado y voz sorprendentemente aguda para un corpachón tan grande como el suyo, de manos gruesas y callosas y ropa desaliñada, que les habló de forma rápida.

La policía le había reconocido pero no tenían nada que temer. El oficial a cargo era *un buen patriota* y *un hombre vertical* al que no le gustaban los rojos, pero tenía órdenes de evitar *toda clase de alteraciones del orden público,* y aquí atención a la consigna, frente a la iglesia o en ella. Aparentemente, las órdenes no llegaban más allá de la esquina en donde estaban esperando sus jeeps, *esa formidable formación de acero gris.* De todas formas, los policías no moverían un dedo si los rojos se propasaban en sus *actitudes provocatorias* y el público, *el sano pueblo indignado,* les atacaba... es por eso que en caso de pelea, cuando la policía bajara de los jeeps era conveniente que *el sano pueblo indignado* supiera que debía identificarse al grito de *¡Numancia!* y mostrara un distintivo verde, que casualmente el hombre grueso de la voz aguda estaba en situación de repartir a los presentes.

J. R. anudó el trapo verde (parecía gamuza de la usada en las mesas de billar) en torno a su puño y aceptó un mango de martillo que le ofrecieron. Desde luego, no creyó la historia del hombre.

Nunca acabó de creer que el oficial a cargo del operativo actuara por su cuenta. Alguien tenía que haberle autorizado desde mucho más arriba. Es una suerte que el gobernador civil de la época fuera un gran demócrata, Rodolfo Martín Villa, que después fue ministro en el primer gabinete de la democracia, o J. R. probablemente hubiera sospechado, injustamente, del mismo. En realidad J. R. sí sospechaba de él y por eso consideró un insulto personal que pocos meses más tarde mandara detener a la misma gente que se había manchado las manos por él.

Comenzaron a avanzar en pequeños grupos hacia la iglesia cuando se cruzaron con el primer trío rojo. Uno de los amigos de Bosque, un tal Juan, les agredió verbalmente en un catalán macarrónico, pero suficientemente claro como para ser ofensivo: *Germá, lo teu son barbes o un criade de pulgues?* Aquello no era definitivamente digno de la *Cabalgada de las valkirias*.

La del rojo era una barba de mujik como no se veían en Rusia por lo menos desde Pedro el Grande. El rojo no supo bien a quién le estaba contestando hasta que fue demasiado tarde.

J. R. nunca supo cuál de los tres era el abogado, cuál el cura o quién era el tercero. Alguien gritó el nombre del abogado entre la primera bofetada y la huida del trío.

Los tres rojos se encerraron en el mismo portal frente al que pocos minutos antes los ultras habían estado reunidos. Sólo entonces, forcejeando con la puerta, J. R. vio la placa con el nombre de los abogados en ella. Incluso alguien tan lego en política como él reconoció los nombres de dos abogados reputados por defender ultraizquierdistas.

El portal era uno de esos portones clásicos de las grandes casas del Ensanche. Una reja finamente forjada en hierro cubriendo un gran cristal. Contra el cristal se apoyaban desde dentro los rojos; contra la reja desde fuera, el grupo de incontrolados. El forcejeo duró unos pocos segundos antes de que uno de los ultras resbalara y en vez de apoyarse en las barras de hierro se apoyara sobre el cristal, rompiéndolo. El brazo cruzó de lado a lado la puerta, el cristal se rompió en grandes astillas y la mano del ultra comenzó a sangrar profusamente. El hombre dio un paso atrás, miró con asombro su mano, sin acabar de creerse que la suya fuera la primera sangre derramada aquella noche, y después, con una expresión casi divertida en su rostro, un rostro de querubín envejecido, empleó la mano sana para desenfundar una pistola escondida bajo los faldones de una chaqueta apropiadamente azul. Tres o cuatro ultras lo rodearon para impedirle disparar. Todo quedó en suspenso por un instante. Fue menos de un segundo que los rojos aprovecharon para correr. Dos se fueron escaleras arriba, el tercero se lanzó a forcejear con el cerrojo de la garita del portero.

La garita del portero estaba cerrada y el portero muy probablemente escondido en la parte más profunda de su portería, con la radio encendida a todo volumen. Era evidente que el portero no sabía qué pasaba y, además, no quería enterarse.

Un ultra cogió al barbudo y le golpeó con todas sus fuerzas, a vuelta de brazo. Todo fue muy rápido para J. R., y antes de que pudiera hacer algo o incluso saber qué pasaba ya estaba el hombre de la voz chillona empujándole fuera del portal. Aparentemente, el hombre iba a ser a todo lo largo de la noche el freno que les impidiera cruzar los límites de lo tolerable, y el acelerador que les iba a lanzar por más cuando se pararan.

Apenas habían salido cuando J. R. vio al mismo ultra que había golpeado al barbón dar media vuelta y volver a entrar en el portal. Parecía que se había roto un dedo golpeando al rojo. J. R. oyó una blasfemia en voz baja y un golpe seco.

El hombre de la barba estaba a medio levantarse cuando recibió la patada, una patada de futbolista, en el vientre, y cayó soltando sangre y baba por la boca. La sangre era negra y salió en medio de un gorgojeo. El incontrolado palideció y dio un paso atrás antes de dejar el portal apresuradamente. *¡Coño, me pasé!*, dijo cuando se cruzó con J. R.

Si al día siguiente no hubieran muerto cuatro policías, probablemente aquella patada hubiera tenido consecuencias, pero la policía estaba muy ocupada persiguiendo terroristas como para ocuparse de los agresores del abogado de un Frap recién ejecutado.

Los ultras volvieron a la iglesia. Querían sangre y dieron un rodeo para evitar los jeeps de la policía y sorprender a los izquierdistas, y de pronto se los encontraron cara a cara. Los rojos venían corriendo, huyendo de un amago de carga policial. No fue la pelea que J. R. esperaba. Decir que fue una pelea de cualquier tipo sería mentir. J. R. tropezó de pasada con un rojo que corría a su lado y se manchó los guantes de sangre ajena. Nada de lo que pudiera sentirse orgulloso.

El grupo ultra pasó a la carrera por delante de la policía y llegó al otro lado de la calle. Por un momento se quedaron quietos.

—¿Y ahora qué?

—Tranquilo. Esto está empezando a ponerse bueno —le dijeron.

Frente a la iglesia se habían desplegado las escuadras antidisturbios. Los policías parecían inmensos en sus uniformes de invierno, con los largos abrigos grises colgando y las bolsas con las bombas de humo al hombro. Algunos policías empuñaban los fusiles por el cañón, como mazas, y aquella no era una imagen tranquilizadora. Los ultras se fueron hacia la Diagonal y allí la violencia volvió.

Era un Seat 600 verde, enano y cabezón, relleno de progres. Dentro iban dos muchachas como pasajeras y un chico al volante. Estaban al borde de la histeria, probablemente formaban parte del grupo apaleado pocos minutos antes. Una de ellas chilló por la ventanilla: *¡Hijos de puta! ¿Todavía no habéis matado bastante?,* lo que evidentemente era una pregunta fuera de lugar. Todavía no.

El conductor aceleró huyendo del grupo ultra, pero se detuvo a menos de veinte metros, en el primer semáforo, pese a que el tráfico era nulo.

El coche recibió el primer golpe en el vidrio trasero. Después, antes de que pudiera arrancar, comenzó a recibir golpes en el techo, en las puertas, en el capó delantero.

J. R. vio a un policía de uniforme meter la mano por el parabrisas y sacar por el pelo al chófer.

—¿Así que todavía no habéis matado bastantes? Rojo de mierda... —el policía había oído mal el grito y nadie se molestó en corregirle.

Dos policías estaban delante del coche, deshaciéndolo a culatazos. Los dos grupos se habían mezclado y arrastraron el coche hacia la acera para acabar de destruirlo allí. Los policías fueron los primeros en irse obedeciendo a sus oficiales. J. R. y un grupo de ultras se quedaron allí acabando con la última ventanilla del vehículo.

—A ver, papeles —ordenó una voz.

Era un hombre joven, poco mayor que los ultras más jóvenes, pero con el inconfundible aire de los policías secretas. Le acompañaba un segundo secreta, ya mayor y de bigote chorreado.

—¿A ver qué? —dijo un policía uniformado cruzándose frente a los sociales. Los ultras se fueron mientras los policías secretas, con mucho cuidado, sacaban sus credenciales de debajo de la chaqueta y se las enseñaban a un grupo de grises que no esperaban sino una oportunidad de seguir dando golpes.

Los incontrolados se fueron andando por la Diagonal. No quedaba nadie a la vista al que apalear. A pocas manzanas de distancia les paró un jeep de la Policía Armada. Bosque trató de identificarse, pero no hizo falta.

—Tranquilos, chavales. Aquí no hay problemas, pero cuidadito con lo que hacéis que esos cabrones de la Brigada Político-Social andan fichando gente —dijo un sargento.

—Será fichando rojos.

—No. Esos son unos hijos de puta... esos fichan a todo el mundo igual.

—Esa gente pasa tanto tiempo hablando con los rojos que yo creo que algunos de ellos ya lo son —dijo otro de los uniformados.

—Gracias por el aviso.

—¡Arriba España! —gritó el gris, más azul que los azules.

3. 30 DE SEPTIEMBRE DE 1975. II.

¿Fue eso todo lo que J. R. hizo aquella noche?

—Fue una cacería de pichones. Les partimos la cara —le explicó J. R. a Hans—. Le partí la cara al primer rojo.

Debería recordar mejor a aquel pobre chico. Para J. R. fue algo más que una anécdota. Fue tan importante como su primera mujer y su mejor amigo. Durante años J. R. conservó unas gafas recuerdo de aquella pelea. Al principio eran sólo unas gafas ensangrentadas recogidas en medio de la calle, después fueron las gafas de un rojo, y probablemente lo eran, y acabaron por ser las gafas de su rojo.

—¿Cómo recuperó esas gafas?

—Las cogí del suelo y me las guardé como botín de guerra.

En realidad, J. R. perdió sus propias gafas y momentos después, cuando lo comentaba con sus camaradas, un policía le llamó a un jeep y le ofreció dos pares de ellas.

—Hemos encontrado estas dos. A ver si te sirven, chaval.

J. R. recuperó las suyas, intactas, y se guardó el segundo par, con un cristal roto y el otro rojo de sangre, en su bolsillo.

—Las cogí del suelo después de la pelea y me hizo gracia conservarlas.

—¿Estaba armado?

—Claro que sí. Pero no le di tiempo de usar su arma. Le di un solo golpe y todavía lo recuerdo abrazado a una farola, llorando por el golpe, con la frente abierta. Hubiera sido cobarde darle un segundo golpe.

—¿Por qué?

—No sé. Sé que fue una herida superficial. En realidad, casi lo fallé.

Según la trabajosa, y mentirosa, explicación de J. R., corrieron el uno contra el otro. El rojo trató de abrir su navaja y J. R. le lanzó un golpe apuntando entre el labio superior y la nariz, pero falló. Según J. R., el hierro de la barra —pocos minutos antes todavía hablaba de un mango de martillo— resbaló sobre la nariz y hacia arriba, y la arista cortante que remataba la punta, allá donde había sido cortada, le hirió en la frente con un corte tan superficial como aparatoso y la sangre salpicó sus guantes.

—Todavía conservo los guantes —y J. R. enseñó los guantes que llevaba en el bolsillo.

Describió unos guantes de cabritilla marrón, de los usados por los cadetes de la Academia General de Zaragoza, comprados a un ex alumno de la misma mucho después de la pelea. Estaban medio descoloridos por el uso, y la sangre había formado una mancha oscura en los nudillos. Los pequeños detalles parecen sobrevivir a las grandes mentiras, y J. R. no conocía todavía al ex cadete cuando la pelea.

J. R. era muy malo a la hora de mentir. Podría haber inventado algo mejor, más creativo.

Tenía ojillos de loco debajo de unas gafas redondas a lo Trotski... apenas nos vio sacó una navaja escondida en su chaqueta de pana, el uniforme oficial de los rojos en los años setenta... Le pegué primero en la mano y oí sus huesos crujir debajo de mi barra de hierro —era una pieza delgada y compacta, de las usadas para encofrar hormigón— y no le di tiempo de chillar antes de golpearlo por segunda vez. Eso era un buen cuento, y no lo que J. R. contaba.

—¿Tengo acaso la culpa de que el cabrón no se defendiera? —insistió J. R. antes de callar.
—¿Pero lo golpeó?
—Ese fue un golpe que sentí más que él.
—Lo dudo.
—Yo quería que se defendiera.

Sobre todo si se tenía en cuenta que no llegó a apalear a nadie. Fue a hacerlo y, en el último momento, la vergüenza le detuvo. No fue el miedo a las consecuencias. En aquel momento de la noche estaba firmemente convencido de que podría matar a cualquiera de los rojos allí presentes sin ningún problema.

Sencillamente, aquello no tenía nada que ver con ninguno de sus sueños de gloria: se avergonzaba de estar allí y se avergonzaba de estar cargando junto a la policía, y se avergonzaba de ver cómo caían sus enemigos sin defenderse, pero si no hubiera estado allí también se hubiera sentido avergonzado de no participar en la caza. La culpa no era suya, y trató de hacer lo correcto, y lo correcto era apalear rojos, y no era culpa suya si la realidad le había, una vez más, fallado.

—Ese te pasó al lado —le dijo un camarada señalando a un rojo que, abrazado a una farola, lloraba con la cara cubierta de sangre.

—Ese ya ha recibido lo suyo. Yo quiero un rojo para mí —dijo J. R.

—Búscalo rápido, que ya quedan pocos…

Y, después, J. R. volvió a su casa con las gafas en el bolsillo de un rojo al que no había visto en su vida y presumió de haberlo apaleado porque lanzar el golpe le hubiera dolido, pero el no haberlo lanzado le avergonzaba aún más. Contó tantas veces la historia, y era una historia tan posible en aquella noche, que acabó por creérsela él mismo. La verdad no sabría cómo explicársela a Hans, ni a María Eugenia ni a nadie más, y prefería mentir y mentirse y tratar de parecer duro y cruel. Se prometió que algún día mataría a un rojo de verdad, uno peligroso, uno armado. Era una promesa vacía. Sabía que nunca encontraría el nervio necesario para hacerlo.

Aquella noche se sintió débil. Tantas citas de Nietzsche y tantas consignas pintadas con unciales romanas, y no era capaz de lanzar un golpe a un rojo en plena huida.

—Ahora vamos a matar —dijo Hans sin venir al caso.

J. R. se dio cuenta de que su historia, todas las historias que había contado, que se había contado, estaban llenas de inconsistencias y errores.

—Sí. Supongo que ahora vamos a matar.

—Y esta vez va a tener un muerto para usté solo.

J. R. mató a su hombre.

4. EL FINAL.

J. R. tenía sueño. No había dormido la noche anterior y el café había sido horrible. Por motivos que nadie sabía explicarle, los países productores de café eran incapaces de prepararlo correctamente.

No sabía si hacía frío o si tenía miedo. La ducha helada le había despejado la cabeza, pero incluso así se sentía enfermo.

No desayunó. Colocaron delante de él unos huevos a la ranchera y una cerveza, y sólo pudo con la cerveza. Hans se comió los huevos.

—¿Quiere otra? —le ofreció Hans una botella color ámbar.

—No.

—¿Quiere salirse de esto? Aún puede hacerlo.

—No.

—Lo único que tiene que hacer es bajar frente a su embajada y meterse en ella. Nos pilla en el camino.

—No. Me dieron un puesto y deseo cubrirlo.

—No diga pendejadas. Usté ya hizo lo suyo cuando se trató de alquilar la casa. Era para lo único que le necesitaba el Licenciado. Venir a esto es algo así como un premio... Podemos hacerlo sin usté... No es usté necesario.

—No importa. Quiero ir.

—Bébase otra... —no era un ruego.

J. R. se vistió para el atentado. Se colocó la funda del arma sobre su camiseta y después se vistió un overall azul claro y sin distintivos, vagamente parecido a los de la Empresa Nacional de Electricidad.

Hans había encontrado una vieja caja de herramientas en la que había escondido su propia arma, una Mac 10 con un cargador de veinte balas, y dos cargadores extras más largos.

Hans iba vestido de ingeniero. Se había afeitado completamente y ocultaba su pelo rojo (no había llegado a teñirse) debajo de un casco de plástico blanco. Llevaba una camisa blanca de manga corta, una corbata barata de poliéster y una docena de instrumentos, cuchillas, manojos de llaves y cintas métricas colgando del cinto. Debajo del brazo llevaba una planilla a la que había unido una docena de papeles amarillos de aspecto vagamente oficial.

—Vas más elegante que yo —bromeó J. R.

—Yo voy de ingeniero y usté va de trabajador.

Fueron en el auto de Hans hasta donde estaba esperando el jeep. Las cajas quedaron en el pickup, y después de que el último disparo se apagara tenían cinco minutos para recoger el vehículo y tres horas para abandonar la República.

—Vos atrás —indicó Hans a J. R., y después encendió la radio del jeep y, fiel a su papel, no volvió a dirigirle la palabra durante el resto del trayecto.

A las siete menos diez tomaron posiciones.

Hans bajó del jeep con la tablilla de anotaciones en la mano. J. R. le siguió con la caja de herramientas. Eran los primeros.

Al fondo, a lo lejos, trabajando en la curva, el grupo primero avanzaba lentamente.

J. R. y Hans escogieron un poste de electricidad que Hans marcó con un espray negro. Se detuvieron allí y Hans comenzó a hacer anotaciones en su tablilla mirándolo con ojos expertos. Eran malos actores, pero tenían la ventaja de que nadie miraba su actuación. Un policía de los que cuidaban la Embajada de la República Federal de Alemania se asomó e incluso dio unos pasos en su dirección para después volver a su puesto. A las siete vieron pasar una camioneta verde brillante, y J. R. estuvo tentado de saludarla. Fue una suerte que no lo hiciera. Era una de los auténticos equipos de asesores técnicos. En el asiento trasero de la camioneta pudieron ver un rostro caribeño de pelo rizado y labios gruesos que nada tenía que ver con el país.

Su camioneta llegó momentos más tarde y aparcó en el lugar previsto. Los hombres de la camioneta no saludaron, y Hans y J. R. evitaron mirar en su dirección.

El taxi aparcó a cincuenta metros con su cartel de disponible en la ventanilla delantera. Era una venerable antigüedad, una reliquia de la época en que la gasolina era barata y los vehículos norteamericanos los mejores del mercado mundial, era un Cadillac inmenso y cargado de cromo.

Hans puso a J. R. a medir el suelo mientras él medía distancias en su tablilla.

Del otro lado de la calle, el grupo primero había avanzado demasiado deprisa y hacía tiempo fumando un cigarrillo. Apache estaba ligeramente separado de los otros, Nelson le daba fuego a Raúl, que escondía su cara detrás de unas gafas de sol baratas. Estaban tan cerca que J. R. y Hans podían oírles hablar. Estaban contando chistes de mujeres, y J. R. admiró su calma.

Las manos de J. R. temblaban.

—Tranquilo, gachupín. Nadie se ha muerto de miedo. Ya verá cómo todo estará más claro después del atentado...

—...

J. R. trató de responder, pero tenía la garganta completamente seca y apenas podía tragar.

Entre los dos grupos pasó, lentamente, un pickup verde. Todos reconocieron la antena del radiocomunicador, aunque el vehículo hubiera sido repintado recientemente. J. R. reconoció también el perfil del conductor. Junto a él, en la cabina, había un segundo pistolero, y dos más en la caja del vehículo con pesados FAL argentinos asomando por encima del reborde de ésta.

Tendría que haber habido un solo escolta en el vehículo, y todos lo sabían.

Apenas el pickup desapareció en la curva, Hans se inclinó sobre su arma y cambió el cargador corto de su Ingram por uno de los de repuesto de treinta y cinco balas, y después se sacó un .38 de percutor cubierto de una funda tobillera y se lo pasó a J. R.

—Tómelo, rápido... le traerá suerte.

J. R. guardó el arma en un bolsillo y comprobó su otra arma haciendo gesto de rascarse debajo del brazo. Ignoraba qué relación podía tener su segunda arma con la suerte, pero se sintió más seguro al sentir su peso en el bolsillo.

Hans fue a decirle algo, pero entonces se oyó la radio del taxi de Guicho. J. R. miró en su dirección y le vio en la cabina del vehículo, radio en mano.

Zeque se bajó de la camioneta, serio y envarado como el guardia que había sido, tieso como la misma muerte.

El primer auto doblaba para entrar en la curva, el segundo se adivinaba ya cercano.

J. R. respiró a fondo y se descubrió rezando. No era de las oraciones poemas de *Así habló Zaratustra,* sino, mucho más modestamente, el Padre Nuestro.

No era quizá la oración más apropiada en aquellos momentos.

Del otro lado de la calle llegaba, pesada e inofensiva, la camioneta de Aguilares conducida por el Licenciado. El Nica tumbado sobre la cama trasera, con el fusil de asalto acunado entre los brazos, era invisible, y así permanecería por unos instantes más.

J. R. se puso los guantes.

*   ✠   *

Los guantes y el resto de la ropa empapada en sangre estaban tirados al lado de la cama.

—¡Mi teniente, aquí! ¡Rápido!

—¿Qué putas pasó ahora?

—Aquí hay uno en la cama.

—¿Vivo?

—No se mueve.

Se acercó con cuidado y apoyó el cañón de su pistola ametralladora sobre el pecho del herido. Había visto cadáveres en mejor estado. Le quitó la almohada que cubría su cara y le sorprendió ver que todavía estaba vivo. Si hubiera confiado en su gente, lo habría dejado allí mismo y habría seguido con el registro, pero sabía que apenas lo hiciera habría media docena de voluntarios para rematarlo. Tuvo que esperar un cuarto de hora a que Wilson llegara y le relevara al pie de la cama para poder seguir con el registro. Esperó que sus subordinados fueran demasiado idiotas como para destruir las pruebas que necesitaba.

*   ✠   *

El vehículo de la escolta pasó por delante de ellos y estaba a menos de cinco metros cuando el pickup del Licenciado le bloqueó el paso. Se oyeron los frenazos bruscos de los vehículos y J. R. desenfundó. A su lado Hans dejó descansar su espalda sobre el grueso poste de cemento del tendido eléctrico y comenzó a disparar con ráfagas cortas sobre el cristal trasero del auto de escolta. J. R. disparó con la rodilla en tierra, con el cuerpo ligeramente inclinado al frente, como en la ilustración de un viejo manual de tiro.

J. R. no pudo ver cómo el Nica disparaba desde la caja del pickup, casi puesto en pie, con el arma apoyada en el hombro, como en un ejercicio de tiro, vaciando el cargador tiro a tiro.

El grupo primero cruzó en bloque la calle. Raúl disparó sólo tres veces sobre su blanco. Zeque, desde el otro lado, sólo había necesitado dos balas para acabar con el suyo. Raúl con sus ojos dormidos, Zeque tarareando himnos evangélicos, el Nica con su cara marcada de viruelas, eran los mejores tiradores del grupo.

Frente a J. R., Nelson soltó un cargador vacío de su arma y lo sustituyó sin mirar. Hans también había vaciado su cargador y sacaba uno nuevo de la caja de herramientas. J. R. se dio cuenta de que seguía apretando el gatillo de su arma, a pesar de que ya no le quedaban balas o enemigos, y dejó caer los brazos súbitamente cansado. Después, él también recargó.

Habían vencido. Estaba del lado ganador. No podía creérselo.

J. R. miró a su alrededor. Había sangre por todas partes. Algunos cadáveres habían quedado destrozados por el fuego cruzado; otros, los del coche del ministro, conservaban cierta dignidad: incluso en la muerte seguía habiendo clases. Algunos de los escoltas habían llegado a desenfundar, pero ninguno había contestado al fuego.

J. R. se sintió ridículo por haber tenido miedo de participar en aquello. Todo había sido tan fácil. Aquel era el momento de decir algo histórico y se decidió a citar a los clásicos: uno se lo explica todo cuando dispara el primer tiro.

—¿Qué dijo?

—Nada. Estaba pensando en voz alta.

—No piense... es peligroso pensar en la calle —le dijo Hans.

El pickup había desbloqueado la calle y el grupo primero ya estaba a bordo, a punto de huir.

—No me maten. Soy un trabajador como ustedes.

El Nica dejaba colgar del hombro su fusil y sujetaba, con la ayuda de Raúl, al chófer del primer vehículo. Al frenar se había golpeado con el parabrisas y su cara sangraba allá donde los cristales la habían cortado.

—No me maten... soy del pueblo.

Incluso con la cara escondida debajo de la sangre era evidente que decía la verdad. Aquel rostro bigotudo y moreno no era el del niño bonito metido a redentor, al que sus partidarios llamaban el Kennedy centroamericano. Aquellos pómulos aindiados y aquella piel oscura no pertenecían al hijo de una gran familia.

—Soy sólo un chófer... ni arma llevo —insistía lloroso—. Yo soy pueblo... les juro por mis hijos que yo soy pueblo.

271

Aparentemente, les había confundido con guerrilleros. A espaldas del conductor, el Licenciado llamó a J. R.

—Dígale algo con ese acento suyo de jesuita —murmuró.

—Tranquilo, hijo mío, no tenemos nada contra el pueblo.

Mientras J. R. hablaba, el Licenciado metió la mano por la ventanilla del auto y cogió por el cabello al acompañante del chófer.

—Es él.

Era él. El cuerpo había recibido sólo dos tiros. Un disparo en el cuello era del fusil de asalto del Nica; otro disparo, en la sien, era de la pistola de Zeque. Cada uno de los balazos era mortal de necesidad. Con todo y tener la cara cubierta de sangre pudieron reconocerlo. Muerto sobre sus papeles a medio estudiar, bolígrafo en mano, incluso después de muerto parecía seguir conspirando.

—Me dijo que manejara yo... que él tenía trabajo pendiente...

Todo había durado menos de un minuto.

Los policías de guardia en la Embajada de la República Federal todavía no habían reaccionado.

Guicho claxonó dos veces y el Licenciado pensó que trataba de apresurarles para que se fueran. Hans se volvió para pedir calma y vio llegar la camioneta de los asesores técnicos.

Los demócratacristianos se sabían odiados en los barrios de clase alta y les gustaba poner en las calles de los mismos patrullas irregulares, para recordar a sus residentes que también ellos tenían una fuerza propia.

La camioneta se cruzó cerrando la calle.

Antes incluso de oír la primera ráfaga, J. R. vio al Nica ponerse a cubierto. Hans lo empujó contra el coche inmovilizado de la escolta. J. R. vio caer a Nelson y al Apache y cómo éste, parcialmente cubierto por el cadáver de su amigo, perdía el conocimiento. Vio el cadáver del conductor. Raúl, de pie al lado del coche del ministro, tuvo más suerte: se metió de cabeza por la ventanilla más próxima, la del chófer, y pasando por encima del cadáver del ministro usó su puerta para unirse al Licenciado, que estaba ya a cubierto.

Hans pasó por detrás de J. R. y, protegido por el poste de alumbrado público, disparó con su ametralladora casi a ciegas.

Aquello era el caos. Raúl, desarmado, trataba de alcanzar el arma de uno de los escoltas muertos. Lorca se unió al tiroteo pero no contra los asesores sino contra los policías de guardia en la Embajada, que se habían unido al tiroteo desde el otro lado de la calle.

J. R. sacó su .38 del bolsillo. Tenía un arma en cada mano y permaneció inmóvil entre los dos coches, a cubierto. Sintió cómo su corazón se aceleraba y supo que aquel era el mejor momento de su vida y que a partir de entonces ya nada sería igual.

Hans, sin poder recurrir al tercer cargador de su arma, acortaba las ráfagas, y J. R. le ofreció su pistola. Hans prefería el revólver y J. R. se lo tiró.

Lorca, con la ayuda de Zeque, había derribado a uno de los policías de la Embajada y obligado a huir al otro, pero de un momento a otro todo iba a acabar para ellos. En pocos minutos la policía, la Guardia, los asesores y el resto de los grupos armados legales de la ciudad los iban a cazar.

El Licenciado sabía que no podía dejarse coger vivo. Sabía también que muchos de los policías de la ciudad preferirían verle muerto antes que detenido (hablando) por otra fuerza policial.

J. R. se juró, como en una mala película de gánsteres, que no lo cogerían vivo.

Como en un western, la caballería llegó al rescate.

El taxi se dejó caer cuesta abajo, silencioso en medio del caos pero no por ello menos mortal.

Todos los cristales del microbús saltaron, el mismo vehículo saltó sobre sus ruedas. Todos pudieron oír el golpe, en medio del ruido de los cristales, el metal doblado y el claxon de Guicho, todos pudieron adivinar el grito de los tiradores atrapados entre los dos vehículos.

El chófer quedó empalado en su volante, con la cabeza retorcida en una postura grotesca. Los tiradores que habían abandonado su camioneta para disparar cubiertos por la misma habían desaparecido. Uno de ellos quedó incrustado contra la puerta de la camioneta, el otro perdió la pierna derecha antes de perder el conocimiento, antes de perder la vida.

El último de ellos saltó contra el grupo del Licenciado.

Chillando, disparando.

J. R. vio su barba de chivo, sus gafas redondas a lo Lenin, sus ojillos de loco, tal vez sólo los imaginó y comprendió que era suyo, y que su pasado quedaba por fin reivindicado. Se puso de pie y apuntó con los brazos extendidos al frente y encuadrando la silueta del blanco, tal como le habían enseñado. El asesor pagaría por todos.

No estaba asustado. Tampoco el asesor lo estaba, y J. R. lo

vio en sus ojos. Sus miradas se cruzaron, y J. R. supo que le odiaba todavía sin conocerlo.

Disparó.

J. R. vio claramente el fogonazo de su pistola, vio caer el percutor y vio caer al enemigo.

Vio caer al asesor y después no vio nada más.

Hans le arrastraba por un brazo. Una mancha húmeda se extendía por la tela de su overall.

—¿Me mataron? —fue lo último que preguntó antes de perder el conocimiento. No pudo oír la respuesta de Hans ni recordar todas las estupideces murmuradas en el taxi.

—¿Maté a mi hombre? —fue lo primero que preguntó cuando recuperó el conocimiento en la enfermería de la Oficina de Coordinación. No reconoció a ninguno de los que le rodeaban. ¿Quiénes eran aquellas gentes? ¿Qué hacían en su casa de seguridad? ¿Por qué estaba esposado a la cama?

—¿Qué dijo? —preguntó López Contreras.

—Quería saber si mató al suyo.

—Hijueputa sanguinario... si no fuera tan estúpido sería hasta simpático. Cuando acabe de despertarse, le comunican que está detenido y que no tiene ningún derecho a menos que yo decida lo contrario.

Había resuelto el caso. Había detenido por lo menos a uno de los culpables del atentado. López Contreras se sabía seguro. Ya nadie podía dudar de su capacidad, ya nadie podía quitarle su Oficina.

Ya no podían tocarlo, y se permitió una sonrisa de triunfo.

Epílogo

Todo acabó mucho mejor de lo que J. R. podía haber soñado o incluso deseado. Fue en eso más afortunado que López Contreras.

El teniente fue amonestado por interferir en la investigación de otros departamentos, perdió su Oficina y estuvo a punto de volver a trabajar en el campo. Se quedó, sin embargo, en la ciudad más tiempo del que habrían deseado sus enemigos, y allí le alcanzó la ofensiva guerrillera de noviembre de 1980.

Los guerrilleros salvaron al que con los años iba a ser uno de sus peores enemigos, desencadenando el día anterior a su traslado una ofensiva que le dio múltiples oportunidades de demostrar que no era uno de esos oficiales blandos con la guerrilla. Al acabar la batalla, López Contreras era ya asistente del coronel jefe de la Policía de Hacienda.

J. R. fue a juicio bajo su identidad falsa, y acabó condenado a dos años de prisión por tenencia ilícita de armas de guerra.

Se declaró culpable y nadie en el juicio, que duró cinco minutos, y al que no asistió, mencionó al Licenciado o lo relacionó con el asesinato del ministro.

Cumplió sólo seis meses separado del resto de los presos en una celda de aislamiento. No fueron malos aquellos días. Le llegó de forma regular comida de la calle que compartió con los guardias, se duchó en las mismas instalaciones que ellos y no con los otros presos, e incluso le confiaron un arma una noche que la guerrilla, en medio de su asalto a Ciudad Nueva, se acercó demasiado. Sólo una noche durmió en una celda, y eso se debió a que se sabía que una inspección sorpresa llegaría al día siguiente.

La ofensiva lanzada por la guerrilla justo antes de que Reagan asumiera la presidencia fue seguida por J. R. desde uno de los lugares más seguros de la República.

Nadie tocó al Licenciado o al resto de su banda.

Nunca hubo cargos contra María Eugenia o nadie de su familia. Nunca los había contra la gente de su clase, pero en los meses que siguieron al atentado los demócratacristianos se cobraron venganza con varias y profundas inspecciones de hacienda y cuantiosas multas.

El Licenciado nunca se fue de Ciudad Nueva, y María Eugenia, agotado el dinero de su tía, regresó a la capital tres meses después. Durante toda su condena mandó comida y tabaco a un encarcelado J. R., y lo visitó media docena de veces. Nunca se acostaron.

El Mayor transformó su pequeño grupo de seguidores en un partido, y cuando murió diez años después, pudo morir contento después de haber sobrevivido a la mayor parte de sus enemigos, haber visto caer el bloque soviético y tomar la Presidencia de la República a uno de los suyos.

J. R. permaneció con el grupo durante años. Vio cumplirse algunos de sus sueños más vulgares y tuvo la chaqueta color vino de cuero, el pesado cinturón del que colgar una pistola, fue conocido por los mariachis de media docena de cantinas y practicó la violencia hasta que ésta se transformó en una rutina más. Años después, cuando el partido del Mayor tomó el poder, la peor de sus pesadillas le alcanzó por fin, y consiguió un trabajo regular y llegó a vivir una larga y mediocre vida de honrado burócrata y ciudadano.

Como tantas otras cosas que había deseado a lo largo de su vida, también la muerte del héroe le fue negada.

Notas

Todas las novelas tienen algo de autobiográfico. A veces hablan de nosotros tal como somos y, a veces, tal como quisiéramos ser. Para escribir esta novela usé algunas de mis experiencias en Centroamérica, y muchas de las historias oídas allí.

El país en el que sucede esta novela es una mezcla de Guatemala y El Salvador, con algunos detalles de otros países del área.

J. R. tiene algunos rasgos de mi persona, pero afortunadamente no muchos, y algunas experiencias comunes conmigo, sobre todo en la parte española, pero casi ninguna en la centroamericana: lamento confesar que nunca he matado a nadie, y lo siento porque parece una experiencia interesante para un escritor.

Von Salomon, uno de los autores favoritos de J. R., a pesar de su apellido, fue un antisemita alemán de los años treinta, miembro del Freikorps, participante en el putsch de Kapp, donde probablemente conoció a Max Erwin von Scheubner-Richter, y asesino del ministro Rathenau, cosa que no sólo no ocultaba sino que puso por escrito en un libro de tipo autobiográfico, *Die Geaechteten,* publicado ya en el régimen de Hitler, un político con el que no estaba de acuerdo por su excesiva moderación.

Larteguy, el otro escritor cuyos libros adoraba J. R., es de sobra conocido. Cuando trabajé en la campaña electoral de Roberto d'Aubuisson, en 1982, vi novelas suyas en varias de las casas de sus simpatizantes.

La cita (mal citada) de Borges pertenece a un artículo que escribió a la entrada de los aliados en París durante la segunda guerra mundial.

Hans fue creado a partir de media docena de ultraderechistas conocidos en Centroamérica. Uno de esos ultraderechistas era, o creía ser, la reencarnación de Max Erwin von Scheubner-Richter, un aventurero nacido en el Báltico y muerto cuando el putsch de Múnich.

Deseo aquí aclarar que la auténtica reencarnación salvadoreña del barón báltico nunca llegó, al contrario que en mi novela, a matar a nadie, al menos en esta vida… Sólo los dioses sabrán sobre anteriores reencarnaciones.

Scheubner-Richter, el de verdad, había nacido en Rusia, fue agente del zar en Afganistán, amigo de madame Blavatsky y de Go, oficial de caballería durante la represión de la revuelta comunista de 1905, oficial del ejército bávaro durante la gran guerra y miembro de distintos grupos *volkische,* entre ellos la Sociedad Thule; fue amigo de Hitler durante la preparación del putsch de Múnich y murió en el mismo. Conoció también a Alejkhin, y posiblemente a Yussupov y a Rasputín, pero todo el mundo conocía a Rasputín.

Hitler, el amigo de Maximilian en la década del veinte, fue un político austroalemán que tuvo su momento de gloria en los años cuarenta.

De dónde saqué el personaje del Licenciado es algo que prefiero no discutir, y, desde luego, es un personaje completamente imaginario, pero idéntico al original. El mayor Del Valle es obviamente el mayor D'Aubuisson, un político salvadoreño que tuvo bastante más suerte que Hitler, habiendo empezado con bastante menos bagaje ideológico.

El Escuadrón de esta novela tiene algunos elementos de la Mano Blanca guatemalteca, y otros de los muchos escuadrones que actuaron en El Salvador. Ninguno de sus miembros ha sido creado por el autor.

El atentado está tomado, por el contrario, de uno perpetrado por la guerrilla antes de que comenzara la guerra: el secuestro de un miembro de la familia Poma, una de las grandes de El Salvador, que se saldó con la muerte del secuestrado.

El funeral en el que J. R. se estrena al final de la novela es anterior a mi ingreso en el fascio de esa ciudad, pero lo suficientemente próximo en el tiempo al mismo como para que en su día me contaran la historia de primera mano.

A lo largo del libro hay distintas referencias que sólo son comprensibles por gente que ha estado en organizaciones ultras, un grupo cada día menos amplio, y nunca tan amplio que no deba añadir algunas notas para el resto de la especie humana.

Derrota mundial, por ejemplo, un libro que la inmensa mayoría de los lectores habituales ignoran, sí existe. Es uno de los bestsellers clandestinos de América latina, y ha vendido más de cien mil ejemplares debajo del mostrador.

El *caso Papus* es visto por J. R. en la novela tal como yo lo viví en la realidad. Lo mismo pasa con la Cárcel Modelo de Barcelona y con las actividades de los incontrolados en esa ciudad durante los meses finales del franquismo.

Bosque está claramente inspirado en uno de los jefes de la extrema derecha barcelonesa de aquellos años, cuyo nombre prefiero no poner por escrito.

Vila es mucho menos pedante y suficiente en el mundo real que en mi novela, y supongo que está pagando en ella por haberme dicho: «Tranquilo, chico, que no van a por nosotros» el día anterior al de mi detención.

María Eugenia es muy parecida a la primera mujer de la que me enamoré, y si J. R. es incapaz de comprenderla, es porque yo nunca pude hacerlo. Espero que nunca lea mi libro.

Los lectores de mi anterior novela, doce según mi más reciente y optimista cálculo, verán que algunas escenas parecen repetirse. Como en mi anterior libro, también aquí el protagonista agoniza desangrándose en un coche, y también como en el anterior, un personaje completamente secundario es asesinado por dos personas en un restaurante sin que los testigos sean capaces de identificar a los asesinos; finalmente, hay una visita a un depósito de cadáveres.

Estando en Centroamérica mataron a un hombre, a espaldas mías, pero en el mismo local en el que me encontraba tomando una cerveza. Dos hombres que estaban bebiendo cerveza con él se levantaron de la mesa, se despidieron de él como amigos y después uno de ellos regresó sobre sus pasos y le disparó en la cabeza. La cosa fue tan rápida que no sólo no lo vi, sino que ni siquiera lo oí. Qué puedo decir: soy despistado. Yo andaba con papeles falsos y me fui antes de que llegara la policía local, y no fui el único que hizo lo mismo.

En otra ocasión, viajando por carretera en una camioneta, en medio de una campaña electoral, a un guardaespaldas del dueño del vehículo se le disparó la escopeta por accidente y no mató a nadie por milagro. Por milagro parece una frase hecha, pero es la única que se me ocurre para hablar de un coche lleno de gente en el que se dispara una escopeta recortada sin causar víctimas. Han pasado más de quince años y primero en mis pesadillas, y ahora en mis novelas, me vuelvo a ver dentro de aquel coche.

Finalmente, una vez tuve que ir al velorio de un amigo desaparecido una semana antes, le gustaba beber y no se nos ocurrió que le hubiera podido pasar nada malo. Pensamos que estaría borracho vete tú a saber en qué cama y con qué esposa ajena, y no nos preocupamos demasiado. El cadáver hubo que recogerlo en el sótano del Depósito Municipal de Cadáveres de San Salvador y estaba tirado en el suelo. Había sido una mala semana, y qué podíamos decirle a la pobre gente que trabajaba allí si ya no tenían ni sitio para los que llegaban. Lo habían matado a tiros. Primero, alguien le había derribado de un tiro al suelo, y después le habían apoyado un arma automática en la espalda y disparado en ráfaga. No era un bello espectáculo.

Algunos, muchos, nombres han sido cambiados para proteger a los culpables.

El resto es ya ficción, porque incluso mis novelas tienen que tener algo inventado.

j.c.
miami, 15 de noviembre de 1999.